MANFRED POSER, geboren 1957 in München, Studium der Journalistik. Arbeit in der Zentrale der Deutschen Presse-Agentur (dpa), damals in Hamburg, Nachrichtenredakteur in der Europa-Redaktion. Nebenbei schrieb er von 1986 bis 1991 für die dpa über Rockmusik und Jugendkultur. Erste Buchveröffentlichungen; u.a. den Krimi *Mörderisches Rom* (Delius Klasing, 2007). Lebte in Rom, St. Gallen und jetzt im Markgräflerland.

MANFRED POSER

TOD AM TIBER

KRIMINALROMAN

EDITION NAUTILUS

Für Joe, wherever you are

Edition Nautilus Verlag Lutz Schulenburg
Schützenstraße 49 a · D - 22761 Hamburg
www.edition-nautilus.de

Originalveröffentlichung · Erstausgabe August 2014
Umschlaggestaltung: Maja Bechert, Hamburg
www.majabechert.de
Autorenporträt Seite 2: Romano Puglisi
Druck und Bindung: cpi books
1. Auflage
Print ISBN 978-3-89401-794-1
E-Book ePub ISBN 978-3-86438-160-7

1

Dort drüben, auf der anderen Tiberseite, muss frühmorgens die goldene Fassade der Basilika San Paolo fuori le Mura im Licht der aufgehenden Sonne magisch geglüht haben. Das tut sie an jedem Tag, den der Herr werden lässt, und ich weiß es, weil ich vor zwei Wochen um halb sechs Uhr mit dem Rad dem Lauf des Tiber folgte. Mein Freund Romolo nimmt gern einen der frühesten Züge, um vor der Mittagshitze wieder zurück zu sein, aber das klappt dann nie. Wir radelten lange unter sengender Sonne in irgendwelchen Abruzzenausläufern herum, und meine Nase glühte wie das Basilikagold.

Heute wird's nicht ganz so heiß, und ich stehe also da, schaue wie ein Häftling durch zwei Meter hohes Gittergeflecht über den Fluss und erspähe zwischen dem Blattkleid Mattgold. Unerreichbar und klein wirken die vier Evangelisten an der Stirnseite von San Paolo. Ein paar Tennisplätze, Wiesen, der Fluss, das Steilufer gegenüber und noch eine Straße trennen mich von dieser langgestreckten Fabrikhalle des Heiligen. Doch die Sonne kommt von hier, wirft ihr Licht dort hinüber, und unter dem Kreuz oben auf dem Giebel steht, ich weiß es: *spes unica*. Einzige Hoffnung.

Heute Morgen muss ich noch geschlafen haben, als auf dieser Uferseite ein kleines Höllenfeuer ausbrach. Ein Mann schnarchte in seinem Wohnwagen, schlief den Schlaf des Bezechten, als sich Flammen gefräßig ausbreiteten und ihn mit seiner kleinen Welt um ihn herum verzehrten. Und diese kleine Welt steht hinter mir bloß noch als windschiefe, pechschwarze Hütte auf Felgen. Umrahmt ist die Ruine von in Brusthöhe gespannten rot-weißen Absperrbändern der Polizei. Sie müssen den Mann irgendwie aus seiner Schlafkiste gezogen haben, und jetzt liegen seine Überreste in einem Wagen, der in pietätvoller Entfernung parkt.

Ein Mütze tragender Mann im abgeschabten schwarzen Anzug macht sich an der Hecktür zu schaffen. Jedes Mal, wenn ich die Heckklappe eines Leichenwagens sehe, denke ich: »Willoughby«. Wenn das draufstünde, wäre alles in Ordnung. Dann hätte der Bursche seinen Frieden gefunden. Eine Episode aus der US-Serie »Twilight Zone« von Rod Serling aus den 1960er Jahren ist mir nie mehr aus dem Kopf gegangen. In Deutschland hatte sie den Titel »Geschichten, die nicht zu erklären sind«. Zu Beginn rollten Seifenblasen (oder Augen?) zu nervtötender Polizeisirenen-Musik schräg durchs Bild. Dann ging's los, alles in Schwarz-Weiß.

»A Stop at Willoughby«: Ein Mann im mittleren Alter, gepeinigt von einem unzufriedenen Chef und einer zanksüchtigen Frau, fährt jeden Morgen mit dem Zug zur Arbeit. Er döst ein und wacht erst auf, als ein gemütlicher Schaffner »Willoughby!« ruft. Der Mann sieht draußen eine Szenerie des Friedens im Hochsommer, aber er schafft es nicht auszusteigen. Auch beim zweiten Mal blickt er nur sehnsüchtig hinaus.

Dann verliert er seine Arbeit. Er steckt beim Frühstück die üblichen Vorwürfe seiner Frau ein, schläft im Zug ein, der Schaffner kündigt Willoughby an, der Mann tritt endlich hinaus und wird herzlich begrüßt. Später findet man ihn, tief in der Nacht, auf freier Strecke im Schnee liegend und mit einem Lächeln auf dem Gesicht. Das Bestattungsinstitut fährt mit seinem Wagen heran, sie laden die Leiche ein, die Hecktür fällt zu, und auf ihr steht: »Willoughby & Son — Funeral Home«. Ende des Films. Auch hier fällt eine Hecktür ins Schloss. Aufschrift: »*Medicina legale. Roma.*« Die Rechtsmedizin.

Drei Tage vorher war ich hier am späten Vormittag vorbeigekommen. Sogar angehalten hatte ich, weil der Mann in seinem Wagen, der auf Italienisch »Roulotte« heißt, noch immer schlief. Durch das breite Fenster war Ludwik — so hieß er — gut zu sehen: Er lag da in einem Bett aus Müll, mit blassem

Licht auf dem Gesicht, und hätte er einen dunklen Anzug getragen, hätte mich das nicht mal gewundert. Das Flackern einer Kerze drinnen. Ein Auto zuckelte vorbei, und aus dem offenen Seitenfenster schwamm eine Sentenz aus der Messe »Stabat mater« von Pergolesi herüber, Altstimme, *O quam tristis et afflicta*. Ich traute mich nicht ganz nah ran, und als er sich leise bewegte, schlich ich wieder zu meinem Rad.

Oft hat Ludwik an etwas herumgeschraubt, hat am Zaun gestanden oder mit seinem Nachbarn vor dem Wohnwagen nebenan Kaffee getrunken. Ein paar Worte haben wir immer gewechselt: »He, Ludwik, wie geht's dir? Alles gut?« Manchmal haben wir abends Peroni-Bier getrunken mit Kazimierz als drittem Mann, wortlos, auf Campingstühlen, es war unser privates Polen-Café mit Blick auf den Radweg, rot; und Ludwik stand auf, schlurfte über den Radweg, stakste mühevoll zum Pissen an den Zaun wie einer jener zwei Meter großen Außerirdischen, die sich in unserer Welt nicht heimisch fühlen.

Er lebte, trank, konnte ausdrucksstark fluchen, und manchmal brabbelte er nur etwas vor sich hin. Tat niemandem etwas zuleide und jetzt erst recht nicht mehr, da er nicht mehr atmet und nur noch ein verklebtes, verkrümmtes, schwarzes Ding ist, in eine Plane eingehüllt. Wie liebevoll er mir immer die Flasche hingehalten hat! Ludwik hatte Herz. Ich möchte heulen.

»Genug gegrübelt, Rudi!«, mahnt eine Stimme. »Das ist immer traurig, weiß ich.«

Paolo Fortunato Falconi steht neben mir und legt mir die Hand auf die Schulter. Er fragt, was er immer als Erstes fragt, wenn er mich sieht: »Na, was macht Rudi Feller?« (Völler können Italiener nicht aussprechen.) Paolo kann sich noch an die Jahre von 1987 bis 1992 erinnern, als Rudi Völler für die AS Roma Tore schoss. Ich sage dann, dass es dem Rudi gutgeht. Was er so macht, weiß ich nicht, aber sollte er eine Mannschaft trainieren, wird er wohl kochend vor Wut an der Seitenlinie stehen, dass man denkt: Gleich wechselt er sich selber ein.

»Den hab' ich gekannt, weißt du das?«, sage ich heiser. »Ludwik, ein Pole. War ein netter Kerl. Hoffentlich hat er wenig gespürt.«

Paolo schaut mich forschend an. »Gespürt wird er das schon haben. Er ist verbrannt. Spielt aber keine Rolle mehr.« Bedeutsame Pause. »Hat die Tür nicht aufgekriegt. Die Finger hatte er um den Knauf gekrallt. Ein großer, starker Mann, aber vermutlich betrunken. Hatte keine Chance. Komm!«

Mein Rad ist schon sicher am Zaun angeschlossen, und ich schaue umher. Zwei Polizeiwagen mit Blaulicht und der Kombi stehen auf dem verwahrlosten, riesigen Parkplatz, den der Radweg säumt. Lungotevere Pietra Papa heißt der Landstrich. Er hat aber nichts mit Il Papa, dem Papst zu tun; die Gegend gehörte zu Caesars Zeiten anscheinend einer Familie dieses Namens. Vom anderen Ufer des Parkplatzes schaut uns hinter Bäumen eine unbedeutende Häuserfront mit Elektroladen, Bar und Pizzeria an. Wir schlendern an Paolos Einsatzfahrzeug vorbei. Der Geruch nach Verbranntem hängt noch in der Luft.

Paolo bleibt plötzlich stehen und reagiert erst jetzt: »Ach, du hast ihn gekannt?«

Ja, schon, wir hätten manchmal zusammen getrunken. Ich würde ihm, Paolo, gern noch mehr sagen, aber jetzt sehe ich ihn nur noch verschwommen und bringe kein Wort mehr heraus. Er nickt und klopft mir erneut auf die Schulter: »Los, komm.«

»Obdachlose verbrennen oft«, sagt der Fachmann, der schon ein paar Schritte weiter ist. Die Basilika, die nicht nach Signor Paolo Fortunato Falconi benannt ist, bleibt zurück. »Oder sie ersticken«, sagt Paolo so vor sich hin, »weil Kohlenmonoxid auftritt. Da hatten wir schon ein Dutzend Fälle.« Dann bleibt er stehen, mitten auf dem Platz, und wartet stirnrunzelnd auf mich.

»Wenn du ihn kanntest, umso besser. Ich brauche ein wenig Unterstützung von außen. Gehen wir in die Bar.« Links neben der geschlossenen Pizzeria »La Dolce Vita« steht bescheiden die Bar »Tre Stelle«. Drei Sterne.

»*Due cappucci*«, ordert Paolo. Wie lange es gedauert hat, bis ich begriff, dass man sich als Barbar darstellt, wenn man in Italien nach ein Uhr mittags noch einen Cappuccino bestellt! Man will ja alles richtig machen. Vor allem die eigenen Landsleute verlangen von einem der ihren in Rom, dass man stilsicher in Sachen Kaffee, Pizza und Pasta ist. Doch nun, um neun Uhr, sind wir noch mittendrin in der Cappuccino-Zeit.

»Als ich gekommen bin, hat's noch geflackert, das Feuerchen. Böse Sache«, murmelt der korpulente Barmann mit dem Oberlippenbärtchen, dessen Hände und Finger wie Robotergreifer wirbeln, die an einem kubenartigen Korpus befestigt sind. Zack, rein mit dem Kaffeehalter in die Halterung, Kaffee läuft, Aluminiumgefäß unter die Spritzdüse, Milch aufgeschäumt, zwei Teller auf den Tresen gezaubert, zwei Löffel daraufgepfeffert, die Tassen mit Kaffee gefüllt, Schaum darauf, sie hingestellt. »*Ecco*.«

»Hässliche Sache«, wiederholt der Barmann gewichtig, und er hätte im selben Tonfall sagen können: blödes Tor. Er deutet mit dem Doppelkinn hinüber zum Tiberufer und wischt kurz mit einem schmierigen Lappen über den Tresen. Eine Sekunde spiegelt sich darin wie aufgequollen das Kinn des Mannes, und er schießt uns einen lauernden Blick herüber. Der übliche Gesprächsbeginn, der Barmann will uns anzapfen und Paolo ihn, darum fragt er gleich: »Kannten Sie den armen Hund im Wohnwagen?«

»Ja, der kam manchmal rüber, hat sich ein paar Bier gekauft und sie mitgenommen. Ein Pole, glaub' ich. Da sind ja auch üble Burschen unterwegs, zum Glück bleiben sie unter sich. Können mir gestohlen bleiben, diese Ausländer. Nur Ärger hat man mit denen.«

Paolo wendet sich mir zu und spricht so leise, dass ich ihn kaum verstehe. »Mal sehen, ob du mehr weißt als ich. Er heißt Ludwik Skromnik, 1991 nach Rom gekommen, Aufenthaltsgenehmigung für fünf Jahre, nicht mehr verlängert, danach also illegal, Anklagen wegen Körperverletzung, nie bestraft worden.«

»Und was hast du damit zu tun?«, frage ich. »Bist du nicht für die nationale Sicherheit zuständig? Ein armer Obdachloser. Es war ja vielleicht doch ein Unfall.«

Paolo gibt einen vollen Löffel Zucker in die Minitasse, nimmt sie an sich und führt mich, die andere Hand um meine Schulter gelegt, zum Fenster. »Klar, schon ein Streichholz hätte genügt. Der Junge hatte sicher fünf Promille, der wäre von selber in Flammen aufgegangen in seinem Müll. Die Tür ist aber von außen manipuliert worden.« Paolo trinkt das Tässlein aus und stellt es auf den nächsten Tisch. Was er mit dem Fall zu tun hat, weiß ich immer noch nicht. »Vorgestern haben sie bei Porta Portese eine Frau aus dem Fluss gefischt. Eine Obdachlose. Ich war zufällig dabei. In ihren Haaren war noch ein kleiner Fisch. Letzte Nacht habe ich davon geträumt. Der Fisch war in meinen Haaren, und ich wollte ihn rausholen, er fiel zu Boden und hat noch gezappelt. Dann bin ich aufgewacht.« Er lacht auf.

Ich sage: »Ganz abgebrüht bist du wohl noch nicht.«

Er winkt ab. »Lass mal. Reden wir, wo uns keiner hört. Dann zeig' ich dir was. Du könntest mir sehr helfen. Komm einfach am Mittag um eins zum ›Elefantino‹, in das Restaurant an der Piazza Ungheria, direkt an der Ecke. Dann erkläre ich dir alles. Auch, was ich damit zu tun habe.«

Ich halte ihn auf. »Warte, du weißt sicher, dass ich jetzt woanders wohne, vorübergehend. Wir haben uns … getrennt. Das weiß die Verwandtschaft bestimmt schon.«

Paolo nickt. »Klar, Chiara hat mir etwas erzählt. Wissen alle. Die schöne Wohnung! Ihr wart ja doch ein … interessantes Paar, meine ich. Ich weiß nicht, ob ich es lang mit Chiara aushalten würde, aber«, er hebt den Finger, »damit will ich nicht zitiert werden!« Ich gelobe es militärisch: Hand an die Schläfe.

Er gibt mir die Hand und schaut mir in die Augen. »Kennst

du den?«, fragt er. »Ist von Lando und Dino, zwei Komikern aus den Marken: Mann trifft Frau in der Stadt. Frau sagt beschwörend zum Mann: ›Sehen Sie den, der da gerade vorbeigeht? Mein Ex-Ehemann. Wir haben uns vor drei Jahren getrennt. Seitdem trinkt er.‹ Der andere antwortet: ›Toll. Ich habe noch nie einen gesehen, der so lange gefeiert hat.‹ Ciao Rudi!« Er eilt mit langen Schritten davon. Und gleich darauf quietschen Reifen, während ich noch immer über den Witz kichere. Italiener lieben Abgänge mit Stil.

In dem Wohnwagen knistert es noch leise. In drei Tagen werden nur noch die Felgen und eine Bodenplatte zu sehen sein. Als wären Insekten darüber hergefallen. Ich löse mein gelbes Rad vom Zaun. Vor dem Wohnwagen neben dem ausgebrannten Wrack sitzt ein alter Herr mit weißem Schnurrbart, Ludwiks Freund Kazimierz, auf seinem Campingstuhl. Zwei Polizeibeamte stehen bei ihm wie Schutzengel. Die Fassade der Basilika San Paolo liegt wieder unverdächtig und trüb hinter den Laubbäumen dort drüben.

2

Erst mal eine Runde nachdenken. Ich muss zunächst über die Viale Marconi, an der Menschen auf sechs Spuren in ihren rollenden Wohnzimmern sitzen, die aber meistens stehen, wie hier vor der roten Ampel; und Mustafa (wenn er so heißt) läuft von einem Auto zum anderen, um Feuerzeuge oder ein paar Packungen Papiertaschentücher zu verkaufen. Diese Tätigkeit übt er zehn Stunden am Tag aus, und hoffentlich hat er abends noch eine Packung übrig, um sich den Ruß und den Schwefel aus den Schleimhäuten zu schnäuzen.

Ich trage eine verspiegelte Fahrradbrille deutscher Bauart und einen roten italienischen Helm Marke Feuer (*fuoco*) von der Firma Rudy Project. Den besitze ich, seit mein Leben eine neue Wendung nahm, die ich durch den Helmwechsel unterstreichen wollte. Der gelb-schwarze erfüllte zwar seinen Zweck, doch der feuerrote passt besser zu mir. Das fand jedenfalls der ewig schwitzende Giacomo vom Fahrradladen in der Viale dei Colli Portuensi, als er ihn mir hinhielt. Besser aussehen will man als diese mittelalten teigigen Personen mit Metallhut, die wie festgelötet auf ihren Motorrollern sitzen. Sie werfen sich mit einem Handgriff vorwärts, den Blick ins Leere gerichtet und ein blasiertes Lächeln auf den Lippen, als warte weiter vorn Britney Spears oder Paris Hilton auf sie.

Dann gibt es diese Anzugleute und die jungen Hitzköpfe auf den 400er-Scootern, das sind ganz dicke Fahrzeuge, die in Mode gekommen sind. Wie war das schön damals in den 1950er Jahren, als der steife Gregory Peck auf der Vespa mit Audrey Hepburn hinter sich am Kolosseum vorbeiknatterte! An einem 1. März trat dann die Helmpflicht in Kraft. Die Römer indessen sind Meister der Anpassung. Es dauerte nur wenige Monate, und schon hatten sie ihren *casco*, der zunächst nur ein störendes Gepäckstück war, im Griff und trugen ihn trotzig auf dem Haupt während der Fahrt und protzig am Arm danach: wie Kreuzritter.

Es geht auf dem Radweg oberhalb des Tiber entlang, und eine Minute schaue ich in das Gelände der Gartenfirma hinein, die so schöne Gipsstatuen hat: Frauen mit Füllhörnern und Amorstatuetten, die man sich ins Bad stellt und über die man Handtücher hängen kann. Ich mag die halbnackte Frau mit Füllhorn für achtzig Euro. So viel Geld habe ich derzeit aber nicht übrig, außerdem wüsste ich nicht, wie sie transportieren, und überhaupt habe ich gar kein Bad.

Meine Wohnung liegt nur noch einen Kilometer entfernt. Der Radweg biegt schräg ab und bietet in Richtung Fluss als Aussicht einen Rasenplatz mit kickenden Jungs, landeinwärts einen ebenerdigen Parkplatz mit herumhockenden Jungs und läuft dann auf einer Art Damm dahin. Hinter der langgestreckten Böschung dehnen sich die verwilderten Tiberauen aus: eine sumpfartige Fläche bis hin zum Ufer, wo eine Reihe Weiden aufragt und gut die Blechbuden und Holzhütten tarnt, worin arme Teufel aus Asien, Afrika und Osteuropa leben.

Der Damm wirkt wie eine Uferstraße ohne Meer, und das Schönste an ihm ist sein rosafarbener Asphalt mit Mittelstreifen. Er sagt: »Ich bin ein römischer Radweg!« Über ihn hinweg schauen die Magliana-Hochhäuser in die Ferne wie eine Mannschaft von Riesen, die anscheinend zu viel Anabolika gefuttert haben. Es sind neunstöckige Ungetüme, eng zusammengeballt. Die Blumen, Wäschestücke und das Gerümpel auf den Balkonen melden: Hier wohnen Menschen. Viele Menschen.

Gleich erhebt sich drei Meter hohes Schilf, und dahinter liegt rechts und längs zum Damm ein nicht mehr genutztes, langes Mietshaus von stumpfer ockerbrauner Farbe mit Flachdach, fast wie ein verrottender Frachter, dem ein Sturm die Masten weggefegt hat. Der Radweg führt in Höhe seines zweiten Stocks vorüber. Ich muss mein Rad viele unebene Stufen hinabschleppen. Ein verlotterter Platz mit ein paar Autos nimmt mich auf. Auf den Pfaden zwischen den Neunstöckern manövrieren langsam aber stetig Fahrzeuge hin und her.

Das Viertel heißt Magliana. Jeder in Rom muss sofort an die berüchtigte Magliana-Bande denken, die in zehn Jahren bis zur Mitte der 1980er ein paar Dutzend Menschen umgebracht hat. Einer ihrer Chefs war Enrico De Pedis, genannt Renatino, der am 2. Februar 1990 von zwei ehemaligen Kumpanen mitten in der Stadt von einem Motorroller herab erschossen wurde. Die Magliana-Bande hatte Verbindungen zur Geheimdienstloge P2 und Kontakte zur Agentenszene. Morde und Entführungen waren ihr Geschäft.

Ich schiebe mein Rad einen Zaun entlang und biege das krumme Tor auf, neben dem ein angebrochenes Schild »Staatliche Mittelschule Otto Marzo« lesen lässt. Ich überquere eine verbrannte Rasenfläche, betrete den Eingang und wende mich nach links zur Freitreppe. Es geht außen am Gebäude hoch, ich nähere mich einer Kanzel, wende ihr den Rücken zu und steige (immer das Rad unter dem Arm) wieder höher. Im vierten

Stock dann gelange ich in den Korridor und drehe mich nach rechts. Otto Marzo — dieser vermeintliche Revolutionär und Grabenkämpfer war niemandem bekannt, den ich fragte. Bis mir jemand verriet, es handle sich bei dem Namensgeber um den »achten März«, den Tag der Frau.

Frohgemut begonnen hatte wohl der Schuldienst hier, und fröhlich läutete die Schulglocke die Stunden ein — bis dann die ersten Risse und Gebäudeschäden auftraten. Vielleicht zu hastig gebaut. Klingt nach meiner Beziehung zu Chiara, die ich nicht vergessen kann. Chiara arbeitete im italienischen Konsulat in Freiburg und langweilte sich, mir ging es in einer Pressestelle ähnlich. Dann bekam sie eine Stelle im Außenministerium, der Papa besorgte uns eine Wohnung im eleganten Parioli-Viertel, ich lernte radfahrende römische Freunde kennen, genoss mein Leben und betätigte mich ein wenig journalistisch. Zu wenig, wie Chiara fand. Ich stehe im Korridor, und ein Schmerz sticht mich. Ich höre Chiara sagen: »Willst du dir nicht ein bisschen Mühe geben?«

Man gab die Schule dann auf wie das Radstadion der Olympischen Spiele 1960, das dort drüben hinter dem trügerischen Glitzerband des Tiber verrottet. Hier gibt man schnell was auf, weil Neues faszinierender ist. Das Neue entsteht dann zwar nie, soviel auch darüber geredet wird, und das Alte bleibt stehen. Wie das Kolosseum und die übrigen antiken Reste, die wir, ach, so lieben.

Als es nach drei Versöhnungen und langen Gesprächen nicht mehr ging mit Chiara, erinnerte ich mich, dass Serena mir eines Tages gesagt hatte, diese Wohnung werde für mich noch einmal wichtig werden. Ich traf sie in der Bar »Tramonto«, die in der Straße hinter dem Schulkoloss angesiedelt ist; sie lächelte, als habe sie alles gewusst und legte mir den Schlüssel zu ihrem Zimmer hin. Sie war blass, leichenblass eigentlich, und sah aus wie Mitte fünfzig, was vielleicht am ungünstigen Licht im »Tramonto« lag. Serena war ungeschminkt, wirkte unglücklich und schaute einfach durch mich durch oder in mich hinein.

»Dann bis bald, mein Schatz.« Sie entnahm ihrer Tasche ein Notizbüchlein mit Blümchen drauf, schlug es auf und riss ein Blatt heraus. Dann faltete sie das Blatt, öffnete es wieder, riss es durch, behielt eine Hälfte und gab mir die andere. »Symbolon«, sagte sie dazu und: »Wir sehen uns wieder.« Sie tätschelte mir die Wange und ging hinaus.

Den Barbesitzer schaute sie nicht mal an. Der Mann, den ich leidenschaftlich nicht leiden kann, sagte mir, als ich bezahlte: »Serena geht's schlecht. Seit ein paar Tagen trinkt sie, was reingeht. Schlimm.«

Seitdem habe ich sie nicht mehr gesehen. Auf meiner Hälfte des Blattes stehen zwölf sorgfältig geschriebene Zeilen untereinander, in roter Tinte geschrieben. Serena, die Prostituierte, führte ein Poesiealbum! Ich weiß wohl, dass die Griechen manchmal ein Geldstück zerbrachen und dass von zwei Freunden, die auseinandergingen, jeder eine Hälfte an sich nahm: »Symbolon« hieß das. Ich habe den ersten Teil eines Gedichts bekommen, der ohne Titel ist, aber ich kenne es.

Die Autorin ist Alda Merini, die viele Jahre in der Psychiatrie verbrachte. Da steht: *»Io come voi sono / stata sorpresa / mentre rubavo la vita …«* Grob übersetzt: »Ich bin wie ihr / überrascht worden, / als ich mir mein Leben klaute; hinausgeworfen aus meiner / Sehnsucht nach Liebe hat man mich, / und auch mir hat keiner zugehört, / und wie ihr habe ich geweint, / gelacht und gehofft.« Der zweite Teil, den Serena behielt, fängt, glaube ich, mit der Schande an, die jeden Tag Schande essen muss. Und die letzte Zeile weiß ich auch noch: »Ich habe mich wie ihr / der Wissenschaft des menschlichen Schmerzes zugewandt, / die meine Wissenschaft ist.«

3

Das Schulhaus Otto Marzo bietet den Radlern auf dem rot asphaltierten Radweg eine behäbige, kompakte Fassade mit einem schmalen, durchgehenden Balkon vor den Stockwerken.

Die schief hängenden Rollläden geben der Fassade etwas Unaufgeräumtes. Die Geländer der umlaufenden Balkone sind braun vom Rost. Doch nach hinten, in Richtung des Innenhofs, gibt sich das Haus wehrhaft wie eine Zitadelle. Das Monstrum ist höher, als man es vom Radweg aus vermutet. Es hat fünf Stockwerke. Auf jeder Etage dürften vierzehn Räume liegen, sieben an jeder Seite.

Warum die Baumeister unbedingt vier Türme an die Fassade kleben mussten, ist unklar. Wenn man die Freitreppe ganz hochsteigen würde, käme man vermutlich aufs Dach; ich war noch nicht mutig genug, alles zu erkunden. Wozu auch? Der stumpfbraune Kubus neben der Schule war wohl die Turnhalle. Der Zugang ist aber zugeschweißt. Überall sprießen Brennnesseln und Grasbüschel.

Der lange Flur ist leer. Na ja, da liegt noch ein schwarzer Müllsack mit Altkleidern, einer von vielen, und verstreut liegen ein paar fliegende Blätter. Der letzte, vierte Raum ist es, nach links: 363. Ich mache die Tür auf und stelle das Rad in die Mitte des knapp dreißig Quadratmeter großen Raumes — so hat er schon ein Zentrum. Er misst vielleicht sieben Meter quer, über drei Fenster hinweg, und vier Meter von der Tür zu den Fenstern. Er war wohl einmal mehrreihig bestuhlt mit dem Pult gleich neben der Tür und vielleicht einem Ständer zum Aufhängen von Landkarten. Der Boden ist aus graubraunem Linoleum.

Rechts führte immerhin eine Terrassentür auf den Balkon. Ein Türrahmen ist noch vorhanden; so konnte ich eine Wolldecke mit zwei Reißzwecken am oberen Querbalken befestigen, als luftige Terrassentür. Im Januar, wenn die Nachttemperatur in Rom null Grad erreichen kann, möchte ich hier nicht mehr sein. Doch jetzt haben wir Juli.

Den Umzug hierher hat damals Romolo, der Zauberer, mit seinem Fiat erledigt. Beim Einpacken stand Chiara wie ein Zerberus im Hintergrund, mit verschränkten Armen. Als Romolo den Computer vom Stromnetz abtrennen wollte, legte sie ihr

Veto ein: »Stop! Der bleibt hier. Was willst du denn mit dem, Rudi? Hier, du kannst den Füller haben, den mir das Konsulat zum Abschied geschenkt hat. Passt zu dir.« Wir tranken noch einen Sherry, denn wir mussten den Einbruch der Nacht für den Umzug abwarten. Chiara fand als Schlusswort, ich könne mich gern melden, wenn ich Probleme hätte.

Rechts in der Ecke steht der mannshohe Kühlschrank, den Serena schon hatte und der nicht immer laufen kann, denn es gibt nur eine Steckdose mit Strom. Doch manchmal will auch gekocht werden, das Handy will Strom trinken, darum gibt's nicht immer kühles Bier. In den anderen Ecken warten drei alte Freischwinger mit dem früher beliebten braunen Cordbezug vom Sperrmüll auf Besetzer, und mein kostbarstes Stück, der Glastisch, muss neben der Tür die Bücher tragen. Chiara zeigte sich hier großzügig und befreite sich von Altlasten: einer Ausgabe der *Göttlichen Komödie* von Dante, Gedichten von Ungaretti, Pavese und Montale. »Gedichte, das war mal«, kommentierte sie. Direkt neben der Terrassentür steht ein altes Sofa, gegenüber eine Matratze. Waschen kann man sich auf der Schülertoilette draußen, gleich nebenan.

Mein drei Meter breiter Balkon liegt auf der Schmalseite des Palazzos und biegt links auch noch ums Eck. Über mir lastet nur mehr schwer das wulstige Flachdach. Ein *Attico*, könnte man sagen. Das sind die schicken Lofts unter dem Dach, Chiaras bevorzugte Residenzen.

Der Blick geht weit hinaus über den Tiber zum Viertel EUR, zur Kirche Peter und Paul, die wie ein hübscher Pavillon die Gegend überblickt, zum viereckigen »Colosseo quadrato« weiter links daneben mit der berühmten Aufschrift vom »Volk der Dichter der Künstler der Wissenschaftler…« und fällt auf die Autobrücke darunter mit dem nie endenden Verkehr von links nach rechts und von rechts nach links. Am Tag und in der Nacht. Man kann natürlich – am Tag, wenn Licht ist, sonst nachts mit Kerze – von einem Zimmer ins nächste gehen. Den Chemiesaal erkennt man, das Direktorenzimmer, das

Lehrerzimmer, den Raum mit den Geografie- und Biologiekarten, das Schülerklo.

Hier im »Achten März« träume ich oft von meiner alten Schule in Oberbayern. Die Glocke ging, ein schöner Dreiklang, und dann ergossen sich tausend Schüler in den Hof zur Pause. Hofgang. Dann in den Chemiesaal und als Letzter rausgehen, damit ich dabei sein konnte, wenn das rothaarige Mädchen seine schwarze Lederjacke vom Haken fischte, um es ein paar Schritte wortlos zu begleiten. Charlie Brown und das rothaarige Mädchen! Auch mir fiel nie ein Wort ein, wenn ich mit ihm allein war.

Unten verläuft der Radweg, irgendwie ortlos.

Ich bin nirgends gemeldet, das Haus gibt es eigentlich nicht, und was will ein Phantom wie ich mit einer Internet-Flatrate? Mein einziger journalistischer Kunde in den drei Jahren in Chiaras Luxuswohnung war die Ärztezeitung *Hallo Doc!* in Nürnberg. Ihr habe ich brieflich etwas von »logistischen Problemen« geschrieben. Anscheinend wurde keine Vermisstenanzeige erstattet, denn sonst hätte die deutsche Botschaft Paolo Fortunato Falconi eingeschaltet. Ich bin jedenfalls ausgeknipst.

4

Aber es ist zu früh am Tag, um sich ausgeknipst zu fühlen. Mitten am Vormittag, da sollte man sich noch Fahrtwind um die Nase wehen lassen, bevor die Hitze sich erstickend über alles legt. Im Juli glüht die Welt, die Rom ist. Der Radweg vor meiner Behausung heißt »Tiber Süd« und hat eine Länge von elf Kilometern. Das nennt man Glück! Auf ihm patrouilliert das immer gleiche Personal, bestehend zumeist aus rüstigen Rennrad-Rentnern, auf und ab.

Bin schon auf dem schnurgeraden Weg auf der Deichkrone. Ich überhole einen, der sein Mountainbike schiebt, warum auch immer. Nach einem Kilometer kommt man in einer Linkskurve am Grab eines jungen Menschen namens Silvano vorbei. 18 Jahre alt mag er gewesen sein, mit langen Haaren und kräftiger Gestalt. Auf dem Bild sieht er aus wie einer, der mit Hingabe lacht und den man gern kennengelernt hätte. Wie hat er hier sein Leben eingebüßt? Vorn lehnt schräg eine kleine Platte, auf der in diesem hinreißenden Italienisch steht: »*Si è spento il sole dai tuoi occhi / è scesa la notte nel mio cuore. – Mamma.*« – »Erloschen ist die Sonne deiner Augen, und die Nacht ist in mein Herz eingekehrt. – Mama.« Jeder Radfahrer, der vorbeikommt, schenkt Silvano einen Blick. Weiter hügelauf und hügelab geht es, bis am Horizont eine quer verlaufende Straßenbrücke das Ende des Radwegs ankündigt.

Auf Bänken unter einer Laube mache ich Pause. Die Sonne brennt vom Himmel. Eine Katze mit dichtem grauen Fell schleicht sich her und kuschelt sich an mich. Kein anderes Tier zeigt so schön sein Wohlbefinden an der Sonne: Sie schließt die Augen, ihre Marzipannase bewegt sich, sie dreht sich auf den Rücken und lässt sich streicheln. Ich denke an Ludwik. Den Tag hat er nicht mehr erlebt, der Arme. Was war das schon für ein Leben? Immer besoffen, und von San Paolo kam kein Trost. Und doch war's ein Leben, und er konnte dich so liebevoll anschauen, als wärst du sein Blutsbruder. Er hat keinem etwas zuleide getan. Die Welt ist groß, es war Platz darin für Ludwik.

Hinter dem verborgen strömenden Tiber dehnt sich am Horizont ein Hangar der Fluggesellschaft Alitalia. Vor mir, am Zaun, steht plötzlich wieder der etwas dickliche junge Mann, der doch gerade sein Mountainbike geschoben hat. Fettige Haare hängen ihm in die Stirn, er hat lange Koteletten und einen kleinen Kinnbart. Macht Stretching-Bewegungen am Holzzaun, hält sich mit den Händen am Holz fest, sein Körper hängt durch, ein Bein schlingt er um die andere Wade, dann wiederholt er die Bewegung links. Er lächelt.

Ich sage: »Starke Sonne heute.«

Er kommt herüber, dehnt sich noch mal direkt vor mir und schaut zu, wie ich die Katze kraule. Er schlendert zum Zaun zurück, dreht sich um, hebt den Zeigefinger, deutet nach oben, und dann sagt er: »*Micropotente Diocreatore sono io*.« Er sei der »mikropotente Gottschöpfer«. »Ich habe ganz Frankreich übersetzt, die ganze Schweiz, habe mit Japan und China konferiert.«

Ich nicke. Der Gottschöpfer also. Alle verkörpern sich in ihm, verrät er mir, und dann dehnt er noch mal seine Wadenmuskulatur.

»Segen«, sagt er und strahlt mich an. Ich fühle mich gedrängt, etwas zu sagen.

»Ich bin traurig«, fange ich an. »Mein Freund Ludwik ist tot.«

Der Diocreatore sieht durch mich hindurch. »Ludwik«, wiederholt er. »Der am Lungotevere, ja. Ludwik hat vielleicht einen Fehler gemacht. Die Gesetze sind streng.« Streng schaut er auch mich an.

Welchen Fehler er denn gemacht habe, frage ich.

»Manche Dinge weiß nur der Schöpfer«, bescheidet er mich. »Du musst jetzt fahren!«, herrscht er mich dann an. »Wir sehen uns wieder, Bruder. Ich bin auf Empfang, lass mich jetzt.« Er hat die Hand erhoben, ist erstarrt und lauscht in die Luft hinein. Ich will ihn nun nicht stören, schiebe die Katze weg und besteige mein Rad, beschleunige, gehe hoch auf Tempo 30 und halte es zwei, drei Minuten lang.

Mir fällt die Unterschrift eines Geisteskranken unter seinem gewaltig-gewalttätigen, farbig-fahrigen Bild ein: »Ich hab die Welt gemacht. War viel Arbeit.« Italien hat die Verrückten 1978 mit dem Basaglia-Gesetz befreit, sie aus den Anstalten freigelassen, um sie gemeindenah zu versorgen. Das mag auf lange Sicht gut gewesen sein; doch damals hat man Tausende ihrem Schicksal überlassen, wie Mario Tobino schrieb, der Autor und Psychiater. Man entließ sie aus ihrem Zuhause. Viele hatten keinen Menschen auf der Welt, strandeten, wurden obdachlos, verwahrlosten. Hunderte nahmen sich das Leben. Andere kehrten zu ihren Familien zurück. Italien überlässt vieles den Familien, das spart Geld, und dafür bekommen seine Europaparlamentarier mehr Gehalt als alle anderen. Einen Beamtenjob zu bekommen, ist wie ein Lottogewinn. Wer einen guten Posten hat, holt seine Cousins nach.

Rechts breitet sich unten am Deich ein immenses Feld aus, das in der Ferne an einen Reiterhof stößt. Aus der Mitte des Feldes erheben sich ein paar kleine, alte Bauernhäuser mit Spitzdach. Ein Weg führt senkrecht vom Radweg zu ihnen hin. Drei Männer mit schwarzen Jacken gehen rasch auf diesem Weg, Plastiktüten in den Händen. Vermutlich kommen sie vom Einkaufen in der Magliana. Eine Frau geht weit dahinter. Ich bleibe stehen, es ist wie ein bäuerliches Gemälde von Millet oder Corot. Wie ein Film. Mein Blick folgt ihnen.

Die Männer verschwinden hinter einer Strohmiete, marschieren weiter, biegen scharf rechts ab und tauchen in den Schatten des Eingangs zu einem verlassenen Gehöft, als wären wir irgendwo in Süditalien. Ihnen folgt die Frau. Da leben sie, weitab von allem, in einem Haus, das wie zufällig stehen blieb, ungenutzt. Illegale sind es, vielleicht Osteuropäer, die sich dann auf dem Feuerchen etwas kochen. Ich schaue gebannt, lausche: Zikaden. Ein leises Rascheln im Busch. Es mag fast Mittag sein. Unhörbar der Tiber. Die Sonne brennt vom Himmel. 40 Grad. So könnte man verdampfen, sich verströmen, das Rad könnte auf dem Weg zerlaufen, man wäre nicht mehr getrennt von den Dingen, man wäre die Welt zusammen mit Ludwik in Willoughby. Einen Moment lang vielleicht setzt das Denken aus; und dann bist du schon wieder da, der Puls schlägt in den Schläfen, ringsum dämmert die eingeschläferte Welt, regiert das Schweigen.

Ein Rascheln, Quietschen, Schleifen. Über das rosarote Band des Radwegs nähert sich ein Mountainbike, doch der mikropotente Gottschöpfer schaut zu Boden, rollt achtlos vorbei, als wären wir uns nie begegnet. Auch ich nehme Fahrt auf, folge ihm in gebührender Entfernung. Wieder die riesige Kate rechts unterhalb des Wegs auf der Deichkrone. Daneben klein eine Garage mit offener Tür, davor ein Gestell mit Wäsche, und eine junge Frau in Schlappen schaut hinaus, dorthin, wo ein Afrikaner an der Böschung sitzt. Eigentlich malerisch. Die lange Gerade. Als ich deren Endpunkt erreiche, wo links der Weg abwärts führt, sich vor mir eine Stichstraße der Via Ostiense hochzieht, rechts über die Schienen der Strecke Ostia–Rom weitergeht, ist der Mountainbiker weg. Vielleicht hat er die Abkürzung über das Brücklein genommen, hinüber ins Ministeriumsviertel. Dahin komme ich selten. Es ist einige Grad kälter dort. Da stehen Paläste, die keine Menschen nötig haben. Als ich hinüber will, scheint das Brücklein zu zittern und der Weg schmaler zu werden, ich atme rascher und drehe dann wieder um.

Das Schilf endlich; mein Haus. Von hier aus sieht man das flache Dach, die halb heruntergelassenen vertrockneten Rollläden, die zertrümmerten Fenster. Seltsame Welt, so königlich verfallen.

5

Viel Linderung bringt der Fahrtwind nicht. Doch ein Segen sind die kleinen Säulen an den Straßen, die auf Knopfdruck Wasser spenden: Zeichen dafür, dass es hier heiß werden kann und man an die Menschen denkt. Da kann man immer wieder seine Trinkflasche auffüllen. Oder sich Wasser über den Nacken gießen, wenn die Temperatur unerträglich wird. Nun ist es zwölf Uhr, und ich schaue hoch zu meinem früheren Apartment, Via Archimede 191. Sieht alles unverändert aus. Eine dicke, kleine Thailänderin führt einen Hund vorbei, ein alter Mann kehrt den Innenhof mit einem Besen. Wie können sie so ruhig ihr Leben weiterführen ohne mich? Ich setze mich unter einen Baum in den Schatten. Um halb eins fahre ich hinunter zur Piazza Ungheria.

Eines Tages hat mich Chiara vor die Tür gesetzt. Sie arbeitete viel in ihrem Ministerium, da sie einen wichtigen Posten in der Afghanistan-Abteilung bekommen hatte. So hätte alles gemütlich weitergehen können. Aber zwischen uns herrschte Schweigen. Sie kam jeden Abend spät heim, war müde, und zu schönen Begegnungen kam es nicht mehr. Chiara war nur noch sarkastisch. Oder sie saß in der Dunkelheit im Salon, und ich las auf der Terrasse. Vielleicht setzte ihr der Stress in der Abteilung zu. Dann fing sie an, mit Kreide auf dem Parkett zu markieren, wo die jeweiligen Schränke und Stühle zu stehen hätten.

Es folgten einige unglückliche Vorkommnisse. Sie brachten das Fass zum Überlaufen: Chiara strich mit ihrem Ledermantel an meinem Rad vorbei, das leider einmal auf der Terrasse stand, und es gab hässliche Flecken vom Kettenöl.

»Schau dir das an«, sagte sie bitter. Es waren die ersten Worte, die sie nach drei Tagen Schweigens an mich richtete. »Den kann ich wegwerfen. Und es war das letzte Mal, kannst du mir glauben.«

Und dann lehnte ich noch ihr Angebot ab, in der bevorzugten Tankstelle ihres derzeitigen Favoriten Ludovico drei Stunden am Tag Autos zu waschen. Ich gab den Empörten: »Autos waschen? Vielleicht noch den roten Alfa, mit dem ihr dann ins Wochenende fahrt?« Immerhin hatte sie mir verdeutlicht, dass sie ihre Wochenenden jetzt mit Ludovico verbringen würde; ich nickte es ab.

Dann stellte sie mir ein Ultimatum bis Monatsende, »Ludo« wolle sehr gern hier einziehen, und zu dritt, das sehe sie nicht. Ich möge doch Vorkehrungen treffen. Und am Letzten des Monats forderte sie, am nächsten Morgen nichts mehr von meinen Sachen zu sehen und nichts mehr von mir. Die Wohnung sei ja schön, aber noch schöner wäre sie »ohne dich darin«; das hatte sie schon einmal gesagt, aber nun meinte sie es ernst — das sah ich in ihren Augen. »*Senza te dentro*«, diese drei Worte rollten geschmeidig ab wie eine Lawine. Sie legte mir einen Umschlag mit Übergangsgeld hin.

Es war ja nicht immer witzig. Und mein Witz war nicht

immer angebracht. Der Salzstreuer aus Porzellan war mir auf dem Küchenboden zerschellt, und Chiara vermisste ihn. Ein Erbstück. »Hat Selbstmord begangen«, scherzte ich. »Hat sich hinuntergestürzt. Hatte dieses öde Leben satt — immer nur Salz streuen.« Es ging immer nur um Dinge im Haushalt — um Dinge, die sie wie Subjekte behandelte, während sie andere arme Subjekte (wie mich) behandelte, als seien sie Dinge. Doch auch in dieser Phase hätte ich noch eine Chance gehabt, ihr mit einer kleinen Aufmerksamkeit, einer netten Überraschung zu zeigen, was sie mir bedeutete. Leider fiel mir nichts ein, ich lebte nur in Angst vor der nächsten Standpauke.

Besonders unsere belebt-unbelebten grünen Freunde erschwerten mein Leben. Eine Pflanze verdurstete, weil sie oberhalb meiner Sichtgrenze hing. Ihr Seufzen drang nicht an mein Ohr. Eine andere, die edle Palme, konnte mir nicht vermitteln, dass sie eine Wüstenpflanze war und nicht täglich eine Gießkanne Wasser wollte. Chiara war auf Dienstreise, und, zurückgekehrt, wollte sie wissen, wie es den Pflanzen gehe. »Prächtig«, sagte ich, und ich meinte es ernst. Der Palme gehe es »richtig gut«, höre ich mich noch sagen. Sie hatte ihre Zweige weit ausgebreitet, fröhlich der Sonne zugewandt, mit scheinbar lebensfroh leuchtenden gelben Blättern.

Doch es war ihr Todeskampf, der sie ihre Zweige hatte ausklappen lassen, und ich hatte ihr gurgelndes Ersticken nicht gehört. Chiara versuchte eine Wiederbelebung, trocknete, vor Ekel würgend, die schleimigen, von Würmern befallenen Wurzeln und sah mich vorwurfsvoll an.

Sie ließ also die Lawine abrollen, nahm einen Schluck kühlen Verdicchios aus den Marken, tupfte sich langsam die Lippen ab und erwartete meine Reaktion. Sie wusste wohl, dass ich wortlos meine Sachen packen und verschwinden würde. Das Geld nahm ich mit. Jene Nacht verbrachte ich im Wohnzimmer, hörte meine Platten und fünfmal »Hurricane On Mars« von der Charles Okey Band mit Cherrys Gesang (bis Chiara ihren Kopf hereinstreckte und sagte: »Merkst du eigentlich, dass du immer wieder dieselbe Platte spielst?«) und sah ein letztes Mal ausgiebig von der Terrasse.

In den letzten Monaten war unsere Beziehung wie verhext — als ob ein Dämon sein Spiel mit uns triebe, ein destruktiver Scherzbold. Jeder gute harmonische Tag trieb unmerklich einer neuen Katastrophe entgegen. Man hatte sich gut verstanden, zusammen Blumen umgetopft, gekocht, sich auch geküsst, und dann aber passierte garantiert etwas: Ein Brief blieb unauffindbar; ein Glas fiel zu Boden; ein Küchengerät versagte den Dienst. Ich wurde beschuldigt und angeschrien, schrie zurück, aber meistens lag die Schuld doch bei mir.

Nach dem Schreien verzogen wir uns in zwei entfernte Ecken der Wohnung und setzten in der Einsamkeit unsere Trümmer wieder zusammen und gingen schweigend zu Bett. Wir waren beide unendlich müde. In der Nacht vor meiner Abreise fiepte sie mehrmals hintereinander im Schlaf, wie ein gefangenes Tier. »Ein Albtraum«, sagte sie schwach, als ich sie weckte. Ihr Albtraum hatte sein Ende gefunden. Das war Parioli.

In Deutschland wartete niemand auf mich. Bewerbungen hätten in den betreffenden Firmen nur für Heiterkeit gesorgt. Ich wollte nicht zurück. Doch ich erinnerte mich an Serena. Die Magliana würde zu mir passen. Da fällt man nicht weiter auf, da die meisten Bürger arbeitslos sind, in Frührente oder gerade gemütlich ein Verbrechen planen; nein, die letzte Bemerkung ziehe ich wieder zurück.

Dort angekommen, stellte ich ein Programm mit viel Radfahren und den Werken der Weltliteratur auf. Ich wollte den pazifischen Raum ausmessen, die russische Literatur bewältigen, mir die großen Franzosen einverleiben, die wenigen wichtigen Italiener, die Giganten beider Amerikas, des Nordens und des Südens, zudem den Homer der Karibik und einen epischen australischen Erzähler, die griechischen Lyriker und die japanischen Romanciers: Oe, Kawabata, Inoue und Tanizaki. So verging die Zeit.

Man muss nach vorne schauen. Es ist ein heißer Juli, unglaublich heiß ist er. Drunten kocht das Tal, und jetzt bin ich schon verdammt neugierig, was mir Paolo berichten wird.

6

»L'Elefantino« ist eine kleine Trattoria am Ausgang der Viale Liegi, neben dem großen »Caffè Ungheria« an der gleichnamigen Piazza in der Nähe von amerikanischer Botschaft, Zoo und Villa Borghese. Ich sitze schon verschwitzt vor einem Campari und denke an Marco Pantani, den Piraten, den der Texaner Armstrong einmal »Elefantino« nannte, wegen seiner Segelohren, die er sich irgendwann korrigieren ließ.

Der »Elefantino« hat einen echten Elefanten im Wappen. Draußen umgürtet ein pseudo-indischer Schmuckzaun den engen Vorplatz, und drinnen marschieren kleine Holzelefanten auf Konsolen, und selbst die Essunterlage hat Elefantenform. Zwanzig Tische stehen stramm ausgerichtet in diesem höhlenartigen Raum. Ich setze mich an die Wand.

Von der Straße aus funkelt etwas blau hier herein. Paolo kommt immer mit Blaulicht zum Mittagessen. Er steht plötzlich im Eingang, lächelt mich an und setzt sich an meinen Tisch. Der Fahrer? Er isst vermutlich im Ungarn-Café nebenan. Paolo Falconi ist für einen Italiener ziemlich groß, mit langem Gesicht und kaum Haaren auf dem Haupt. Helle Augen von meerfarbenem Grün. Er ist gebräunt, und Gott weiß, woher er die Zeit zum Bräunen nimmt. Vielleicht nimmt er die Mütze ab, sobald er das Präsidium verlässt, was nicht erlaubt sein kann.

Wir bestellen Fettuccine und Weißwein, vorher eine kleine Vorspeise. Es ist kurz nach eins, und erst gegen halb fünf wird diese Stadt wieder ihre Aktivitäten aufnehmen. Paolo verrät mir, was er weiß. Er setzt sich verstohlen eine winzig kleine Lesebrille auf und öffnet ein dünnes Heftchen.

Zehn Tage, vier Polen. Einer, der nun schon zehn Tage tot ist, hieß Czesław. Er stürzte von der Engelsburg. »Aber diesen Fall kann man gleich wieder streichen«, sagt Paolo, in dem dünnen Konvolut aus zusammengeklammerten Din-A4-Seiten blätternd. »Tut mir leid, ich hab das schnell mitgenommen, und jetzt sehe ich, dass dieser Czesław aus der Anstalt kam, nach dem Priesterseminar religiöse Neurose, massive Schuldgefühle. Ein Selbstmordfall. Weiter im Text.« Czesław wird also gestrichen.

Vier Tage später, Sonntag, schaute oben auf dem Monte Mario ein Pole, ein gewisser Leszek, hinunter auf den Tiber, und um Mitternacht schaute er immer noch unverrückt. Er sah aber nichts mehr, denn sein Herz stand still. Unseres klopft noch, und erfreut klopft es, denn die Vorspeise steht da. Ein bisschen Bruschetta, Bresaola, Sardinen, Artischocken. Paolo schiebt sich die Lesebrille in die Brusttasche.

Mit Konzentration fängt Paolo zu essen an; ich klaube nur dann und wann ein Stücklein vom Teller. Paolo kaut. Dann schiebt er den Teller nach links. Lesebrille wieder auf. »Wojciech«, sagt er. »Aus dem Tiber gezogen, zwei Tage später. Höhe Engelsburg. Verletzung am Kopf.« Dann legt er den Ordner auf die Mitte und erklärt mit bedeutender Miene: »*E adesso!*« Und was kommt jetzt?

Er deutet auf eine Klarsichthülle, in der ein ziemlich lädiertes bedrucktes Stück Papier steckt, das wohl aus einem Buch stammt. Er blättert um. Noch eine Hülle, auch in ihr eine Buchseite. »Die Erste ist zerknüllt unter der Bank gefunden worden, auf der Leszek saß. Und heute bei Ludwik noch so ein Zettel. Mauro hat ihn gefunden, hat seinen Vorgesetzten informiert, und dann war es mein Fall.«

»Warum?«, frage ich.

»Nationale Sicherheit.« Er senkt die Stimme. »Aus einem Buch herausgerissen. Das ist deutsch, meinen meine Leute. Hitler, Nietzsche oder die Bibel, irgendwas Gefährliches jedenfalls.«

»Ah, alte Dokumente!«, spricht jemand über unseren Köpfen. »Die Herren sind Wissenschaftler?« Es ist der Kellner mit den Fettuccine.

Paolo hat die Dokumente rasch mit dem Oberkörper abgedeckt und schaut verärgert über die rechte Schulter hoch. »Wir sind keine Wissenschaftler, wir sind hungrig«, knurrt er.

Dann erläutert Paolo essend, dass seit dem 11. September 2001 eine gewisse Paranoia herrsche, auch wenn das schon ein paar Jährchen her sei. Alle sähen überall Fanatiker. »Auch wenn es sich in unseren Fällen ja um … um Leute aus unteren Schichten handelt, Ausländer, du verstehst, Rudi, normalerweise würde man da nicht unbedingt … Aber Morde mit Botschaften, das ist anders. Ich habe dir alles kopiert, nicht aus der Hand geben.« Paolo klopft mit drei Fingern auf die Sichthüllen, isst weiter und lächelt.

»Aber wieso habe ich die Ehre, dir helfen zu dürfen?«

Paolo lächelt. »Du kannst ja diese deutschen Wörter entziffern, du sprichst ein bisschen Polnisch, bist unverdächtig, kannst dich ein wenig umhören. Und hast Zeit.«

Ich beiße noch an den ziemlich harten Fettuccine herum. Der Auftrag klingt irgendwie nach Beschäftigungstherapie, und es würde mich nicht wundern, wenn Chiara dahintersteckte.

»Wird mir sicher guttun«, sage ich. »Man muss ja was tun. Einen Computer habe ich zwar nicht.«

Paolo merkt leichthin an, dass man für die wichtigen Sachen keinen Computer brauche. Da hat er recht. Die Computerläden, die es in Deutschland seit zehn Jahren gibt, schießen in Rom erst jetzt aus dem Boden. Nur jeder fünfte Italiener erledigt seine Überweisungen mit dem Computer; Italiener sind traditionell misstrauisch.

Paolo schiebt sich einen Zahnstocher zwischen die Vorderzähne und schaut mich prüfend an. »Es wird auch eine gewisse … Kompensation geben, keine Frage.« Er wirft den Zahnstocher in den Aschenbecher. Wir prosten uns mit kühlem Weißen aus Frascati zu.

Paolo schaut mir in die Augen. »Was hältst du von der Geschichte, so ganz spontan?«

Da muss ich erst nachdenken. »Reichlich seltsam. Warum sollte jemand zerknüllte Beweise hinterlassen? Fanatiker wollen, dass alle wissen, warum jemand sterben musste. So hat das keinen Sinn.«

Auch Paolo denkt nach. »Na ja, herumsprechen wird sich das, da werden einige Leute Angst bekommen. Aber richtig, so ganz klar ist das nicht. Kaffee?«

Für mich nicht. Paolo gibt dem Kellner ein Zeichen und bestellt einen Kaffee. »Ach ja«, fällt ihm noch ein, »ich habe da noch eine Geschichte über zwei Ukrainer reingepackt, die vom Zug überfahren wurden, im Abstand von einer Stunde. Etwas merkwürdig, einer am Bahnhof Tiburtina, der andere in der Nähe vom Bahnhof Tuscolana. Vor einer Woche. Stepan und Antun sind die Namen. Vermutlich lebten sie in der Via Camesena, da gibt es viele Illegale auf einem Grundstück.«

»Und das war alles in zehn Tagen?«, staune ich.

»Ist eben Rom. Große Stadt. Große Unterwelt.«

Fünftausend Polen seien in dieser großen Stadt, viele Hundert Ukrainer, auch Rumänen und Ägypter, und viele Hundert davon seien illegal und untergetaucht. Ich könne mich als Journalist ausgeben.

»Du hast meine Handynummer. Hier ist dein Dossier. Am Montag wieder hier?«

Das ist mir recht. Paolo Fortunato Falconi nickt und lehnt sich zurück. Sein Blick schweift verstohlen zur Uhr. »Mach ruhig«, sagt er noch. »Alles nicht so dringend. Schau halt, was geht.« So reden sie, die Römer. Die Sonne erzieht zum Lässigsein. Dann steht er auf. Winkt den Kellner her. Bezahlt.

»Übrigens, ich habe kürzlich, eigentlich gestern, mit Chiara geredet. Wo lebst du jetzt eigentlich?«

»Na, in der Magliana, zwei Kilometer von Ludwiks Wohnwagen entfernt«, sage ich. »Vorerst geht das.«

Paolo muss ja nicht wissen, dass er es auch bei mir mit einem Illegalen zu tun hat. Er gibt mir die Hand.

»Chiara will dich dringend sprechen, ruf sie mal an. Ciao!«

Ich lege einen Finger an die Schläfe und verabschiede ihn. Er grinst, macht die Tür auf, und seine Silhouette steht im gleißenden Licht draußen und zuckt gleich rhythmisch im bläulichen Blinklicht. Der Abgang des Elefantengottes.

7

Und Rudi: ratlos. Obwohl: Rudi hat nun ein Projekt. Eine fest umrissene Aufgabe ist auf ihn gekommen. Ich bleibe noch sitzen, der Kellner räumt ab und schenkt mir einen finsteren Blick, der wirkt, als wolle er mich am liebsten auf der Stelle mit abräumen. Freiheit für Tisch 19! Es lähmt mich die Erkenntnis, so plötzlich in den Gang der Dinge verwickelt zu sein. Ich bin gestrauchelt und in eine Strömung geraten. Dennoch trage ich die unsichtbare Krone einer Mission auf meinem Haupt.

Jedenfalls: Jemand wollte nicht allzu deutlich Zeichen setzen. Der Täter hat sie beiläufig angebracht, hat die Seiten zerknüllt und so hingeworfen, als wäre es ihm egal, ob man sie fände oder nicht. Als sollte es eine verborgene Botschaft sein. Denn hätte er nichts hingelegt, dann hätte die Polizei gesagt: Unglücksfälle unter Obdachlosen, *caso chiuso* – Fall geschlossen. Womöglich ein Täter, der unbewusst gefasst werden möchte? Ich stehe auf, hänge mir den Rucksack um, greife nach meinem Helm und gehe hinaus in den heißen Tag.

Ich würde lieber japanische Romane lesen, aber wer da draußen Antworten sucht, muss schon seinen Körper losschicken. Ich werde in den nächsten Tagen also viel unterwegs sein. Und da ich weiß, dass der Sterbeort von Leszek, der unverrückt auf den Tiber schaute, nah ist, werde ich da vorbeischauen. Wo ich nun neue Kraft getankt habe.

Mein amerikanisches Tourenrad trägt mich über die Tiberbrücke. Mein Verkehrsmittel könnte man mit viel gutem Willen noch als gelb bezeichnen, es wurde 1994 gekauft, heißt »Crossroads«, hat schon ein Mal die Erde umrundet, ist nun auf dem zweiten Umlauf schon etwas angeschlagen. Ich bin mit ihm mit zehn Kilometern pro Stunde den Splügen-Pass in der Schweiz hinaufgekeucht, an einem Tag zweihundertzwanzig Kilometer von Como nach Mantua gefahren und habe viele Male Rom von Süd nach Nord, von Ost nach West durchquert.

Ich nehme den Radweg am Tiber entlang, und unten am anderen Ufer grenzen die breitflächigen Anlagen des Canotaggio-Klubs an die ausladenden Gestade des Universitäts-Sportvereins. Ein gelber Kajak zieht mit niedriger Schlagzahl in meine Richtung. Der Tiber gibt sich heute gelbbraun. Im Winter ist er hellgrün bis bläulich.

Den vom Verkehr umkämpften Platz Maresciallo Giardino — da treffen ein Dutzend Fahrspuren aufeinander — kann man mühevoll überqueren und am Fuße des Monte Mario die Rampen für die Fußgänger hochfahren. Die steile Straße endet am Platz mit dem Observatorium, dem höchsten Punkt des Hügels. Eine Aussichtsterrasse, davor rechts ein langgezogenes Café, und links das Restaurant »Lo Zodiaco« auf einem Hügelchen, das sich seine Terrasse mit einem 50-prozentigen Aussichts-Zuschlag auf die Getränke finanziert. Vor dem Eingang liegt tatsächlich auf einem hüfthohen Sockel eine flache Steinplatte, ein Tierkreis (*Zodiaco*) als Sonnenuhr mit Zeiger. An der Seite steht eine Aufschrift auf Latein, die heißen mag: *Jede Stunde verwundet und die letzte tötet.*

An der zaunbewehrten Seite vorn am Hang stehen Bänke, und im Tal zur Linken zeigt sich eine Ecke des Außenministeriums, der »Farnesina«. Es ist ein Ungetüm aus der Zeit des letzten Weltkriegs, umgeben von Leere, die als Parkplatz fungiert. In einem Zimmerlein dieses Monsterkastens sitzt Chiara an einem Schreibtisch. Unten fühlt man sich an die stalinistischen Bauten erinnert, an Wohnblocks in Kattowitz, Minsk und Warschau. Die Farnesina steht irgendwie verloren da, im Schatten des sechzig Meter hohen Hügels. Früher habe ich sie von unserer Terrasse aus gesehen. Und wenn Chiara anrief, dass sie bald kommen würde, habe ich uns etwas zu essen gemacht.

Hier oben habe ich an einem Sonntagnachmittag einmal gesessen, um die Torschreie der Siebzigtausend zu hören, denn »Roma« spielte, AS Rom. Sie holte sich ohne Rudi Völler die Meisterschaft im Jahr 2001, es bleibt unvergessen. Die halbe Stadt wurde gelb und orangerot bepinselt und besprüht, ein kollektiver Taumel hatte die Ewige Stadt ergriffen. Im Heiligen Jahr 2000 hatte der Konkurrenzverein Lazio Rom den Titel gewonnen, den »*scudetto*«, was den Romanisti, also den Roma-Fans, missfiel, die dann lieber noch Milan oder Inter siegen sehen. Bloß nicht Lazio!

Ich stelle mich an den Zaun und habe die ganze Stadt vor mir mit ihrem geschwungenen Tiberbogen. In Sichtweite zur Farnesina rufe ich Chiaras Nummer an: »Hi! Ich bin's, ja! … Weiß schon, ja, mein Handy war oft ausgeschaltet. — … — Wenn du meinst, gern … Morgen? Um neun? — … — Was hältst du von Cesare, zu weit für dich?« Ich solle versuchen, pünktlich zu sein. Das gelobe ich. »Und, wie ist das Leben ohne mich?«, frage ich.

»Störungsfrei«, sagt sie. Typisch diplomatische Aussage. Könnte auch bedeuten: recht langweilig. »Ciao, dann.«

Wir treffen uns also in der Pizzeria »Cesare«, Via Casaletto. Chiara sitzt immer noch an ihrem Schreibtisch, und vielleicht denkt sie noch ein paar Sekunden an mich.

8

Und da rechts von mir, auf der monumentalen Steinbank, saß Leszek, ohne Schreibtisch, und nahm nichts mehr wahr. Sein Kopf war womöglich leicht zur Seite gesunken, und über ihm konnte man noch die lateinische Inschrift lesen:

Hinc septem dominos videre montes
et totem licet aestimare Romam
Albanos quoque Tuscolosque colles
et quodcumque iacet sub urbe frigus
Fidenas veteres brevesque Rubras.

Schon wieder Latein. Es geht wohl um die sieben Hügel (*septem montes*), und dass man von hier aus die Maglianer und Tuskolaner Berge schätzen lerne, und etwas Rotes (*rubras*) liegt unterhalb der kalten Stadt (*urbe frigus*).

Hinter der Bank in einer Laube steht seit achtzig Jahren das Karussell »Blue Ribbon« mit drei weißen Holzpferden, eingerahmt von zwei Dutzend flammenden Weihnachtssternen; reglos steht es wie Leszeks Herz. Grandiose Aussicht: der Tiberbogen, das Halbrund des Pioniermuseums, der elegante Schwung der Steinbrücke weiter Richtung Norden, die sanft sich wiegenden Berge in der Ferne. Überall schwingt es. Wie dunkel die Wälder wirken!

Ich fische das Dossier aus der Innentasche der Jacke und klappe es auf. Bei Leszek steht: keine Anzeichen äußerer Gewalteinwirkung. Exitus vermutlich durch Herzversagen. Obduktion: Fehlanzeige. Zehn Kilometer trennen die Orte, an denen Ludwik und Leszek starben. Rom ist eine Welt, jeder Stadtteil eine eigene kleine Welt. Mein Friseur Nico sagte, er sei in dreißig Jahren nicht oft im Zentrum gewesen, fünfmal vielleicht. Warum sollte einer von der Magliana tiberaufwärts fahren und hier einen armen Polen umbringen? Ich stecke die Blätter wieder ein. Aber wenn er nicht mal ein Messer im Herzen stecken hatte, was habe ich dann hier verloren?

Ich gehe in die Bar hinüber und trinke am Tresen erst einmal ein Bier. Es ist heiß. Der hagere Barmann wirkt nicht unsympathisch, Gel im angegrauten Haar, Ironie im Blick, einen eigentümlichen Papierhut auf dem Kopf. Ob er sich erinnern könne, der tote Pole vor acht Tagen?

»Ich komme hier ja nicht weg«, sagt er.

»Wie tragisch«, meine ich, »aber man sieht ja fast hin. Ein paar Meter.«

»Stimmt, die Carabinieri waren hier, die Polizei, alle. Man hat einen weggeholt im Zinksarg. Mehr weiß ich auch nicht. Ein Obdachloser.«

Ein kleiner, weißhaariger Mann im Hintergrund meldet sich zu Wort. »Die Polizei kommt nur, wenn's brennt. Wegen unserer Hunde hat sie nichts mehr gemacht. Da treiben sich viele Leute herum, Ausländer.« Ich habe mich zu ihm umgedreht. Der Mann hat eine riesige Warze auf der aufgequollenen Nase, eine schwarze Strickjacke und Jeans an.

»Was war mit den Hunden?«, frage ich.

»So vor einer Woche war es, vielleicht am Mittwoch. Am Sportplatz. Man hat unsere Hunde vergiftet, stellen Sie sich vor. Ein Dutzend ist gestorben. Am Samstag danach, vor 'ner knappen Woche, gab's eine Demonstration an der Via della Camilluccia, ein Sit-in. Leute aus allen Erdteilen waren da. Mein Vito war krank, darum bin ich nicht spazieren gegangen. Hat ihm das Leben gerettet. Der tote Bursche da oben war Ausländer. Der war's bestimmt. Als ich ihn das letzte Mal gesehen habe, sah er ziemlich verstört aus.« Der Mann kommt näher. »Wer sind Sie eigentlich?«

»Ach, ich habe von dem Fall gehört. Interessiert mich. Und ich mag Hunde.« Der Mann kritzelt mir die Adresse von einem auf, der dabei seinen Schäferhund verloren hat. »Attilio, der hat sich vergraben. Wohnt da unten am Platz, Nummer 128. Nachname Priorio.«

Ich danke ihm und mache mich auf den Rückweg. Zu Attilio will ich jetzt nicht. Der Tag war lang und voller neuer Erlebnisse. Ich hatte nicht einmal Zeit, anständig um Ludwik zu trauern. Er sollte standesgemäß verabschiedet werden. Ich muss mir vielleicht eine Flasche Wodka kaufen und ihm zuprosten.

Ich lasse mich die Abfahrt hinuntertragen, biege auf die Via Trionfale ein, und unten liegt die Stadt bis zum Horizont. Bald schon kann ich mich wieder in reichlich Gesellschaft bewegen: Busse, Autos und Motorroller auf zwei Spuren warten auf mich, anfahrend und wieder anhaltend. Die Motorisierten begleiten mich die lange Viale dei Colli Portuensi entlang und sogar noch hoch zur Via Portuense. Dann kann ich abschwenken in die Magliana.

Ich nähere mich dem alten Schulhaus, und Entspannung, ja so etwas wie Vorfreude kommt über mich. Ich habe ein Zuhause. Das Rad stelle ich wieder in die Mitte des Zimmers. Es ist nun das Zentrum meines Lebens, und unsichtbar daneben steht mein Projekt. Ich habe eine Aufgabe, mein Leben eine neue Richtung.

Schon damals, bei unserem Grillabend nach der Niederlage der italienischen Fußball-Nationalelf gegen Südkorea, hatte ich Paolo von meinen Polnisch-Studien berichtet und von meinem illegalen Bekannten Joe, von den armen Leuten unter den Tiberbrücken.

»Da hat man gerade ein wenig aufgeräumt«, sagte Paolo. »In der Szene bräuchten wir trotzdem Leute, die die Augen offenhalten. Auch wenn's nicht genau mein Bereich ist.«

»Na ja, ich fahr da öfter vorbei«, wich ich zurück. »Doch wenn ich dir mal helfen kann, gerne«, sagte ich noch leichthin und gab ihm meine Handynummer. Mein Handy funktioniert auch heute noch. Die Gebühren werden von Chiaras Konto abgebucht. Tut ihr ja nicht weh.

Meine Radfreunde, mit denen ich oft Ausflüge unternommen hatte, meldeten sich auch regelmäßig. Ich fuhr weiterhin fast jeden Sonntag mit Giuseppe und Werner in die Abruzzen, und diese Kontinuität tat mir gut. Doch eigentlich, im kahlen Licht der Straßenlaternen betrachtet, sieht es schlecht aus. Ich habe keine regelmäßigen Einkünfte. Nächsten Monat soll noch die Anlage bei einer deutschen Bank frei werden, zweitausend Euro. Könnte bis zum Ende des Jahres reichen. Aber dann? Dann packe ich meinen Schlafsack auf den Freischwinger und trage alles zu Joe am Tiberufer und frage ihn: Hast du noch ein Plätzchen frei, Alter?

»Willst du nicht einmal an die Zukunft denken?«, hat Chiara oft gefragt, wenn sie mit kaum gebremster Wut aus dem Ministerium kam. Ich saß dann wie ein armer Sünder mit gesenktem Blick auf meinem Computerhocker, wie ich es dreißig Jahre zuvor getan hatte, wenn mich mein Vater mit den Worten »Rudi, kommst du mal runter?« ins Wohnzimmer zu einer Predigt bestellte. Seit jener Zeit bin ich am glücklichsten, wenn man mich in Ruhe lässt. Darum fahre ich so gern Rad. Du bist nicht zu fassen, du bist aktiv, ohne produktiv zu sein, es ist der Triumph des Hierseins ohne die Frage nach einem Wohin und Wozu.

Es ist ganz schön heiß. Der Autoverkehr auf der Brücke brummt nur leise. Er wiegt einen in den Schlaf, den ein lauwarmes Peroni-Bier befördert hat.

9

Es ruft jemand: die Pflicht. Ich nehme mir also statt Dostojewskis *Brüder Karamasow* Paolos Dossier vor. Sonntag Leszek, Dienstag Wojciech, Donnerstag Ludwik. Die Kopien der Blätter wirken verschwommen und verzerrt, aber lesen kann man sie noch. Sogar das Blatt, das vor Ludwiks verbrannter Bude lag, hat Paolo mir kopiert. Hat es vermutlich glattgestreift, den schweren Deckel des Kopierers daraufgepresst.

Ihre Reform bestand in der Rückkehr zum Ideal entsagender Armut, aber auch in der Abwendung von einer bloß eremitischen Lebensweise. Das neue Mönchtum stellte sich mitten in den Städten unter das Gewühl des Volkes.

Also eine neue Bewegung.

Das gedrückte Volk sah die verachtete Armut auf einem Altar erhöht und in die Glorie des Himmels gestellt. Der Zudrang zu den neuen Orden war daher sehr groß.

Hm, ein Triumph der Armen also.

Die Bettelbrüder beeinflussten alle Schichten der Gesellschaft. Sie verdrängten die Weltgeistlichen von den Beichtstühlen und Kanzeln; sie besetzten die Katheder der Universitäten.

Schönes Märchen.

Sie sahen und hörten alles. Sie wanderten wie die ersten Jünger, ohne Stab, ohne Sack, ohne Brot, ohne Geld und barfüßig durch das Land; aber diese Bettelscharen waren zugleich in Hunderten von Klöstern nach Provinzen organisiert und von einem Minister-General befehligt, auf dessen Gebot jeder einzelne Bruder bereit war, ein Missionar zu sein und ein Märtyrer, ein Kreuz- und Bannprediger, ein Friedensrichter, ein Truppenwerber für den Papst, ein Ketzerrichter und Inquisitor.

Eine Anspielung auf die Obdachlosen, ein Wunschtraum?

Die Päpste machten aus ihnen immer kampffertige Heere, deren Unterhalt sie nichts kostete. Die Grundsätze von der göttlichen Gewalt des Papsttums wurden von diesen Bettelmönchen auf tausend Wegen in das Vorstellen der Menschheit geleitet, deren Gemüt durch Gewissensangst und Schwärmerei, durch Wohlwollen, Hingebung und Aufopferung zum duldenden Gehorsam unter die Gebote des unfehlbaren Papstes gebeugt ward.

Klingt nach Mittelalter. Der Papst hatte ja keine Soldaten, nur seinen Bannfluch hatte er, aber nun diese Bettelmönche.

Das ist eindeutig ein Auszug aus einem seriösen geschichtlichen Werk. Der Stil ist klassisch; so hat man im 19. Jahrhundert geschrieben, vielleicht noch in der ersten Hälfte des zwanzigsten.

Es ist jedenfalls weder die Luther-Bibel noch Nietzsche noch Hitler, da wird Paolo ganz schön enttäuscht sein. Wer ist der Autor? Ich trete durch den Vorhang auf den Balkon und nehme ein paar Atemzüge Nachtluft. Nicht besonders erfrischend. Am Tiberufer schimmern verhängt ein paar Lichter. In den Hütten sitzen Menschen, was tun sie da? Wie leben sie, die Bettelmönche? Bin ich nicht selber einer? Übrigens, so viel weiß ich:

Aus der Askese der Mönche entstand die höfische Liebe, orientiert an der Zuwendung zu einem höchsten Wesen; die Strenge der Mönche lebte im Ritter, im Soldaten, im preußischen Beamten und wohl auch im Jogger weiter.

Unten auf dem Blatt steht als Seitenzahl 1302. Das ist also ein richtig dickes Werk, ein Klassiker vermutlich. Kenne ich nicht schon alles?

Jetzt aber Schluss. Warum lese ich nicht mal etwas Nettes? Es ist windig geworden. Ich fühle mich plötzlich alleine und wie jemand, der im Nachthemd im Wind steht: nichts hinter mir, nichts vor mir. Es ist ein Gefühl, als hätte sich in allen Ecken das Unheil versteckt. Drohendes Unheil. *Impending doom.* Ich halte mich an der schlanken Verdicchio-Flasche fest, gieße mir noch ein Glas voll und setze mich in einen durchgesessenen Brauncord-Freischwinger. Es ist elf Uhr.

Besser ich lege mich hin. Ich muss mir die Arbeit einteilen. Ein Blatt pro Tag.

Wirre Träume, nicht vom Schulleben, sondern von brennenden Propheten und Dornbüschen, schreienden Menschen und zuklappenden Türen haben mich gequält. Und ich hörte jemanden laut und deutlich »Kashmir« sagen. Ich mache Licht an und suche die alte Led-Zeppelin-LP heraus, schließe den Plattenspieler an, und dann dröhnen laut und stampfend die Klänge von »Kashmir« hinaus in die Nacht. Ein Zweidrittelmond ist an den Himmel geheftet. Ich bin der Einzige in diesem graubrauen Palazzo, der bei Tageslicht aussieht wie zerbombt.

Die Trommelschläge fallen schwerfällig und unerbittlich in die schwüle Luft. Das Cello spielt im Stakkato, hypnotisch, zieht die Melodie in Schleifen hoch, dann schmettert das Orchester los und jagt eine Breitseite hinüber zum anderen Ufer. »Oh baby, I've been flying. Lord, yeah. Mama, ain't no denying. Oh. Mama. Ain't no denying.« Dann wird die Musik orientalisch betörend, tritt auf der Stelle, füllt sich mit Spannung … »All I see turns to brown / As the sun burns the ground / And my eyes fill with sand / As I scan this wasted land / Tryin' to find where I've beeeen…« Der Sänger verlängert dieses »been«, schier unerträglich ist das, bis es sich vereint mit dem triumphalen Klang des Orchesters, das anschwillt wie ein startender Düsenjet.

Die Autos bahnen sich mit leuchtenden Augen ihren Weg durch die Nachtluft. Sie folgen einander auf der langen Brücke über den Tiber wie Flugzeuge im Landeanflug. Sie schweben über das Tal wie von einem Kontinent zum anderen: von der Magliana hinüber zum Viertel EUR. Der Mond sieht in Schräglage von oben zu.

Schon zweimal hat sich seine Sichel mit Licht gefüllt, würde Vergil sagen, seit ich dieses Leben der Wildnis und der Hütten pflege. Der Mond steht scheinbar still. Auch »Kashmir« ist zu Ende. Als wäre ein Karussell zum Stehen gekommen.

10

Ich werfe vom Radweg einen Blick auf den verbrannten Wohnwagen, der immer noch dasteht wie ein Mahnmal für Ludwik, allerdings nun ohne Dach. Mich selbst werfe ich den Abhang zum Tiber hinunter. Hinter der scharfen Linkskurve hätte ich vor zwei Wochen beinahe einen jüngeren Menschen umgefahren, der mitten auf dem Weg »ein Ei legte«, wie man sagt. Er rappelte sich hoch und kippte vornüber ins Gebüsch, und zurückschauend sah ich noch sein nacktes Hinterteil wie einen rosa Luftballon sekundenlang über dem Gebüsch schweben.

Dann nähert man sich diesen widerwärtigen kleinen Holpersteinen, und rechts ist das Theaterschiff festgemacht, auf dessen Deck immer junge Mädels herumputzen, wenn nicht stämmige Regieassistenten Lampen für Filmaufnahmen installieren. Dann: die Eisenbahnbrücke, an der eine Rampe zur Straße hochführt. Auch da wohnen drei, die ihr Anwesen mit Bettlaken zugehängt haben. Manchmal klopfen sie Karten.

Neben meterhohem Müll steht auf einem Betonabsatz verloren ein kleines Transistorradio, flankiert von einem Rasierspiegel.

Man fährt unter der Testaccio-Brücke durch, und dann erweitert sich das Flussbett des Tiber. Die schräge Ufermauer ist zwanzig Meter hoch, besteht aus Quadern und wird oben bekrönt vom Zaun der Pizzeria »Maximus«. Von deren Garten aus sieht man nicht den Fluss, nur die Häuser gegenüber. Die Römer haben ihren Tiber gut versteckt; Flüsse langweilen sie, auf denen kann man nicht Auto fahren. Der Ausdruck »der blonde Tiber« kommt übrigens von Horaz, der sechzig Jahre lebte bis acht Jahre vor Christi Geburt und vom *»fluvio Tiberinus«* wusste, er habe *»multa flavos harena«*, viel blonden Sand. *Flavos im fluvio*. Blond ist der Fluss nur weit vor Rom.

Dann: die Brücke Ponte Sublicio, wo oben das Gelände von Porta Portese beginnt, dessen berühmter Flohmarkt jeden Sonntag Zehntausende anlockt. Auf einem begrünten, zwei Meter breiten Absatz an der Treppe hoch zur Brücke hatte Joe mal sein Zelt, sein Gerümpel, sein Rad, seine Feuerstelle und seinen toten Fisch an der Wäscheleine.

Bis im letzten Sommer morgens um halb sieben die Stadtpolizei kam und ihm gerade noch Zeit gab zu verschwinden. Die Beamten machten ein paar Dutzend Behausungen platt, was leicht war, da sie aus Kartons bestanden. Um die fünfzig »Extracomunitari« nahmen sie mit, meist Osteuropäer. Man fuhr sie ins Abschiebelager nach Ponte Galeria, da die meisten keine Aufenthaltsgenehmigung hatten.

Joe kennt seine Italiener, hat ein paar Tage gewartet und dann unter der Brücke, zwischen Betonweg mit Geländer und dem Wasser eine neue Privatsiedlung gegründet: zwanzig Meter Luftlinie von seinem früheren Heim. Nun gibt es das neue Bossi-Fini-Gesetz, das jeder italienische Bürger »repressiv« nennen darf, weil es das Oberste Gericht von Rom in einem Urteil getan hat. Früher, zu Zeiten der Linken, wurde man höchstens aktiv, wenn eine Weltmeisterschaft vor der Tür stand oder ein Treffen von Staatsmännern. Die Polizisten setzten sich widerstrebend die Mütze auf, taten, was von ihnen verlangt war, und dann ließen sie sich lange nicht mehr blicken.

Mitte 2001 wählte das Volk eine Mitte-Rechts-Regierung, die damit geworben hatte, härter mit Illegalen umzugehen. Der Präsident eines römischen Innenstadtbezirks beklagt einen Ausländeranteil von 15 Prozent und weiß wohl nichts von Frankfurt-Mitte (40 Prozent) und Berlin-Kreuzberg. Der Bürger fühlt sich bedroht. Der Dreck! Die Gesetzlosigkeit! Er selbst fährt aus Gewohnheit zu schnell mit dem Auto, spricht am Steuer in sein Handy und lädt seinen alten Kühlschrank hinter dem Ortsschild ab. Aber die »Extracomunitari«, die Außereuropäischen, sind eine Bedrohung, und wenn ein Verbrechen passiert, sind immer sie es gewesen.

Ich halte am Geländer an. Rechts unten sitzt Joe auf einer Holzpalette für Container und schlürft etwas aus einer Blechtasse. »Hey Joe!« Seine Augen leuchten. Joe mag einen Meter achtzig groß sein, breitschultrig, und er ist vielleicht fünfunddreißig Jahre alt. Wenn er sein Hosenbein hochkrempelt, um die Narbe seiner Knieoperation zu reiben, sieht die Haut schwarzgrau und rau aus wie die eines Elefanten.

Joe »Ghost Cat« stammt aus Uganda, aus Kampala. Wahrscheinlich lebt er schon zehn Jahre hier, vielleicht länger. Joe redet Englisch. Er war früher Berufsboxer und schwärmt immer noch von den Managern aus »Jörmenni«, von denen aus »Börrlinn« und »Stuccart«. Mir hielt der glatzköpfige, schwer bewaffnete Wachmann im Parioli, wenn ich Geld vom Bankomaten abhob, jedes Mal sein rechtes Handgelenk hin und stieß stolz hervor: »Jungans. Stuccart. Porsch. Merzädes. Au-di. Bi-emme-wu. Monaco.« Was heißt: BMW. München.

Joe liest gerne den Sportteil der Tageszeitung. Er hat keine Freunde bis auf ein paar Passanten, die mit ihm einige Worte wechseln. Er sitzt den ganzen Tag nur da. Manchmal liest er einen einfach geschriebenen Krimi. Oder er geht im Supermarkt einkaufen. Besucht auch ein Kino, Nachtvorstellung, wenn er ein paar Euro übrig hat. Neben ihm drücken drei Katzen ihre mageren Körper aneinander, eine schwarze, eine graue, eine halbgraue.

Deswegen nenne ich Joe auch »Ghost Cat«. Als mein Blick zum ersten Mal zu seiner Terrasse hochschweifte, hatte ich blitzartig Bilder aus dem Film »Ghost Dog« von Jim Jarmusch im Kopf, mit dem schwarzen Samurai Forest Whitacker; beinahe hätte mich Joe da mit einer leeren Flasche zur Strecke gebracht, die er in derselben Sekunde in Richtung Tiber schleuderte. So fing unsere Bekanntschaft an.

Da stehen ein paar Getränkekisten unter Sträuchern, die ihre lappigen Blätter ausbreiten, daneben das übliche rostige Fahrrad, das kaum mehr fährt. Joe lebt unter der Brücke, da kann er von oben nicht nass werden. Aber der Fluss kann steigen und die schmale bewachsene Uferzone unterhalb des Wegs überschwemmen, was er regelmäßig im Januar tut. Dann muss Joe seine Habe retten und auf der Uferbefestigung schlafen. Dieses Jahr regnete es tatsächlich ungewöhnlich oft in Rom. In den Ästen der Bäume hoch über uns haben sich Plastiktüten verfangen: So hoch stand der Tiber schon.

Ich klettere hinunter zu ihm. Er gibt mir einen verbeulten Becher und gießt lauwarmen Kaffee hinein. Ich sage ihm nach einer Anstandspause: »Hast du gehört? Ludwik ist tot, verbrannt. Der Mann von da hinten, vom Wohnwagen.« Er reagiert kaum. Manchmal spricht er verzögert, das kommt von einer Krankheit.

»Hast du ihn gekannt?«, frage ich.

Er sieht mich nun ganz aufmerksam an.

Ich ergänze: »Ich habe Ludwik nämlich gut gekannt. Weißt du, Diocreatore meint, er hätte einen Fehler gemacht.«

Joe schaut nur, mit verschlossenem Gesicht. Man muss vorsichtig sein hier unten am Tiber. In dieser Welt herrscht viel Misstrauen.

»Kannst du etwas für mich tun, Joe?«, frage ich direkt. Ich gebe ihm zehn Euro, und er strahlt übers ganze Gesicht. Er solle sich unauffällig umhören, wer etwas gegen den Wohnwagenmann in der Nähe der Magliana-Brücke hatte. Eigentlich Unsinn. »Unauffällig umhören«: Ob Joe damit etwas anfangen kann? Dann wechsle ich das Thema. Wir reden über die Fußball-Weltmeisterschaft, den Afrika-Cup, das Wetter.

»Die Polizei lässt uns wieder in Ruhe«, sagt er. »Die wissen, dass wir keine ›troublemakers‹ sind.« Ich trinke aus und gebe ihm die Hand. Seine Hand ist rau. Er ist immer draußen. Ohne Handcreme.

Ich schaue zum Fahrrad hoch: Da steht ein junger Mann und beugt sich über den Lenker meines Rads.

»He!«, brülle ich hinauf. Er wendet sich ab, eilt unter der Brücke durch und läuft die Treppe hoch.

»Ein Pole«, lässt Joe fallen. »Die leben da, wo ich vorher war. Hinter den Sträuchern, in Zelten. Auch zwei Ukrainer. Ein Pole war letztes Jahr da, hat immer getrunken, nichts gegessen. Dann haben sie ihn geholt. *Into the hospital*.«

Ich sage ihm nochmals, dass ich herausfinden muss, warum Ludwik sterben musste, kehre ihm den Rücken zu und krabble die Böschung hoch.

»Da hinten, die Kirche!«, ruft er hinter mir. »Der Pfarrer kennt Ludwik. *Ask him*.«

Meine Hand dankt. Ich krieche unter dem Geländer durch.

Ich bin bei meinem Rad, als ein Summen hörbar wird und ein schwacher Gesang in der Luft liegt. Männerstimmen. Eine Gruppe nähert sich, in Zweierreihen, es sind Gestalten in härenen, grauen Kutten, die Taille von einem groben Strick umschlungen, und ihre Kapuzen lassen wenig von ihren Gesichtern sehen. Sie tragen Kerzen vor sich, am helllichten Tage. Die Rapper tragen Kapuzen, sodass sie, so sagt man, bei ihren Graffiti-Aktionen vor Stromschlägen geschützt sind. Früher, im 13. Jahrhundert, trug man gern Kapuze. Dante Alighieri wird immer mit einer solchen abgebildet. Jetzt sind sie da.

Ich schaue zu Boden und bekreuzige mich aus Verlegenheit. Es sind zehn Mann, in Zweierreihen. Sie gehen langsam, singen, weichen mir und meinem Fahrrad aus, ohne mich eines

Blickes zu würdigen, schreiten lautlos auf Sandalen vorüber, und die Flammen ihrer Kerzen zittern leicht; Schweißgeruch begleitet sie. Ein gregorianischer Choral wird angestimmt. Ein kühler Luftzug folgt ihnen, scheint mir. Das hat sicher mit dem Theaterschiff zu tun. Zwei Rücken in groben Kutten, die sich entfernen. Ein Gesang, der leiser wird. Eine Bresche in der Zeit könnte das sein. *Virgo flagellatur. Procedentem sponsum.* Sie verschwinden hinter der Brücke. Amen. Ich warte noch. Sie sollen sich nicht verfolgt fühlen.

11

Wie eine Festung steht am Radweg noch Wohnwagen Nummer zwei, und davor sitzt sein Inhaber, der Mann mit dem weißen geschweiften Schnurrbart und einem Lederhut mit großer Krempe auf dem Kopf. Die Bänder der Polizei sind gerissen und liegen auf dem Asphaltboden wie Schlangen. Es sind sicher über 30 Grad, entschieden zu warm für die Jeans. Leichter Wind vom Meer. Kazimierz, Ludwiks Freund, hat ein Steak auf dem Grill liegen. Als ich mich nähere, lächelt er hilflos. Ich lächle auch, halte an, nehme den Helm ab. Er will aufstehen, lässt sich aber wieder in seinen Campingstuhl fallen.

»Rudi«, sagt er tonlos.

»Ludwik ist tot«, sage ich. »Es tut mir leid. *Śmierć*«, sage ich; das heißt Tod.

»*Umarł*«, sagt er auf Polnisch. Tot.

Kazimierz winkt ab, geht zum rauchenden Grill, schneidet mir ein Stück Steak ab, spießt es auf die Gabel und hält es mir hin. Hoffentlich ist es nicht von einem Hund, denke ich. Schmeckt aber gut. »*Dlaczego*?«, frage ich kauend. Das heißt nicht woher, sondern: Warum? Kazimierz zuckt die Schultern.

Dann setzt er sich. »Böse Menschen«, sagt er auf Italienisch, und seine Schultern fallen vornüber, seine Augen werden feucht; er schluchzt. »Ludwik!«, stößt er hervor. »Ludwik.«

Ich umarme ihn. Er ist ganz leicht, wie er so an meiner

Schulter hängt. Er will etwas sagen, es kommt nicht heraus. »*Jestem smutny*«, sage ich leise. Ich bin traurig. Schöne Sprache, das Polnische. Finde jedenfalls ich. Er legt die Hand auf meine Schulter, drückt mich auf einen zweiten Campingstuhl.

Er erzählt in einem Gemisch aus Italienisch und Polnisch, und ich verstehe nicht einmal die Hälfte. Stahlarbeiter in Kattowitz gewesen, Arbeit verloren, Frau verloren, Freund hier, komme her, Ludwik, Wohnwagen, schöne Zeit, böser Freund, Frau und Mann, ein Auto, Ludwik böse, und überhaupt und alles. Ich bin hoch konzentriert. Ich versuche mir das zu merken, bis ich merke, dass Kazimierz zu reden aufgehört hat wie ein Motor, dem das Benzin ausgegangen ist. Ich klopfe ihm auf die Schulter und nicke ihm zu.

»Langes Leben«, wünsche ich ihm. Er lächelt traurig.

Ich schaue wieder durch den Gitterzaun hinüber zur verborgenen Fassade von San Paolo fuori le Mura. Ich will bald einmal von dort hier herüberschauen. Was sehen die Heiligen? Eins ist klar: Mit meinen paar Worten Polnisch komme ich hier nicht weit. Ich muss unbedingt zu Danuta, unserer polnischen Putzfrau aus dem Parioli. Sie mochte mich. Ich könnte ja auch den Papst fragen, der jetzt mein bayerischer Landsmann ist und mir sicher ein Priesterlein mitgibt, doch in dieser Angelegenheit will ich ihn nicht bemühen. Er hat genug zu tun.

Auf der anderen Seite des Tiber, ein Stück links von der Basilika, steht sinnlos das hochhaushohe Stahlgeflecht des Gasometers von Ostiense. Eine verödete Industriezone breitet sich um sie herum aus mit angegrauten Skeletten von Hallen und Türmchen darauf, mit Halden auf ausgetrockneter Brache. Das schnappen sich die Spekulanten auch noch. »*Valorizzare*« ist heute nämlich das Zauberwort: aufwerten, Geld rausholen. Irgendwann, vielleicht schon in fünf oder zehn Jahren, wird sich auch dort drüben die Freizeitgesellschaft breitgemacht haben. Viel Platz für Autos. Wüsten, Steppen, Wiesen: alles potenzielle Parkplätze. Bringt Geld wie Ölquellen.

Der Radweg taucht nach unten ab, doch nach vorn öffnet sich eine lehmige Fläche. Hier stehend, hat man an Sommerabenden immer einen Geschmack von Afrika: dünne Beleuchtung, zwei, drei Spaziergänger, und in der Ferne Reihen von Häusern mit Flachdächern, übereinander gestaffelt. Da stand ich manchmal Samstagabend und dachte an Ostafrika, wo der Generator des Dorfes um sieben Uhr abends seinen Dienst einstellt und es schwarze Nacht wird, afrikanische Nacht, mit Afrikanern, die ihre Räder lautlos durch die Landschaft schieben.

»*Nie macie pojęcia, jak czarna może być noc*«, schrieb Ryszard Kapuściński, der große Afrika-Reisende. »Nije matschie pojetschia, jak tscharna mosche bitsch notz« – so klangvoll ist dieses Polnische: »Man macht sich keine Vorstellung davon, wie schwarz eine Nacht sein kann.« Er habe seine Hände ausgestreckt, und diese Hände habe er nicht gesehen. Jetzt aber wird Afrika ausgeleuchtet. Sie bauen einen riesenhaften Baumarkt, und direkt daneben wird bald das Ufa-Kinozentrum zehn Säle für Besucher öffnen. Das Brachland schrumpft.

Links an der aufgerissenen, durchfurchten Fläche Ostafrikas steht ein klobiger Kirchturm. Er ist weiß, nicht höher als ein Wohnhaus, und im obersten Stock weist er eine quadratische Öffnung auf, in der fünf Kirchenglocken hängen. Ein gepflasterter Weg führt durch Blumenrabatten auf einen Bau mit Flachdach hin, der der Kirche vorgelagert ist, die Santi Aquila e Priscilla heißt. Eine kleine Afrikanerin steht plötzlich da, in weißer Tracht, und sagt leise: »Zum Padre? Die Treppe hoch, das erste Zimmer links.«

Die Tür steht halb offen. Ich klopfe an den Türrahmen. Der Padre schaut von seinem Bildschirm auf. Er hat ein hageres Gesicht mit hervorstehenden Wangenknochen und Bartschatten. Seine grauen Haare sind zurückgekämmt, und unter einer zerfurchten Stirn glühen dunkle Augen. »Kann ich Ihnen helfen?« Er nimmt seine Brille ab.

»Ich bin Journalist«, sage ich, und in dieser Sekunde glaube ich daran. »Ich heiße Rudi. Interessiere mich für Obdachlose. Haben Sie Ludwik gekannt? Den, der hier unten gerade verbrannt ist?« Ja, so reden Journalisten. Knapp und kernig kommen sie zum Punkt. Ich soll mich setzen. Ein Padre am Bildschirm. Vor zehn Jahren war das eine Sensation: Nonnen und Internet! Der Papst im Web! Jetzt aber schreiben viele; wenige lesen, keiner zahlt. Hier oben ist es schön ruhig, Blick über den Tiber und auf die Industriebrache. Das böse Leben ist unten am Ufer.

Padre Sergio von den Kapuzinern schaut noch mal auf den Bildschirm, eine dünne Brille auf der Nase. »Ich schreibe gerade einen Brief nach Ostafrika. Da war ich zehn Jahre. In der Verwaltung. Mein bester Freund Claudio ist dort vor ein paar Tagen erschlagen worden, irgendwo, nachts. Ein Überfall. Hier ist es eigentlich dasselbe.« Er wendet sich von seinem Brief ab, lehnt sich zurück und schaut mich mit unstetem Blick an. »Ludwik? Er kam jede Woche zur Messe. Ich habe ihn nur angetrunken erlebt. Er war gläubig. Einmal in der Kirche, in der ersten Reihe, hatte er Tränen in den Augen. Warum hat er getrunken? Wodka ist billig, keine Arbeit, keine Freundin, keine Perspektiven. Kazimierz war sein Kamerad.«

Während er gesprochen hat, sind mir Erlebnisse von damals eingefallen und haben sich über Sergios Worte gelegt: Bruder Maternus, ein entfernter Verwandter aus Landsberg am Lech, achtzig Jahre alt, der kleine stramme Benediktiner mit dem akkurat geschnittenen Vollbart, mit dem ich durch ein afrikanisches Dorf stolzierte, wo Schulkinder in Uniformen uns ein Lied sangen; und die anderen deutschen Benediktiner in Songea, Matarea, wo immer. Sergio hat plötzlich einen leeren, verlorenen Blick. Er zieht eine Schublade auf, holt mit spitzen Fingern etwas heraus, das aussieht wie kleine blaue Kugeln. Er wirft sich zwei Pillen in den Mund und redet belebt weiter.

»Vielleicht hatte er Feinde. Jeder in dieser Szene hat Feinde. Es geht um Frauen, um Hunde, um Ehrenhändel. Der Platz da unten ist nicht ganz ungefährlich. Ich weiß noch, wie

Ludwik mich nach der Messe gefragt hat: ›Pater, haben Sie auch Angst vor Jesus und Gottschöpfer?‹ Ich war perplex. ›Nein, ich nicht. Die wissen, was sie tun.‹ Manchmal habe ich ihm Geld gegeben. Das hier«, er beschreibt mit der Hand einen Halbkreis, »ist eine menschliche Müllhalde. Aber nicht Sodom und Gomorrha. Dort hatten sie wenigstens Spaß, nehme ich an.«

Er seufzt. »Hier ist es viel trauriger. Wir Menschen und Gott gehören zusammen, sind aber durch die Welt getrennt. Das Göttliche ist der Welt fremd, so wie unser Pneuma, unser inneres Selbst, uns fremd ist. Ich glaube: Ein niederes Prinzip hat die Welt erschaffen und Gott übertölpelt, den fernen liebenden Gott. Ich weiß, das ist gnostisch, aber ich kann mir nicht helfen. Sie sollten etwas darüber lesen.«

Ich schaue gleichmütig zurück. Seine lässige Gleichgültigkeit dringt in mich ein. Das ist schön. Alles ist plötzlich federleicht und bedeutungslos. Er sagt: »Ich kann mich trotzdem ein wenig umhören, wenn Ihnen das hilft.« Pater Sergio lacht plötzlich. Sein Lachen verhallt, und wir lauschen ihm beide atemlos nach.

»Aber«, spricht er, »sich fortzudenken, nicht hier zu sein ... Ich meine: Es ist doch das Leben, oder? Die Fülle, wo auch immer. Nicht hier sein, wie Claudio, wie Ludwik, ist keine Alternative, oder? Die Welt kam ja aus dem Nichts, und in der jüdischen Kabbala ist Gott Alles und auch Nichts, die Krone, verbunden mit der Welt, *Kether Malkuth*. Finden Sie heraus, warum Ludwik gestorben ist oder auch nicht, es spielt keine Rolle. Ich segne Sie.« Ich richte mich im Stuhl auf. Sergio hebt die Hand.

Die Hand, die er zum Segen und Abschied hochgehoben hat, bleibt in der Luft hängen. »Ach, unsere Kirche, unsere Bastion! Aquila und Priscilla waren verheiratet, ein christliches Ehepaar im Umkreis des Apostels Paulus, in seinen Briefen lässt er sie oft grüßen. Kommen Sie doch am Sonntag zur Messe. Elf Uhr. Wir erwarten Sie. Ein Rendezvous mit dem Herrn. Da dürfen Sie nicht fehlen. Und – kommen Sie, wenn

Sie Fragen haben. Jederzeit.« Er schaut wieder auf den Bildschirm, und drückt sich die Brille auf die Nase. Hat mich vergessen. Ich schleiche hinaus.

12

Jetzt wäre eine kleine Mittagspause drin. Mein Rad hüpft vor Freude über die verkrusteten Rinnen, es darf sich endlich einmal austoben und zeigen, warum es »Crossroads« heißt. Doch es sind nur hundert Meter, dann breitet sich schon wieder die Asphaltfläche des Parkplatzes aus: Lungotevere Pietra Papa. Die Bar »Tre Stelle« ist geöffnet, und dorthinein schlüpfe ich. Der Barmann zwinkert mir zu. Er hat mich wiedererkannt. Ich bestelle ein großes Peroni-Bier und setze mich in eine Ecke mit Blick über den Parkplatz. Der Barmann schlurft herbei und stellt ein Glas hin, schenkt ein, stellt die Flasche daneben.

»Sie haben wohl mit der Polizei zu tun?«, fragt er.

»Ein wenig«, sage ich, »eigentlich arbeite ich ja für den polnischen Geheimdienst.«

»Ach ja?«, tut er interessiert. »Wie heißt der?«

»Das ist geheim. Nicht mal die Chefs wissen, wie er heißt. Es ist der geheimste Geheimdienst, den es gibt.«

Der Mann zuckt die Schultern. Das muss er erst einmal verarbeiten, das merke ich. Ich halte ihn noch schnell am Ärmel fest. »Da draußen, dieser Parkplatz – Pater Sergio sagt, da spielen sich gefährliche Dinge ab.«

Er entwindet sich und sagt im Weggehen: »Nachts gibt's da ein paar Begegnungen und Bewegungen, aber davon weiß man besser nichts. Ist besser für die Gesundheit.«

Angst haben sie anscheinend alle, und nicht zu knapp. Na ja, mein Vater pflegte immer zu sagen: Lieber fünf Minuten feig' als das ganze Leben tot. Ich schaue aus dem Fenster zu Ludwiks Wohnwagenruine. Sie hätten Ludwik im Wohnwagen beisetzen sollen wie früher Herrscher im Streitwagen. Ist das ein Zufall, dass bislang nur Polen auf der Liste stehen? Hat diese Geschichte mit Polen zu tun?

Was weiß ich schon über dieses Land? Meine Großeltern kamen aus Oberschlesien, das ja bis 1919 »unser« war, bis es im Versailler Vertrag Polen zugeschlagen wurde. Schlesien ist ein Land für sich. Die Alliierten ließen sich zu einer Volksabstimmung im März 1921 überreden. Ergebnis: 60 Prozent für Deutschland. Sie gaben dann das kleinere Ostoberschlesien mit den einträglichen Gruben um Kattowitz Polen. Westoberschlesien sollte zu Deutschland kommen. Allerdings sind Versprechungen bei internationalen Tagungen oft nicht ihr Papier wert. Meine Großeltern jedenfalls machten sich auf und davon: Erst ging es nach Neuburg an der Donau in ein Sammellager, dann zum Bodensee. Hätten sie das nicht gemacht, wäre ich vielleicht Oberschlesier oder Pole. Nein: Ich wäre ein anderer. Ich wäre gar nicht. Das sind Gedankenspiele, wie Kinder sie sich machen.

Zweimal war ich in Krakau, einmal in Warschau, Posen, Lublin und Kattowitz. Auch in Auschwitz. Bei dem polnischen Journalisten und Afrikakenner Kapuściński schälte sich bei einem Gespräch mit einem Dorfältesten in Ghana folgendes Kurzporträt Polens heraus: »In Polen fällt Schnee, sie haben keine Kolonien, und ihre Frauen sind weiß und legen sich im Badeanzug an die Sonne, damit sie schwarz werden wie Neger, worauf sie dann stolz sind.« Am Ende lässt er einen Ghanaer darüber nachdenken, und er denkt bloß: »Seltsam ist diese Welt.« Das heißt *»dziwny jest ten świat«*. Wurde zu einem geflügelten Wort. Polen wurde dreimal geteilt, was heißt: aufgeteilt, sodass es nicht mehr war. Jetzt ist das Land »Ostmitteleuropa«, und die von Menschen belagerte Grenze zur Ukraine ist Außengrenze Europas.

Mit meinem Freund Fritz, dem Radiomann aus Berlin, war ich mal dort: das überhitzte Hotelzimmer in Lublin, in dem wir beide träumten, in heißen Quellen zu stehen; die stundenlangen Spaziergänge durch Warschau, nach denen einmal Fritz die

Hände vors Gesicht schlug und jammerte: »Mann, bin ich fertig!« Bis zu Joseph Roths Gegend sind wir damals vorgestoßen, nach Galizien. Ärmlich, ärmlich. Aber auch ein Jazzkonzert in Krakau, der alte Markt, die prunkvollen Häuser. Und die hunderttausend Vögel, die in den dunklen Bäumen am Bahnhof von Breslau lärmten, wie sie es auch in der Nähe des hiesigen Bahnhofs Termini tun, und dann, im Winter, fliegen diese unermesslich vielen Stare in einer dunklen Wolke über der Stadt; die Wolke wird licht, ballt sich wieder zusammen, formiert sich zu Tromben und Blasen, polt sich um, dehnt sich und pumpt und pulsiert innerlich, und alle schauen hoch. Vögel, die Sinnbilder der armen Seelen.

Und da war ein Samstagabend in Kattowitz im August, die Sonne sank ermattet nieder, die Stadt schien halb verlassen zu sein, nur eine Straßenbahn schob sich jämmerlich quietschend um den Markt. Ich saß am Fenster im kleinen Zimmer eines Hotelkomplexes an der langen und gespenstisch leeren Magistrale, Samstagabend im Sommer 1990, gegenüber flimmerten die Lichter eines Pornoladens, vor dem ein Wachmann stand und in den zu gehen ich keinen Mut hatte; ich hatte nur noch ein Bier, mein Schreibheft ohne einen Einfall, und ich wollte am nächsten Tag nach Auschwitz, Oświęcim. Als ich zurück war, in Warschau, hielt ich mein Leben nicht mehr aus, aber nicht wegen Auschwitz, und in einer Kirche legte eine alte Frau eine Hand auf meine Schulter. Dann ging ich weiter.

Polen, '74. Die Polen haben damals in Deutschland bei der Fußball-Weltmeisterschaft Italien aus dem Wettbewerb katapultiert. Die Mannschaft damals: Tomaszewski; Szymanowski, Musiał; Kasperczak, Żmuda, Gorgoń; Lato, Deyna, Szarmach, Maszczyk, Gadocha. Frédéric Chopin und seine Polonaisen! Der grandiose Regisseur Krzysztof Kieślowski mit den Filmen »Drei Farben«: Blau (*niebieski*), Weiß (*biały*) und Rot (*czerwony*). Marie Curie, die Schriftsteller Henryk Sienkiewicz, Czesław Miłosz und Wisława Szymborska, alle drei Nobelpreisträger für Literatur.

Was will ich damit? »Ist doch wahnsinnig trist, alles grau und kein Licht. Ostblock. Wer geht da freiwillig hin? Letzten Monat war sogar eine Stelle in Warschau ausgeschrieben. Nichts für mich.« Sagte Chiara.

Zu den Zeiten mit Chiara war ich oft Besucher des polnischen Kulturinstituts in der Nähe der Engelsburg in einem alten Palazzo aus dem 18. Jahrhundert. Eine mit Büchern vollgestopfte Bibliothek haben sie und viel Platz, eine ganze Etage, und darunter einen weitläufigen, mit Holzparkett belegten Saal. Zuletzt habe ich da den Film »Drei Farben: Grün« gesehen. Das muss vor zwei Jahren gewesen sein. Zur Zeit, als Kieślowski in Paris seine Trilogie in den französischen Nationalfarben abschloss, versuchte sein Freund Tomas Rohowski dasselbe in Italien, deren Trikolore bekanntlich die Farben Weiß, Rot und Grün aufweist.

Bei »Grün« (1998) ging es, wie ich mich dumpf erinnere, um einen italienischen Mittelalterforscher, gespielt von dem Liedermacher Lucio Dalla, der einen Aufsatz über die Symbolik der Farbe Grün im Hochmittelalter schreiben muss. Es geht auch um ein kostbares Kleid aus grüner Seide, das er in einem alten Laden in Rom entdeckt, das aber verschwindet, ferner um eine Amateurtheatertruppe, die das Stück »Parsifal« probt und in der Campagna aufführen möchte, und deren Star, eine schöne, flatterhafte Schauspielerin mit Katzenaugen (Manuela Arcuri), die mit einem Grünen-Politiker liiert ist, der aber zu wenig Zeit für sie hat … und so streifen sie durch Rom, und dazu gibt's die Rockmusik von Edyta Bartosiewicz: überzeugend.

Ich muss weiter. Über Wojciech weiß ich noch nichts, der Fall der beiden Ukrainer steht nur auf Papier, und …

Der Barmann steht plötzlich neben mir. Er ist zwar dicklich, aber beim Kaffeemachen konnte ich schon miterleben, dass er dynamisch sein kann. Aus dem könnte noch ein guter Radfahrer werden. Er legt mir das Zettelchen hin mit dem Preis, den »*scontrino*«, und mir noch die Hand auf die Schulter.

»Geheimdienst oder nicht«, sagt er leise, »Sie sollten jedenfalls aufpassen. Da gibt es Leute, mit denen ist nicht zu scherzen. Gottschöpfer sieht alles, und seinen Sohn sieht man besser von hinten. Ich habe aber nichts gesagt.«

»Ich habe auch nichts gehört«, sage ich an ihm vorbei, zum Fenster hinaus.

»Gott sei Dank.«

13

Der weiße Kirchturm weist wie ein abgebrochener Finger in den fahlblauen Himmel. Auch Pater Sergio richtet seinen Blick wohl dort hinauf, wo Gottes kreisrunder Hochofen über die Welt Hitze ausgießt. Du trittst auf die Straße und hast das Gefühl, jemand schlage dich in feuchte, heiße Tücher ein. Wir sind hier im römischen Dampfbad, Leute!

Die auf Hochtouren laufenden Klimaanlagen produzieren in Innenräumen eine Winterwelt: Ich stehe fröstelnd im »Castroni«, zahle mit klammen Fingern für 500 Gramm Spitzenkaffee, die Kassiererin haucht »*Grazie*«, ich sehe ihren Atem, und »*cholodno*«, kalt, flüstert Nastassja Filipowna hinter mir; was für ein atemberaubendes Parfum! Dann öffne ich die Tür, und es ist, als träte ich an einem Januartag in St. Petersburg durchfroren ins gut beheizte Heim, ach, endlich wieder warm, doch kaum ist man erwärmt, stellt sich Unwohlsein ein: übertrieben! Muss man gleich auf 35 Grad einheizen? Der Papst zwei Kilometer weiter hat damit bestimmt nichts zu tun.

Zu meinem Glück gibt's zu Hause im Erdgeschoss die Lehrerdusche, aus der ein konstantes Rinnsal läuft. Doch in diesen Tagen müsste man stündlich duschen. Dauernd. Ich steige resigniert auf mein Rad, folge dem Radweg und werfe mich die heiße Kurve zum Tiber hinunter. Der Fahrtwind ist keine Linderung; es ist, als würde dir jemand von vorn die Haare föhnen. Das Ufer ist ausgestorben. Ich unterquere die Brücke, von Joe keine Spur, und ich fahre weiter neben der

Ufermauer mit den gigantischen Quadern her. Ein verschmuddelter Mann kramt im Gebüsch herum. Und dann – die Stromschnellen am Ponte Rotto vor der Tiberinsel mit der Kirche Sant'Anselmo und dem Krankenhaus Fatebenefratelli.

Gerade schleicht der lange grüne Wurm der Trambahn Linie 8 über die Brücke, nach rechts, ins Zentrum. Man kann hier unten immer weiterfahren neben dem grauen Fluss, unbehelligt bis zur Engelsburg. Weiter vorne hängt Gestrüpp auf den Weg, und irgendwann ist der Pfad so zugewachsen, dass man besser anhält. Da in der Nähe ertrank Wojciech. Überall zerschlagene Flaschen — und hinter der Brücke zur Engelsburg steht sogar ein kleines Zelt. Da wird die Polizei wohl angeklopft haben, wenn sie es ernst nahm mit Ermittlungen zu dem Fall.

Ich fasse mir ein Herz und rufe: »He! Jemand da?« Es raschelt, eine Hand schiebt den Eingang auf. Ein Wirrwarr von blonden Haaren erscheint, die sich die andere Hand aus dem Gesicht streift. Eine ältere Frau mit verwitterten Gesichtszügen ist es, die blinzelt. »Hallo!«, grüße ich übertrieben freundlich und knie mich vor sie hin. Man weiß nie, wie man sich verhalten soll. Die Menschenwürde. Man will nett sein.

»Was willst du?«, fragt sie barsch. Zur Hölle mit der Menschenwürde.

»Wojciech, den Polen, den hast du doch gekannt!«

»Und ob!«

»Man sagt, jemand habe ihn umgebracht.« Sie grinst zahnlos. Dann lacht sie wie eine Hexe. »So ein Quatsch. Für den hat sich keiner interessiert. In den Fluss gefallen, besoffen, passiert halt mal. Nicht schade um ihn. Vielleicht hab ich ihm auch einen Tritt gegeben, haha. Bist du von der Polizei? Verhaftest du mich jetzt? Lass mich in Frieden.« Sie lacht nochmal.

Ich frage bestürzt: »Bist du nicht traurig?« Sie lässt vor mir die Zeltklappe herunterfallen und grummelt im Zelt: »Das auch noch. *Maledetto stronzo*!«

Ich bin also ein verdammtes Arschloch. Mehr ist da nicht zu holen. Ich sage: »*Grazie*.« Wegen der Menschenwürde.

Wie hoch es links hinaufgeht! Ich schleppe also mein Rad die vielen engen Treppenstufen hoch zum Ponte Sant' Angelo. Die schmale Brücke ist fest in der Hand der senegalesischen Verkäufer, die schön nebeneinander auf Decken ihre nachgemachten Bulgari- und Fendi-Taschen aufgestellt haben. Der Kuppelbau ist schon beeindruckend, auch wenn niemand so richtig weiß, was die Engelsburg eigentlich soll. Entstanden als Mausoleum für Kaiser Hadrian, fungierte sie als Gefängnis und sollte dem Papst als geheimer Aufenthaltsort dienen. Hinten gibt es anscheinend einen hochgelegenen Geheimgang zum Petersdom, den man alle heiligen Zeiten mit einer Führung besichtigen kann. Floria Tosca, die berühmte Sängerin, springt in Puccinis Oper am Ende von der Engelsburg. Czesław, der verzweifelte Priesterkandidat, tat es ihr nach.

Der Tiber macht, von hier oben gesehen, einen hübschen Knick nach links. Steht man oben auf der Burg, ist das eine der schönsten Aussichten Roms, weil der Tiber eine so beschauliche Biegung macht, Statuen auf der Brücke stehen und Bäume ihr Blattkleid zeigen.

Ich fahre links am Petersdom vorbei, um die Arkaden herum, und dann muss man rasch vor dem Tunnel links über die Straße huschen und den Berg hoch. Das ist die verlassene Straße an den Gianicolense-Mauern, die sich um den Berg windet. Oben auf dem Gianicolo-Hügel steht eine Statue, die Giuseppe Garibaldi darstellt. Er sitzt auf dem hohen Ross, und unten auf dem Sockel steht »*Roma o Morte*«, Rom oder der Tod. Ich setze mich an den kleinen Leuchtturm von Manfredo Manfredi, der auch den monströsen Vaterlandsaltar an der Piazza Venezia verbrochen hat. Aufbruch gegen sechs, die Kneipe macht auf.

Die günstigsten Wege mit dem Rad durch Rom habe ich durch Probieren und Tüfteln gefunden, drum machen wir's kurz: an der Piazza San Pancrazio mit den Katakomben schräg links die Fonteiana hinunterrauschen, wo mal der Dichter Pier Paolo Pasolini in der Nummer 100 gelebt hat, und am Eingang zur Doria Pamphili wieder hoch, wo ich mir schon Wettrennen mit dem 870er-Bus geliefert habe (die Busfahrer hier haben Sportsgeist, und vor dem Abschied hupen sie), über die große Circonvallazione Gianicolense — und ich falle hinein in »Le Bon Bock Bar«, mein Refugium für das meditative Hochamt vor dem Fürstabt-Weißbier aus Kempten im Allgäu.

Rocco, der Schweigsame, kennt mich noch und meinen Stammplatz in der Ecke an einem runden, hohen Tisch mit glänzendem Furnier und Barhockern. Zehn Minuten später stehen eine Allgäuer Fürstabt-Weiße und eine Schüssel Erdnüsse vor mir. Das Allgäuer Brauhaus wurde 1394 gegründet. Mein Namenspatron, der Habsburger Rudolf, wurde hier in Rom 1275 zum Kaiser gekrönt und amtierte bis 1291. Auf den nächsten, den zweiten deutschen Kaiser, musste man dann noch dreihundert Jahre warten. Mein Vater trank aber am liebsten Bürger- und Engelbräu aus Memmingen, als er im Allgäu lebte. »Serienrein bleiben«, war sein Credo. Draußen hetzt alles, was Räder und Motoren und Hupen hat, an den Fenstern vorüber: der 791er-Bus, die 8er-Straßenbahn (»Ein Wagen von der Linie 8«, sang der Weiß-Ferdl aus Bayern), Motorroller (viele) und Autos (noch mehr). Rocco hat U2 aufgelegt.

»Le Bon Bock Bar« ist eine 1980er-Jahre-Kneipe, auch wenn sie traditionell in dunklem Holz eingerichtet ist mit Vitrinen, in denen zwanzig Jahre alte Whiskyflaschen vor sich hin altern, gestört nur durch den wummernden Bass von Adam Clayton; mit Plakaten von Bierfirmen, deutschen Flaggen, verblichenen Oktoberfestgirlanden vom letzten Jahr an der Decke und einer Kopie des Gemäldes von »Le Bon Bock« in der Ecke.

Edouard Manet hat dieses Gemälde eines Hut, Bart und Bauch tragenden, Pfeife rauchenden und ein Glas mit schäumendem Bier in der Hand haltenden Trinkers 1873 gemalt. Der Porträtierte, der Lithograf Émile Bellot, soll ein elsässischer Patriot gewesen sein und sich gern im von Manet frequentierten Café Guerbois in Paris aufgehalten haben. Dem wäre »Sunday, bloody Sunday« sicher zu grob, und einen Deutschen, der in Freiburg gelebt hat, sähe er auch nicht gern.

Ich habe immer ein paar Objekte, um mein Terrain zu markieren: Pfeife, Besteck, Reiniger, Streichhölzer, Füller, Notizheft, Zeitung. »Du breitest dich aus wie ein Ölfleck!«, hat Chiara oft genug ausgerufen. Ich höre also wieder die Stimme meines Über-Ichs, das ich gleich, um neun, nach mehrmonatiger Pause wieder leibhaftig treffen soll. Wie wird es werden?

Am Tresen sitzen die üblichen Verdächtigen: Antonio mit seinem Schäferhund Jojo (draußen angebunden) und ein weiterer ungenannt bleiben wollender Trinker, der mir immer wohlwollend zunickt. So sitzen wir, hören U2, dann »Beggars Banquet«. Zweimal bekam ich also Warnungen vor Gottschöpfer und Jesus. Rom ist eine Welt, aber eigentlich eine kleine Welt, und es würde mich wundern, wenn es sich beim Schöpfer nicht um den leicht verrückten Diocreatore vom Radweg handeln würde. Der ist unten am Tiber eine Größe, vielleicht sogar eine Schlüsselfigur.

Das ist schon ein greifbarer Gedanke. Mehr an Greifbarem kommt nicht. Ich neble mich mit Tabakwolken ein. Was denke ich in den eineinhalb Stunden, die zwei Weißbier brauchen? Vieles. Alles. Nichts. Das ist die Meditation des Bayern. Das Bier gibt deinem Hiersein handfesten Sinn, du musst nicht Rechenschaft ablegen. Du musst auch nicht denken. Der Kelch mit Inhalt und sein Besitzer davor, und schon haben wir eine Oase.

14

Bis dann sechs Euro für zwei Weißbier zu begleichen sind und der schwere Gang zu Cesare ansteht. Rocco grinst. Er ist ein verschlossener Typ. Ich glaube, er hat zu mir noch nie mehr als »Grazie« gesagt. Dafür weiß ich ihm Dank.

Auf der anderen Straßenseite im Beerdigungsinstitut Domenico Chiericoni mit der eingängigen Telefonnummer 535353 sitzt immer ein Mann im dunklen Anzug, ein Bürger, vor

Bildern von Engeln und ziehenden Wolken. Er schiebt eine Mappe auf dem Schreibtisch von der einen auf die andere Seite, als ich vorbeikomme. Wäre das ein Job für mich? Auf den Tod der anderen zu warten? Oder bedienen, nebenan bei »Panther Pizza« eine Margherita über den Tresen schieben oder im »Himalaya Palace«, ein Haus weiter, einen »Yeti special« auf Tisch 11? Dann links, gleich am Anfang der Via Casaletto, geht es durch den Eingang auf ein Grundstück, das mit festen Platten gefliest ist, auf denen weiße Plastikstühle und Plastiktische stehen.

Warm ist es heute Nacht, alle sind sie draußen, aber ich gehe ins Innere, wo nur ein Tisch besetzt ist, und positioniere mich neben ein Holzgeflecht mit Blick zur Tür. Jolanda hat mir wieder nett zugenickt mit ihren kohlschwarz geschminkten Augen, und sie trägt auch ihr schwarzes Lackschürzchen umgebunden. Ein Bier? Ich habe eigentlich schon meine Ration, aber gut: ein großes Peroni. Hinter mir an den Wänden Bilder von den Fußballern des AS Roma, von Ferraris, von Schwimmern, und an den Seiten ein paar ausgestopfte Tiere, Häher und Eichkätzchen wie im Alpengasthof meiner Tante, dem »Strehtrumpf« oberhalb von Grassau am Chiemsee.

Die Tür öffnet sich, ein Luftzug erhebt sich: Auftritt Chiara. Die alten Herrschaften am einzig besetzten Tisch in der Saalmitte müssen das Tischtuch festhalten, als die Dame im taubenblauen Kostüm vorbeirauscht. Sie blitzt mich an: »So weit hinten? Draußen wär's doch schöner! Ah, du bist schon versorgt. Und bestimmt warst du vorher schon in deiner Bar, na, wie viel hast du getrunken?« Zu viele Fragen auf einmal. Sie hält mir die Wangen hin, ich küsse sie. Sie setzt sich, knallt die flache schwarze Tasche auf den Stuhl neben sich und ruft aus: »Was für ein Tag! Zehntausend Sachen gemacht. Was für ein Stress! – Und du, wie geht's? *Come stai*?«

Ich kann noch sagen: »Ich habe nur zehn Dinge gemacht, aber trotzdem…«

»Du hättest dich ja mal melden können! Oder dein Handy

einschalten! Nichts weiß man! Ich wusste nicht mal, ob du noch in der Stadt bist, und deine Mutter kannst du auch mal anrufen. Und überhaupt.« Zwischendrin hat sie es noch geschafft, Jolanda herzuwinken und sich einen Überblick zu verschaffen. Wie immer ist sie perfekt geschminkt, die schwarzen Haare berühren locker ihre Schultern, die bernsteinbraunen Augen leuchten. Sie ist in Fahrt, und irgendwie gefällt mir das.

Jolanda kommt und rattert die Pastasorten und Pizzaarten herunter, bis eine ruft: »Sì« und der andere: »Stopp«. Ich nehme immer Quattro Stagioni. Chiara bündelt ihre Haare, lässt sie wieder fallen. Meine Augen folgen Jolanda.

»Die gefällt dir, was?«, sagt Chiara. »Nett, mit diesem Lackschürzchen! Schau dich doch mal in der Sado-Szene um! He, gib acht, hier spielt die Musik.« Dann sagt sie dunkel: »Hör zu: Deine Tante ist gestorben. Vor einer Woche. Die mit dem Berggasthof. Schlaganfall, Tod nach fünf Tagen in der Klinik. Dreiundachtzig ist sie geworden. Weiß ich von deiner Mutter. Hundertmal hat sie versucht, dich anzurufen.«

Tante. Gestorben. Zwei Worte. Ich sehe mich in Lederhosen, drei Jahre alt, wacklig auf dem knarzenden Parkett des dreihundertfünfzig Jahre alten Gasthofs stehend, wie ich zu diesen komischen unbeweglichen Tieren hochblicke: ausgestopfte Otter und Häher. Ich sage zu Chiara: »Da tragen sie mich mal raus, soll sie gesagt haben. Wusstest du das?«

Nein, das wusste Chiara nicht. Ich habe die Tante viele Jahre nicht gesehen. Habe ich sie an ihren Sohn erinnert, der bei einem Motorradunfall gestorben ist mit achtzehn Jahren? Klapp, da wird ein Bilderbuch zugeschlagen, die Geschichte ist zu Ende, jetzt geht's ins Bett.

»Nimm dich zusammen. Schau, da kommt die Pizza.« Sie streicht mir über die Wange.

Jolanda lächelt, und die Lackschürze ist nur noch eine Handbreit entfernt. Ich bin verstummt.

Chiara bemerkt: »Wie viel hast du getrunken? Du siehst ganz abwesend aus.«

Ich sage, ich hätte nicht mehr getrunken als sonst auch, und wünsche guten Appetit. Wir essen.

»Wie geht's Ludovico?«, frage ich.

»Du meinst Alfonso«, gibt sie kauend zurück. »Banca d'Italia. Der hat 'nen schwarzen BMW, und wenn ich anrufe, steht er auf der Matte. Wir hören Verdi im Auto. Siehst du, so geht's auch. Stell dir vor, wenn Alfonso einziehen würde, hätten wir zusammen zehntausend im Monat zur Verfügung. Mal am Wochenende nach Nizza, mal zu Bulgari, nicht immer sparen.«

Da bin ich platt. »Das hältst du für ein Lebensziel, zehntausend im Monat verbraten? Ich dachte immer, du …«

»Was hast du gedacht? Dass ich das mit dem Geld nicht ernst meine? Diese Kleinigkeit unterscheidet uns beide. Du hast eben einen anderen Lebensentwurf. Viel Spaß mit den Armen. Immerhin hilfst du Paolo.«

Ich starre sie an. »Das weißt du?«

»Ich weiß alles«, lächelt sie. »Nur nicht, wo du wohnst. Ist mir aber egal. Weißt du, dass dein Leben eine einzige Katastrophe ist?« Sie lässt den Satz wirken. Mir fällt keine Antwort ein.

Chiara schiebt ungeduldig den verbrannten Pizzarand beiseite und nähert sich dem Finale, während ich noch am Anfang der zweiten Halbzeit bin. »Du hast mir noch gar nicht erzählt, was du so treibst, wie du dir deine Zukunft vorstellst …«

Meine Zukunft. »Im Moment sieht's so aus, dass ich …«

Sie trinkt ihr Weinglas leer. »So oder so, ruf mal an, dann trinken wir einen Kaffee. Ich muss morgen früh hoch und rufe jetzt Ludov…, äh, Alfonso an, und dann kannst du auf die Uhr schauen: Zehn Minuten, und er steht draußen und hupt.«

»Rose am Armaturenbrett und Schuberts Forellenquintett?«, tippe ich.

»Verdi hatte ich gesagt, heute aber vielleicht Renato Zero. Lass du das Lackschürzchen in Frieden. Und fahr vorsichtig, du bist vermutlich mit dem Fahrrad hier, deinem geliebten Fahrrad, oder?« Sie streicht einen Fünfziger-Schein glatt, steht auf und tritt mit dem Handy zwei Schritt beiseite. »Bin gleich wieder da«, flüstert sie und verschwindet im Untergeschoss.

Zwei Minuten später steht sie, Chiara, wieder da, zieht sich die Uniformjacke an, schaut nervös herum … »Der neue Minister hat sich schon ein paar Böcke geleistet, Berlusconi lässt ihn auflaufen, klar, er kann ja alles und ist der Chef im Ring. Wenn alles gut läuft, steht bald eine Beförderung an. Hätte ich auch verdient.« Sie beugt sich vor: »Solltest du in der Stadt einen Rehpinscher sehen, der auf den Namen ›Pippo‹ hört, schnapp ihn dir. Muratelli vermisst ihn. Er leidet. Weißer Fleck auf der Brust. Der würde meine Beförderung entscheidend beschleunigen.«

Ein gellender Hupton draußen. Sie reißt die Augenbrauen hoch, neigt sich dann zu mir und schaut mir tief in die Augen: »Wir hätten es so schön haben können, wenn du nicht so blöd wärst.« Das hat sie leise gesagt: ein leiser, schneller Schnitt tief ins Fleisch, der brennt.

»Alfonso!«, ruft sie dann strahlend aus, wie für nicht vorhandene Zuschauer. »In schwarzes Leder sinken, Klimaanlage, getönte Scheiben, so geht's auch, siehst du?« Ihr Parfum, Eau d'Issey. »Ciao, mein Lieber«, haucht sie, kommt näher und küsst mich warm auf den Mund.

Mir schwindelt. Ein Luftzug entsteht, als Chiara abzischt, ihrem Chauffeur entgegen. Tischdecken blähen sich im Wind. Das alte Ehepaar wirft sich auf den Tisch und schaut empört her zu mir. Ich denke nur: fünfzig Euro. Die Rechnung macht dreißig. Drei für Jolanda, bleiben siebzehn für mich. Danke, Chiara, geliebter Wirbelwind!

Ich fahre die lange Viale dei Colli Portuensi zurück, und auf der Mitte schenke ich Giacomo einen Gedanken, dem behäbigen, immer schwitzenden Fahrradmonteur der Api-Tankstelle, der immer so wenig Geld von mir will für Reparaturen. Ihm sei Dank! Ich denke auch an Onkel und Tante, Via Jenner, da sollte ich mal wieder vorbeischauen. Aber gern sage ich ihnen nicht, dass ich nicht mehr auf dem Parioli wohne. Ich gehöre nun eigentlich nicht mehr zum Familienkern. Jetzt bin ich einfach ein ausländischer Bewohner Roms.

Nach vielen Kilometern bin ich wieder unten vor der Silhouette meines Hauses. Neumond. Es ist stockdunkel. Das Schilf rauscht. Unheimlich. Als wäre ich nicht allein.

15

Eine Gestalt wühlt sich aus den Binsen hervor, stolpert und stürzt auf mich zu. Sinkt mir in die Arme. Es ist Eli, die schluchzt: »Seit Stunden warte ich auf dich.«

»Du hättest im Haus warten sollen, hier ist es gefährlich«, sage ich.

»Ich hatte Angst reinzugehen.«

Wer hat mehr Angst? Sie klammert sich an mich, und wir gehen die enge Treppe hinunter. Drinnen in meiner Behausung lässt sich Eli auf das Sofa fallen. Sie hat ein blutendes Knie, eine Schramme an der Wange, die nicht so schlimm aussieht, und ihre Haare sind verfilzt.

»Ich muss eine Nacht hierbleiben«, sagt sie in schwer verständlichem Englisch, »einer hat mich reingelegt.« Es ist ein ekelhafter Job. In ein Auto steigen zu irgendeinem Fettsack, den du nicht kennst, der dir gleich seine fetten Finger zwischen die Beine schiebt, und dann, o Gott, lieber verhungern, oder lieber doch nicht? Etwas in sich reinschieben lassen von einem schnaufenden, stinkenden Etwas, das dich nach seiner privaten Implosion aus dem Wagen stößt und dir drei Zehner nachschmeißt.

»Wer war das?«, frage ich.

»Ach, ein bad guy, schlecht gelaunt.« Sie lässt den Kopf hängen. Ich werfe ihr eine Decke über. Zum Glück ist auch Alkohol in reinster Form im Haus, um die Wunden zu desinfizieren. Eli hat diese wunderbaren Schnürchen-Haare, die ihr wie ein Kettenhelm am Kopf hängen und im Nacken einen

Knoten bilden, von dem ein dicker Strang herabfällt bis in die Lendengegend.

Die stämmigen Beine ihrer Kolleginnen hat sie nicht, aber sie ist ja jung. Ich wage es nicht, ihr Alter zu schätzen. Zwanzig vielleicht? Eli zittert. Ich setze mich auf den Boden neben sie. Sofort ist sie eingeschlafen. Plötzlich zittere ich auch. Ich möchte gern alleine sein, aber ich kann jetzt nicht weg, kann Eli nicht alleine lassen. Ihr Gesicht glänzt. Hat sie Fieber? Ich berühre ihre Stirn: Nein, es ist einfach heiß hier. Sie stöhnt und streift die Decke ab. Es ist einfach zu heiß.

Irgendwann letzten Herbst war ich auf der Appia antica, sonst war da kein Mensch. Ich las hinter einem antiken Grabhügel das Büchlein *Un amore* von Dino Buzzati, es raschelte, und Eli stand vor mir. Sie lächelte, setzte sich beiläufig neben mich, warf einen Blick auf mein Buch und sprach einen fragenden Satz aus, in dem das Verb »*scopare*« vorkam. Ob wir vögeln wollten? Ich schämte mich, aber sie schien so arglos, wollte nicht viel Geld, und ich hatte eine Decke dabei und sie ein Präservativ. Man lächelt hilflos, tastet ein wenig herum, und dann wurde es doch recht schön, und ich zeichnete ihr dann noch meine Wohnung auf, aber ich dachte nie, dass ich sie wiedersehen würde. Sie lächelte, steckte die Skizze und das Geld ein, gab mir einen Kuss und war schon wieder weg.

In jener Gegend kommt die Straße Erode Attico hoch zur guten alten Appia und verwandelt sich auf wundersame Weise in die Via Tor Carbone. Sie zieht sich in sanften Kurven hinunter auf Wälder zu. Bin ich oft gefahren. Da unten in den Wäldern stehen Nigerianerinnen, und da habe ich gleich noch miterlebt, wie eine die andere anschrie, die ihr wohl den Kunden weggeschnappt hatte. Die Schreiende trug ein grellrotes langes Kleid und kreischte, als stecke sie am Spieß. Schrecklich, das alles.

Oder Via Portuense: Da grüßt mich immer eine nette Frau, indem sie ihr Hemdlein hochhebt. Dann warten hinter einem Zaun zwei dicke, junge Nigerianerinnen. Zwei andere sitzen auf alten Küchenstühlchen aus Ikea-Plastik, inmitten von Müll. Links im Waldstück, an der Steigung, stehen Prostituierte und geben schmatzende Kussgeräusche von sich, um die Aufmerksamkeit auf sich zu lenken, wenn du mit dem Rad hochfährst. Ich bin einmal bis zur höchsten Stelle gefahren; dann wieder hinuntergerollt mit hohem Tempo.

Kam wieder unten in die Nähe der Stelle mit den Stühlchen – da stand ein alter schwarzer Wagen, und drinnen saßen zwei junge Männer mit Sonnenbrillen, ungerührt, machohaft, obercool. Hundert Meter weiter kam eine junge schöne Nigerianerin angerannt, mit weißem Top und kurzem weißem Rock, Angst im Blick; weiter vorn warteten die Männer schon auf ihren Fick, im Auto oder unten an der Böschung, wer weiß, und sie lief nur zu ihnen, um sich die dreißig oder sechzig Euro zu holen. Drei Tage später aber sah ich sie wieder dort sitzen, sie rief mir in derben Worten etwas zu, hatte also überlebt.

Und im Sommer, Mai bis August, sitzt am Rand des Pinienwalds an der Via del Lido, die den Wald hin zum Meer umrundet, alle hundert Meter eine Afrikanerin auf einem Plastikstühlchen; eine andere Kollegin steht leicht bekleidet im Wald, in dieser zum Ersticken dicken Sommerluft. Hinter ihr führt ein krummer Weg in den schütteren Wald hinein, und nach drei, vier Biegungen breitet sich dann eine laubenartige Ruhestätte aus, wo vermutlich auf Matratze mit fleckigem Tuch der Verkehr schnell abgewickelt wird. Gegen Vorkasse. Ohne Gummi.

Da fällt mir noch ein, wie ich im März bei der Ausstellung »World Press Photo« in Trastevere gelesen habe, dass jedes Jahr Tausende nigerianische Frauen nach Europa gebracht und gezwungen werden, »in der Sex-Industrie zu arbeiten«. Die armen Nigerianerinnen bleiben durch Schulden von bis zu 50000 Dollar an ihre Händler gebunden und werden auch durch das »Juju« geknebelt, ein Voodoo-Ritual, das einen Loyalitätsschwur und einen Pakt zwischen einem Gott, der Händlerin und der Frau vorsieht.

Während des Rituals ist weißes Pulver auf dem Gesicht ein Erkennungszeichen, an dem der Gott Okun sehen kann, wem er die Seele zu nehmen hat. Ein Teil der Seele der Frau bleibt in einem Schüsselchen in Nigeria als Geisel. Der Pakt gilt so lange, bis die Frau genug Geld verdient hat, um die Schulden bei ihrem Händler begleichen zu können.

Eli atmet ruhig. Sie riecht afrikanisch. Ich bin müde, aber ich will mir noch das zweite zerknitterte Blatt vornehmen.

Dieser Wald finstrer und drohend emporsteigender Türme verlieh ihr damals einen trotzigen, kriegerischen Charakter, welcher auch auf die mächtigsten Kaiser Eindruck machen musste. Aber die Stadt selbst bot im zwölften Jahrhundert ein Schauspiel von chaotischer Trümmerhaftigkeit und Verwilderung dar, für welches auch die lebendigste Phantasie nicht Vorstellungskraft genug besitzt.

Es muss ein Geschichtsbuch der Stadt Rom sein, keine Frage. Weiter unten geht es um die Basilika Santa Maria in Trastevere:

… ist diese Basilika noch heute von dem antiken christlichen Geist erfüllt, welcher dem Mittelalter Roms eigen war.

Wie schön, meine eigene Sprache so vollendet vor mir zu haben! Ich muss bald in die Leihbücherei des Stadtteils. Da weiß vielleicht jemand, wer der Autor ist.

Eli ist schön warm. Das Schweigen. Ihr Atmen. Ich lege mich zu ihr. Sie seufzt. Meine Tante hingegen, sie seufzt nicht mehr. Aus ihrer Welt oberhalb des Chiemsees, in der Kühe unter Gebimmel durch taufeuchte Wiesen traten, angetrieben von Onkel Hias, die Pfeife im Mund, ist sie in die andere Welt hinübergeglitten. Oben, in der Wolkenschicht um die Grate oder drunten, in der Nebelschicht über dem See, geht sie ihren Weg, und die Glocken der Pfarrkirche läuten.

Ja, Glocken läuten von irgendwoher. Neun Uhr könnte es sein. Ich halte den Atem an. Alles ist still. Eli dreht sich um, lächelt und breitet die Arme aus. Es geht ihr anscheinend schon besser.

16

Ich hole in einer Bar ein paar labbrige Teigtaschen mit süßem Inhalt und einen halben Liter Milch. Eli sitzt im Schneidersitz auf dem Sofa und mampft. Woher sie komme? Keine Antwort. »Sie suchen mich«, sagt sie bloß.

»Wer? Wer sucht dich? Warum?«

Sie schüttelt entschlossen den Kopf. »Eine andere haben sie schon umgebracht. Hilf mir!«

Ich denke nach. Wo wäre Eli sicher? Mir fällt nichts anderes ein, als Chiara anzurufen. Ob sie mir einen dicken Gefallen tun könne?

»Schon wieder? Gut, kümmere dich um Pippo, und wenn du was willst, solltest du bis elf Uhr hier sein. Alfonso holt mich ab zum Brunch.« Überstürzter Aufbruch.

Der 780er-Bus klappert schon nach fünf Minuten herbei. Eli springt hinein, setzt sich in die hinterste Reihe, schaut zu Boden. Ein paar Rentner starren sie ungeniert an. Ich lege demonstrativ den Arm um ihre Schultern. Eine junge Afrikanerin, so angezogen, klar, was die ist. Es ist heiß wie in Afrika. Dann rattert der Bus über die Holpersteine der Piazza Venezia. Ich bin einmal um Mitternacht mit dem vorletzten Bus durch die Stadt gefahren, und der Fahrer war unterwegs wie ein Formel-1-Pilot; ich dachte, gleich fallen die Scheiben raus, so klapperten sie in ihren Rahmen, und eine Flasche rollte von links nach rechts und von rechts nach links, die Stoßdämpfer kreischten, und dann bremste der Fahrer scharf. Piazza San Silvestro, Endstation.

Wir gehen wortlos den Corso entlang, meist auf der Straße, wegen der entgegenkommenden Touristen, dann hoch bis zur Mitte der Barberini, und, oh Wunder, da nähert sich schon der 52er! Eli bringt mir Glück. Nur noch um zwei Straßenschleifen herum zum höchsten Punkt, dann fünfter Stock. Chiara macht auf und schaut etwas hochmütig ... und dann erstaunt. Ich bringe mein Anliegen vor, Afrika, sage ich, die arme Eli werde verfolgt, ob sie ein paar Tage bei ihr bleiben könne?

»Du bist immer für eine Überraschung gut. Bin ich ein Asyl?«, schnauzt sie mich an. »Spricht sie wenigstens Englisch?« Sie macht die Tür auf und zieht Eli herein. »Ein paar Tage, okay?«, sagt sie zu mir. »Lass uns am besten allein.«

»Danke«, hauche ich.

Ich schaue zum Auditorium hinunter, Autos gleiten unten herum, das Viertel oben ist ruhig. Eine Limousine nähert sich und parkt vor dem Haus. Hupen. Zehn Minuten später eilt Chiara aus dem Haus, steigt ein, und der Wagen rollt an mir vorüber. Ich gehöre nicht mehr hierher. Ich werde nie mehr hierhergehören. Ich trotte zur Bushaltestelle. Und bei der Rückfahrt ist mir das Glück nicht hold. Ich warte erst einmal zwanzig Minuten auf den 52er-Bus.

Die Busse transportieren mich in die alte Magliana. Bleischwer, dieser Tag. Ich steige die Treppen empor zum Radweg. Das Land zum Fluss hin ist völlig verbrannt, gelbbraune Erde, hier wird nichts mehr geerntet, unten kleine Hütten am Kongo-Fluss. Drei Lastwagen halten an, Staub steigt auf, Soldaten springen herab, zehn, zwanzig, dreißig, und sie entern schreiend das Dorf, dringen in die Hütten ein, zerren Männer heraus, ziehen sie weg, knüppeln sie nieder und erschießen sie, kehren zurück in die Hütten, vergewaltigen Frauen und Mädchen, diese Armee von irgendwem, KNLA oder RDSI, und dann weiter, und der Fluss Kongo strömt vor sich hin, und ein paar Leichen schwimmen mit.

Und weiter hinten eine breite Brücke, Häuser flachdachig und ockerfarben, die Luft heiß, Straßensperren und das Gebelfer, tack-tack, von schweren Waffen, ein Hubschrauber knattert in der Ferne, der Tigris, links wohnen die Schiiten, rechts die Sunniten, Bagdad ist längst geteilt, und wenn die Nacht hereinbricht, machen schnelle kleine Autos Jagd auf Regimegegner und Ärzte, alles niedermachen und liegen lassen, und der Tigris bringt Leichen vorbei.

Bleischwer. Ich gehe in mein Zimmer. Falle aufs Sofa. Es riecht nach Eli. Ich schlafe ein. Später taumle ich hinaus, gehe in Richtung Treppe. Schritte kommen von hinten, doch die kenne ich, die sind mir vertraut: »Die 9 c, das sind wahre Teufel. Die dürfen Sie nicht aus den Augen lassen. Decken Sie die mit Hausaufgaben ein!« Ist gut, Frau Kollegin, ich hab' ja selber genug Hausarbeit. Was wollte ich eigentlich auf dem Flur? Ich gehe auf die Terrasse, trinke einen Schluck Wasser, und den zweiten schütte ich dem Kaktus drüber.

Bald darauf läutet es. Giuseppe ruft an. »Ola, Rudi, wie geht's?« Dieses sonore Organ! Giuseppe muss bayerische Vorfahren haben. Ich sage, es gehe hervorragend.

»Wir wollen morgen eine Tour machen, mit den Leuten von der Banca d'Italia. Um den Lago di Bracciano. Ich fahre mit dem Auto. Kannst du um acht, bei mir?«

Ich bin so müde, denke ich. In diesen zwei Tagen habe ich so viel erlebt wie in den zwei Wochen davor nicht. Und erwartet mich nicht Sergio zum Gottesdienst? »Da dürfen Sie nicht fehlen.« Ich höre es noch.

Also gebe ich Giuseppe Bescheid: »Hör zu, würde ich gern, aber ich habe da eine wichtige Arbeit, stell dir vor, außerdem muss ich in die Kirche. Diesmal nicht. Tut mir leid.« Da ist er sprachlos. »Ich rufe dich bald mal an«, verspreche ich. »Grüße mir Penelope! Schönen Abend und viel Glück beim Rennen.«

Giuseppe äußert sein Bedauern; dann müsse er wohl allein fahren. Ich kenne diese Leute von der Banca d'Italia ja, das sind solche wie Alfonso: Autoleute. Die werfen ihr Rad in den Kofferraum, treffen sich an einer Raststätte, fahren dann los, und organisiert ist das alles toll, keine Frage. An jeder Ecke steht ein lebendes Hinweisschild und winkt die Fahrer weiter, die höllisch motiviert sind, und am Ende winkt ein Festmahl in einem urigen Restaurant der Gegend, das guten Gewissens genossen wird. Dann wieder ins Auto und zurück nach Rom. Alfonso könnte dabei sein, und ich würde ihn so was von versägen! Aber es geht nicht.

Samstagabend. Vielleicht gehe ich mal wieder ins »Tramonto«, ich habe meinen Intimfeind kürzlich etwas vernachlässigt. Da sind die leeren, von Laternenlicht behauchten Straßenschluchten der Magliana. Ein paar Leute stehen herum an einem Wagen, ein Licht hier, eins dort, um zwei Ecken, und das »Tramonto« nimmt mich auf. Der Barmann – der mit der Narbe und den stechenden Augen – heißt übrigens Lillo, eigentlich Achille. Als ich die Bar betrete, sitzt da am letzten Tisch nur ein kleiner Mann im blauen Trainingsanzug, der hastig trinkt und dauernd mit den Augen zuckt.

»Growing up« von Peter Gabriel läuft.

»Dein Musikgeschmack hat sich verbessert!«, lobe ich Lillo. Wir waren schon viele Stunden allein in der Bar, viele Biere, und so ist eine gewisse Kumpanei entstanden. So unsympathisch finde ich Lillo auch nicht mehr. Er mich auch nicht. Er freut sich über das Kompliment.

»Bist lange nicht dagewesen«, sagt er. »Siehst auch etwas mitgenommen aus.« Serena halte viel von mir, vertraute er mir einmal an.

Ich setze mich an den zweiten Tisch. Man hat so seine Gewohnheiten. »Le Bon Bock« ist einfach zu weit weg. Soll Lillo eben das goldene Schildchen mit »Rudi« befestigen. »Das Übliche?«, fragt er von hinter der Kasse. Ich nicke. Er bringt ein großes Nastro Azzurro und stellt das Glas ganz vorsichtig hin, gießt noch etwas nach, bis der Schaum richtig schön aussieht. Er wirft einen Blick zu dem kleinen Mann und flüstert mir dann zu: »Komm dann mal zur Kasse. Ich hab was für dich.«

Wieder nicke ich. »So tired / of all this travelling / so many miles away from home.« Auch Peter Gabriel ist anscheinend müde. Ich rauche erst einmal meine Pfeife, das darf man hier noch. Starre vor mich hin. Draußen die Magliana-Nacht. Hier bin ich in dieser Stunde zuhause.

Lillo dreht den Ton von Gabriel herunter und hält die Fernbedienung wie eine Waffe in Richtung Fernseher, der oben rechts in einer Ecke des Lokals hängt, mit dem Bildschirm schräg zu uns geneigt. Die Fernsehnachrichten, *Telegiornale* auf Raiuno, moderiert von Laura Chimenti mit ihrem Puppengesicht. Sie lächelt fast nie, eine starre Puppe ist sie, und wenn sie eine Reportage ankündigt, sagt sie nach einer winzigen Pause: »La Cronaca!« Dann schaut sie ganz schnell wieder hinunter auf ihr Blatt; sie blendet sich aus.

Viele kleine Filme kommen über uns. Anschläge im Irak, ein Politiker hat eine neue Zentrumspartei gegründet, Prodi spricht im Namen der Europäischen Union, er ist gerade in Italien, und sie zeigen den gutmütigen Professore, der seine Stimme so schön modulieren kann und immer so gütig lächelt, als stünde er unter weichen Drogen, in seinem Arbeitszimmer, vor einem Mahagoniregal, und in Kopfhöhe stehen aufgereiht Minimodelle von Fahrrädern.

Stimmt, Romano Prodi ist begeisterter Radler, Rennradler noch dazu, hat schon mit Marco Pantani Touren unternommen und fährt manchmal zu einem Kongress mit dem Rennrad. Als Kontrastprogramm sieht man Präsident Bush, der ein Wochenende auf seinem Landsitz verbrachte und mit Helm und kurzer Hose angetan etwas wacklig ein Mountainbike besteigt und davonfährt. Wenn er damit hinfällt, ist das eine Meldung für die Weltpresse. Er hält die Irak-Aktion immer noch für richtig und sagt: »Unsere Strategie ist der Sieg.«

Aus Uganda hört man nichts, dafür etwas von einem Doppelmord in Agrigent, Geschäftsmann und Frau tot in ihrem Haus gefunden, man munkelt von der Cosa Nostra. Ancona: Mann tötete Ex-Partnerin, dann sich selbst. Passiert einmal die Woche. Dann halb neun. Lillo klickt den Fernseher aus und lässt uns wieder Peter Gabriel hören. Draußen ist es dunkel.

Ich gehe zu ihm hin. »Was wolltest du mir zeigen?« Er holt aus einer Lade unterhalb der Kasse ein Brieflein und gibt es mir.

»Von Serena«, sagt er bedeutend. Wo sie sei? In einer Klinik an der Adria.

»Wir stehen in Kontakt. Lies es morgen.«

Ich verspreche es.

»Noch ein Bier?«

Nur ein kleines noch. Ich will Gabriel noch fertig hören und nehme wieder meinen Platz ein. Manche Verbindungen ergeben sich erst in der Nacht, wenn keiner so genau hinschaut. In der Nacht reifen Pläne und Hoffnungen. Man muss keine Angst haben vor ihr. Sie birgt dich, hüllt dich ein, enthält so viele Geheimnisse.

Ich lege das Geld hin und zwinkere Lillo zu, trete hinaus in die Nacht. »Much more than this beyond the stars«, singt Peter Gabriel noch, begleitet von mächtigem Schlagwerk. Die Julinacht ist warm wie woanders der Tag. Nun mache ich den Weg über den Radweg, singe vor mich hin, und drüben auf der anderen Seite liegt blasses Licht über der Hügelkette.

Dann bin ich schon zurück und habe ein komisches Gefühl, bevor ich die Tür aufstoße; aber dass man dieses Gefühl hatte, weiß man erst später. Erst stößt man die Tür auf und staunt.

17

Da sitzt jemand in meinem Freischwinger, mit seinem fetten Arsch. Leider der dicke Chef der Abkassierer, der vor zwei Wochen schon einmal da war. Das auch noch.

»Ich hatte gesagt, wir kommen wieder«, sagt er in gebrochenem Italienisch.

Er hat nur wenige Haare nach hinten gekämmt über den Vollmondkopf, und sein Gesicht ist gelblich mit Resten von Barthaaren auf dem Kinn. Er trägt seinen üblichen speckigen schwarzen Anzug mit dem gelben Hemd. Und ich stehe im Türrahmen.

»Bei mir gibt's nicht viel zu holen. Sagte ich schon«, beginne ich die Unterhandlungen. Seit ich bei Sergio war, bin ich ruhiger als sonst. Mein gelbes Tourenrad steht in der Mitte des

Raums, ein paar CDs liegen am Boden verstreut. Die Nationalität des Abkassierers kann ich nicht deuten.

Waren sie nicht immer zu zweit? Der Kassierer winkt, ich drehe mich um: Hinter mir steht in seiner schwarzen Lederjacke der große Bongo — so nennt ihn der Alte immer —, dem die Lederjacke viel zu klein ist. Sie endet am Bauchnabel und zeigt ein fleckiges Unterhemd. Bongo ist unrasiert, ein stattlicher Bursche mit Hochwasserhosen über verzierten Cowboystiefeln. Der Flur, der dunkle Flur. Er hatte sich wohl in einer Türöffnung verborgen.

Ich gehe in mein Zimmer und lehne mich an mein Rad. Bongo macht große Schritte in den Raum hinein und zum Fenster. Der Sitzende sagt langsam: »Du bist uns die Gebühr schuldig für unseren Schutz. Zweihundert. Außerdem hat man dich am Tiber gesehen. Du schnüffelst herum. Das solltest du bleibenlassen. Dringende Warnung.«

»Darf ich nicht herumfahren? Und Geld habe ich nicht«, jammere ich.

»Deutsche haben immer Geld.« Er hebt die rechte Hand und sagt nur: »Bongo.«

Bongo kommt mit großen, nun schnellen Schritten, und ich habe mich aufgerichtet und schaue atemlos und ratlos zu. Ich schicke ein Stoßgebet aus. Oh Herr! Er kommt entschlossen großschrittig auf mich zu, aber plötzlich in Schräglage, sein rechtes Bein rutscht sehr schnell vorwärts, was war das, eine CD-Hülle wohl, er knallt aufs linke Knie, stützt sich mit der linken Hand auf dem Boden ab; sein Kopf vor meinem Rad, als würde er es anbeten; ich reagiere, hebe das rechte Bein über den Sattel, Geschicklichkeitsprüfung, und trete ihm mit der Ferse kraftvoll an die Stirn. Er fällt zur Seite und auch noch auf den Kopf. Ich ziehe das schwere Bügelschloss vom Gepäckträger und halte es als Waffe über ihn. Er hat sich hochgerappelt, ist nun auf allen Vieren oder besser Dreien, denn mit einer Hand deckt er seinen Kopf ab.

Ich werde nicht zuschlagen. Ich weiß es. Er robbt sich langsam weg, Richtung Tür. Auch der ältere Mann hat sich in Bewegung gesetzt, doch er hängt im Stuhl fest und schleppt ihn mit sich. Ich kann ruhig an ihm vorbeigehen, und dann reicht ein Schubs, dass er über Bongos Beine fällt und mitsamt Stuhl auf den Korridor.

Ich stehe über Bongo, der sich mühevoll hochgerappelt hat und seinen Freund anschaut. »Schaff ihn hier weg!«, rufe ich. Bongo zerrt den anderen, der womöglich sein Vorgesetzter ist, aus dem Stuhl, hilft ihm auf, und dann treten sie den Rückzug an.

»Das wirst du bereuen!«, keift Bongo. »Wir kommen wieder.«

Ich schleppe den Freischwinger zurück, knalle die Tür zu und ramme ihn unter den Türgriff, wie aus Filmen zu lernen ist. Ich sollte künftig mit Serenas Schlüssel abschließen. So endet also der Samstag. Ich werde Paolo aktivieren. Er muss mir diese Leute vom Hals schaffen. Ich brauche jetzt ein Bier. Ich aktiviere zudem »Signal and Noise« von Peter Gabriel. »Send out these signals, deep and loud«, singt er.

Die schönen Dinge sinken in die Nacht. Streicher, Schlagzeug. Ich schließe die Augen. Fantastisch schön ist dieses Leben, wenn man wieder einmal davongekommen ist. Ich gehe hinunter zur Dusche und lasse mir zehn Minuten das Rinnsal über Haar und Gesicht fließen. Dann stelle ich mich auf den Balkon und lasse mich von der Kaschmir-Hymne umspülen, jage sie mit ihrem Strahlen und Stampfen hinaus in die Nacht, über die Tiberauen, *oh yes, I've been flying, my mama, ain't no denyin', no denyin'*.

18

Steht da einer neben mir und schwenkt eine Glocke? Es bimmelt in meinen Schlaf. Richtig: Heute ist Sonntag, da ist es ruhiger als sonst, da ruhen die Römer wie einst ihr Herr, und es fahren wenige Automobile. In der ganzen Stadt kann man das

Glockengetön hören. Neunmal. Wenn sie elfmal läuten, muss ich in Sergios Kirche sein. Ich frühstücke hinterher. Nüchtern in die Messe gehen, das bringt Punkte fürs Paradies.

Ich hatte wunderbare Träume. Saß auf einer Schaukel, und eine übernatürlich schöne Melodie kam aus dem Kosmos und hüllte mich ein. Es passiert mir öfter, dass ich nach einem unangenehmen Tag die schönsten Träume habe: Als wolle mir jemand etwas Gutes tun und mich ablenken.

Unten auf dem Radweg sind schon die ersten Rentner unterwegs — »to get the miles in«, wie der Engländer sagt. Ich selbst möchte eigentlich gar nichts tun. Die *Göttliche Komödie* lesen vielleicht, ein paar Kapitel aus dem Fegefeuer-Teil. Aber es gibt ja noch den Brief meiner alten Freundin Serena. Sie schreibt mir:

Hallo Straniero, Biondo! Lillo hat dir diesen Brief gegeben. Ich mache mir Sorgen um Teresa, meine Freundin. Sie hat drei Wochen nicht mehr angerufen. Ihr Handy ist aus. Sie arbeitet wie ich. In der Nähe vom Bahnhof Tuscolana, oft für Obdachlose. Sie hat dein Gedicht. Finde sie bitte. Ich küsse dich. Ciao, Serena.

Plötzlich soll ich der Messias sein und alle möglichen Leute retten? Hat sich da nicht jemand in der Tür geirrt? Teresa hat also von Serena den zweiten Teil des Gedichts bekommen, als Amulett gewissermaßen; wenn ich es finde, bin ich in ihrer Nähe. Wieder so eine arme Prostituierte. Auf meiner geistigen Landkarte stehen also der Diocreatore, ein Jesus, Teresa und der kleine Kläffer Pippo. Und Paolo, immer.

Ich rufe ihn an, bevor er in die Kirche geht. »*Pronto*?« Ich schildere ihm meine Begegnung mit der angeblichen Schutztruppe. »Wo bist du denn hingeraten?«, fragt er zwischenhinein. »Bleib erst mal ruhig.« Er denkt nach und hat Trost zu bieten: »Wenn sie gestern Abend da waren, kommen sie erst in ein paar Tagen wieder. Sie lassen dir Zeit zum Überlegen. Und wir überlegen auch. Wir wollten uns doch morgen treffen? Es wird um elf sein, trinken wir einen Kaffee. Ich bin zufällig an unserem Tatort, die Bar neben der Pizzeria ›Dolce vita‹? Okay? Du hast doch sicher was für mich!«

Hab ich, Paolo. Schönen Sonntag dann und gute Andacht noch.

Zur Kirche gehe ich zu Fuß. Von Ludwiks Gefährt ist nur noch die schräge Bodenplatte auf den Felgen geblieben; da hat jemand wohl die Wandbleche brauchen können. Noch bevor ich einen Fuß auf das zerfurchte, zerstampfte Gelände setzen kann, hinter dem die Kirche Santi Aquila e Priscilla liegt, fängt es aus dem Himmel zu bimmeln an, hell und klar und fünfstimmig. Mit mir nähern sich eine Afrikanerin im grellblauen Wickelkleid, zwei alte Damen und drei Männer in Werktagskluft. Ich setze mich in die letzte Bank. Ein Mädchen mit flachsblonden Haaren kommt noch und Ludwiks Freund, Kazimierz, der Pole mit dem weißen gezwirbelten Schnurrbart, der seinen Hut abnimmt.

Der Innenraum ist blassblau ausgemalt, die Pfeiler sind weiß konturiert und die Stationen des Kreuzwegs der einzige Schmuck. Je fünfzig Zentimeter hohe Holzfiguren auf Podesten; treuherzige Figuren sind das mit ratlosen Mienen. Hinter dem Altar hängt an zwei Drahtseilen ein dickes Kreuz herunter mit dem leidenden Christus.

Sergio tritt an den Altar und dreht sich um. Er sieht uns reihum an. Er sieht auch mich. Ich bin nun froh, dass ich gekommen bin. »Da dürfen Sie nicht fehlen«, hatte er gesagt. Das war schön. Jeder Einzelne von uns wird gebraucht im Hause des Herrn. Pater Sergio ist ganz verwandelt, steht aufrecht und frei. Er begrüßt uns und stimmt ein Lied an, und dünne Stimmen fallen zögernd ein. Die Tür geht quietschend auf, die Köpfe drehen sich: Joe tritt ein, den Blick auf den Boden gerichtet. Er stellt sich an den Rand und faltet die Hände vor sich.

Fünf Kilometer weiter nördlich sitzen Hunderte im Petersdom. Um zwölf Uhr wird der Papst dann, wie stets am Sonntag, auf seinen Balkon hinaustreten und das »Angelus«

sprechen, hinunter zu Tausenden. Die Weltpresse wird vermelden, was dem Papst Sorgen bereitet und was er seinen Gläubigen in die neue Woche mitgibt.

Sergio liest aus dem Markus-Evangelium, was Jesus seinen Jüngern sagt: »Gebt Acht, dass euch niemand irreführt! Viele werden unter meinem Namen auftreten und sagen: Ich bin es! Und sie werden viele irreführen. Wenn ihr dann von Kriegen hört und Nachrichten über Kriege euch beunruhigen, lasst euch nicht erschrecken! Das muss geschehen.« Die blau gekleidete Afrikanerin ruft aus: »Der Herr sei gepriesen!« Sergio ist irritiert, liest aber gleich weiter. »Es ist aber noch nicht das Ende. Denn ein Volk wird sich gegen das andere erheben und ein Reich gegen das andere. Und an vielen Orten wird es Erdbeben und Hungersnöte geben. Doch das ist erst der Anfang der Wehen.« Soll das ein Trost sein? Wort des Herrn.

Wir setzen uns. Das Ewige Leben, sagt Sergio in seiner Predigt, darum gehe es. Er zitiert mit feierlicher Stimme: »Am Tore des Gefängnisses / ging der Glanz des Sonntags vorüber. / Der Glanz des Sonntags ging vorüber, / und am Tore der Gefangenen füllte sich das Licht. / Als wir den Glanz und das Licht des Manda d'Haije erblickten / empfanden wir Freude in unseren Ketten.« Wer ist Manda d'Haije? »Das Leben wird hochgehalten und ist siegreich, und siegreich ist der Mann, der hierher gegangen ist. / Ich gehe meinem Abbild entgegen, / und mein Abbild geht mir entgegen. / Es kost und umarmt mich, / als käme ich aus der Gefangenschaft zurück.« Das sei, sagt uns Sergio, aus gnostischer Zeit, als die Menschen bedrängt waren. Aber im Paradies würde ihnen ihre Seele entgegenkommen, und sie sei nur dann schön, wenn wir gute Menschen gewesen seien.

Auch Paulus, der Völkerapostel, dessen Grab sich hinter dem Tiber in der Basilika befinde, sei optimistisch gewesen. Im Römerbrief schreibe er: »Ich bin überzeugt, dass die Leiden der gegenwärtigen Zeit nichts bedeuten im Vergleich zu der Herrlichkeit, die an uns offenbar werden soll.« Wir müssten uns dem Alltag zuwenden, dem Nächsten neben uns. »Jede kleine

Geste hilft. Keine ist vergessen. Ihr tut es für den anderen, nicht für euer Seelenheil. Denkt an den anderen, nicht an euch, dann werdet ihr belohnt werden. Nur dann. Jeder Tag ist neu, jeder Tag bringt neue Aufgaben.« Es ist ganz still. Jedes Wort Sergios ist klar hörbar und verklingt, nichts anderes gibt es in diesem Raum.

»Jeder ist ein Kind Gottes. Jeder arbeitet mit am Wohl der Welt, so gering sein Beitrag auch sein mag. Wir müssen uns die Güte mit ganzem Herzen wünschen, wir müssen zu Liebe werden, denn sie gibt allem Sinn. Wir gehören alle zusammen. Wir sind eins. — Nun lasst uns kurz darüber nachdenken und dann das Lob Gottes sprechen.«

Wir stehen mühevoll auf. Rechts stehen in den Reihen die Männer, links die drei Frauen. Pater Sergio spricht die Formeln, die ich aus Hunderten Messen in Bayern kenne. Er greift selber unter sich, um zur Wandlung zu läuten, und die Nonne, die neben ihm stand, entfernt sich; sie muss nun wohl die Kirchenglocken betätigen. Am Ende segnet uns Sergio. Wir treten hinaus unter einen fahlen Himmel und sehen Gottes Schöpfung: den Gasometer von Ostiense, die Bäume am Tiber. Kazimierz gibt mir die Hand. »Komm wieder vorbei«, sagt er. Ich nicke. Wir stehen noch ein wenig da und wissen nicht, was wir reden sollen.

Sergio steht im Anzug am Eingang und zündet sich eine Zigarette an. Er ist nun nicht mehr der Priester, der eine heilige Handlung vollzog, sondern nur noch der Hausherr. Er winkt mich zu sich. »Zigarette?«, fragt er. Ich ziehe eine aus der Packung. Er gibt mir Feuer und sagt: »Die Szene ist in Bewegung. Eine Gruppe holt sich immer mehr Mädchen. Man nennt sie die Grauen, weil sie sie mit grauen Autos abholen. Sie sollten aufpassen. Da geht's um Geld, das ist kein Spaß.«

Nun nähern sich zögernd Joe, Kazimierz, die Afrikanerin und zwei Männer, und Sergio gibt jedem lange die Hand. Sie verneigen sich und trotten langsam über die Ebene davon. Joe hebt noch einmal die Hand. Das gilt mir.

Wir rauchen weiter. Ich erzähle ihm von Eli und dass ich sie zu meiner Ex geschickt hätte. Die ganze Messe über musste ich an sie denken.

Ich sage ihm: »Das war vielleicht falsch. Da gehört sie nicht hin. Ich hätte Sie zu Ihnen bringen sollen.«

»Das können Sie immer noch tun«, beruhigt er mich. »Hier ist immer jemand da, Tag und Nacht. Die ganze Verwirrung wird sich eines Tages legen. Menschen werden leiden, aber alles geht gut aus.«

Ich bin erstaunt. »Sie, der Gnostiker, glauben das?«

»Ja, wie Paulus, der Völkerapostel. Er kam ja aus Damaskus, aus der Wüste. Er kannte die Lehren vom Licht und der Dunkelheit. Paulus war erst ein Böser, dann kam das Licht und bekehrte ihn. Er reiste viel, war oft in Gefangenschaft und hatte viele Probleme mit den Gemeinden. Im Römerbrief schreibt er: ›Auch die Schöpfung soll von der Sklaverei und Verlorenheit befreit werden zur Freiheit und Herrlichkeit Gottes.‹ Was er über die Liebe sagte, ist unvergesslich, und erst die ›Narrenrede‹, wo er sich als Stümper bezeichnet, der nicht gut reden und sich mit den ›Überaposteln‹ nicht vergleichen kann! So ein Überapostel war Petrus, der drüben im Petersdom begraben ist. Der war auch im Gefängnis, aber ein ganz anderer Typ, vielleicht ein guter Verwalter. Ein Kleingläubiger, die sind ja oft sehr genau, wie Finanzbeamte. Der richtige Mann für den Papst-Job.«

Ob die Stelle mit dem Sonntag und dem Gefängnis auch von Paulus sei? Don Sergio schüttelt den Kopf. »Das ist eine Anrufung der Mandäer. Der Gedanke, dass dir deine Seele auf der Brücke Chinvat entgegenkommt, ist orientalisch. Ich erkläre Ihnen das alles einmal näher.« Die Nonne zupft ihn am Ärmel. Er sagt noch zu mir: »Wir sind Brüder in Kuschta, das heißt: die Wahrheit.« Er schaut mich an, und alles wird still in mir. Was ist das? Wir drücken unsere Zigaretten aus, und er reicht mir zum Abschied die Hand.

Ich frühstücke im »Tramonto«, blinzle Lillo zu und blättere

nach langer Zeit wieder einmal durch eine Zeitung. Es gibt sogar die auf gelbem Papier, *Il Sole 24 Ore*, die mit dem anspruchsvollen Sonntags-Feuilleton. In der Magliana braucht man das eigentlich nicht, da lebt man wie auf dem Dorf. Ich trinke zwei Cappuccini und esse zwei trockene Hörnchen.

»Na, was schreibt Serena?«, fragt Lillo.

»Ach, sie macht sich Sorgen um eine Freundin, die Teresa heißt.« Vielleicht hätte ich das nicht sagen sollen, aber ich denke mir: Wenn du nichts sagst, erfährst du auch nichts. Du musst schon aus der Deckung kommen.

Lillo, mit dem ich heute Mittag alleine bin, bewegt sich von seiner Registrierkasse fort, kommt her und stellt mir ein großes Glas Wasser hin.

»Draußen ist es heiß«, bemerkt er. Bleibt noch stehen, schaut beim Fenster hinaus und sagt dann beiläufig: »Mimmo und Teodoro waren gestern Abend wieder hier, nach langer Zeit wieder. Die kommen immer spät, erst um zehn. Und Teresa kenne ich natürlich, die hat Serena oft begleitet, bis es dann hieß, sie hätte einen Job in einem anderen Stadtteil.«

»Was für einen Job?«, frage ich.

Lillo lacht. Er schüttelt den Kopf. »Muss ich dir das sagen? Ihr Deutschen seid manchmal so naiv.«

»Weißt du, wer in der Gegend Schutzgelder holt?«, frage ich. »Zwei waren gestern bei mir, wollten Geld, und ich habe sie hinausgeworfen.«

Er macht zwei Schritte seitwärts, theatralisch soll das wirken. »Du? Vielleicht habe ich dich doch unterschätzt!« Dann wird er ernst. »Sollte man nicht tun«, sagt er leise. »Die arbeiten vielleicht für die Grauen. Die expandieren übrigens hier in der Gegend. Darum sind Mimmo und Teodoro auch schlecht gelaunt. Ach was, wir kümmern uns um unsere Sachen. Wir wissen nichts. Lächeln und überleben!« Er schlendert wieder davon.

Mir fällt noch etwas ein: »Lillo, meinst du, ich könnte mal

mit Mimmo reden …? Der scheint sich in der Szene auszukennen. Ich brauche Hilfe. Und ich kann ihm helfen.«

Lillo wird ernst. »Keine so gute Idee. Hab einmal von dir erzählt, ist nicht gut angekommen! Ich kann aber mal vorsichtig fragen. Du bist ja schon okay.«

Plötzlich ist der Mann, der so feindselig wirkte und den ich nicht leiden konnte, fast ein guter Bekannter geworden. Sergios Predigt wirkt nach. Ich verabschiede mich mit Wärme von ihm: »Schönen Sonntag, Lillo. Und viele Grüße an Mimmo.« Er macht große Augen.

19

Ich schaue vom Balkon. Auf dem Radweg ist eine kleine Prozession aus der Stadt hinaus unterwegs, Lauten und Schalmeien erklingen, alle sind bunt gekleidet, Marketender und leichte Mädchen und anderes Volk, und laut sind sie. Sind das auch Leute vom Theaterschiff? Einer schiebt einen Einkaufswagen vom Supermarkt, zwei andere sind mit Plastiksäcken beladen. Die Truppe kommt sicher vom Flohmarkt Porta Portese, über den sich jeden Sonntag Hunderttausende schieben, unter Sonnendächern vorüber an Klamotten und Millionen Kleinobjekten dieses Universums. Es ist ja tatsächlich Sonntag.

Ich will mir nun auch noch den Wind um die Nase wehen lassen, wenn's schon kein bayerischer Föhn mit Fernsicht sein kann. Stülpe mir den Helm aufs Haupt, packe den kleinen Rucksack und bin schon unterwegs. Eidechsen huschen über den Weg, Schlangen schlängeln sich in Panik weg. Die Tierwelt fängt gleich außerhalb Roms an. Bei Prima Porta treibt manchmal ein Schäfer seine Herde über den Tiberdamm, auf dem der Radweg Tiber Nord verläuft. Oder Pferde stehen da. Unweit vom Reiterhof habe ich einmal gesehen, wie zwei Schlangen in drei Metern Entfernung kopulierten, in verwirrendem Sich-Umherschlängeln, im taumelnden Drehen und Kreisen und Ziehen, vor- und zurückweichend. Ich hielt viel Abstand, bis die

Liebenden ihre Körper meinem Blick entzogen und ins Gebüsch flüchteten. Der blinde griechische Seher aus dem Mythos, Teiresias, soll, nachdem er Gleiches miterlebt hatte, für sieben Jahre in eine Frau verwandelt worden sein. Bei Leukipp heißt es noch, Teiresias sei geblendet worden, weil er vor Hera, der Frau von Göttervater Zeus, gesagt hatte, die Frau genieße den Sex neun Mal mehr als der Mann.

Ich fahre meine Piste ab, rolle bis zur Schleife, wo ich den Diocreatore getroffen habe, und komme wieder zurück – alles im gemütlichen Sommertempo. Ich will nun täglich den Radweg Tiber Süd befahren, über den Veteran Romolo einmal gesagt hat: »Mann, ist der langweilig!« Anstatt sich zu freuen, dass es ihn gibt. Ich fahre, weil ich muss und weil ich eines nicht allzu fernen Tages den Diocreatore wiedertreffen will. Ich fahre an meinem Schulhaus vorbei und dann über den großen Ponte Marconi.

Endlich rolle ich über eine betonierte Fläche neben dem Schiff der Basilika San Paolo fuori le Mura entlang. Da wollte ich noch eine Weile auf Marmorboden herumgehen in der Fabrikhalle des Heiligen. Binde mein Rad unter Bäumen an. Vor der Treppe steht ein fülliger Mann, der eine ausklappbare Postkartenserie verkaufen will, rechts sitzt auf den Stufen ein anderer Mann mit langen, strähnigen blonden Haaren und Vollbart. Sein schwarzer Schäferhund steht abseits neben Büschen vor einem ganz kleinen Hund und leckt ihn ab. »Nero!«, fährt ihn der Mann an. Nero hat er ihn getauft, nach dem Kaiser, der Jagd auf die Frühchristen machte. Das spricht für Humor, doch sein Hund sieht aus, als ob er wenig Humor verstünde.

Man betritt einen Portikus, der aus vier Säulenhallen besteht, und kann nicht die riesenhafte Pauls-Statue ignorieren. »*Praedicatori verabilis, Doctori Gentium*« steht an der Basis, und der bärtige Völkerapostel hält in der rechten Hand ein Schwert, Symbol des Wortes Gottes, das das Licht von der Finsternis scheidet.

In dem riesenhaften Kirchenraum überwölbt ein Baldachin den Altar, und darunter öffnet sich ein unterirdischer Raum für den heiligen Paulus. Durch eine Öffnung sieht man eine Seite des »Sarcophagus Sancti Pauli«. Weit hinten wartet eine Reisegruppe. Sonst ist die Basilika leer. Heute war die Messe, darum ist der große Raum bestuhlt; aber leer erst entfaltet er seine Wirkung. Wieder folge ich den Vignetten der Päpste dicht unterhalb der Decke, unter denen auch die Jahre, Monate und Tage stehen, während derer sie regierten. Ich setze mich auf einen Stuhl und atme ruhig. Hat es Ludwik einmal geschafft hierherzukommen? Oder Kazimierz? Luftlinie zweihundert Meter. Vermutlich nie. *Spes unica*: einzige Hoffnung. Gib ihnen doch ein wenig Hoffnung!

Ich schlüpfe hinten hinaus, gehe wieder längs des Kirchenschiffs zurück, vorbei an dem Atrium und den Treppen. Der Hundebesitzer ist nicht mehr da. Vor meinem Rad liegt eine zerknüllte Seite. Ich stecke sie ein, ohne sie näher anzuschauen. Das ist ein Reflex; alle zerknüllten Blätter werde ich aufheben. Dann trinke ich aus einem Brunnen ein paar Schlucke, setze mir den Helm auf und fahre wieder über den Tiber.

Ich fahre auch bei größter Hitze mit Helm, seit ich vor ein paar Jahren im Herbst ohne Helm mit dem Rad einen Salto mortale hinlegte, weil mich ein hupender Bus von hinten irritiert hatte; ich schaute mich um, geriet mit dem Vorderreifen in eine Fahrrinne neben einer Mauer und bremste abrupt. Zum Glück hatte ich eine Mütze auf, und eine Schicht Blätter dämpfte meinen Sturz auf den Kopf. Trotzdem – immer mit Helm.

Nun meldet sich Hunger. Auf zum Pizza-Verrückten! An einer Straßenecke auf der anderen Seite der Via della Magliana Vecchia steht über einem Vorhang mit weiß-grünen Plastikschnüren die Aufschrift »Maniaco della Pizza«. Hinter dem langen Tresen sieht mich die freundliche Frau mit den runden Backen und der weißen Haube und knipst ihr Lächeln an. »Ah, *mio caro*!« Mein Lieber! Wonach steht dein Verlangen? Einen schmalen Streifen Pizza Margherita, ein viereckiges Stück mit

Artischocken und Pilzen, ja, und ein Schlitz mit Salami geht auch noch. Alles auf Backpapier, erwärmen, ein kleines Bier dazu – und dann setze ich mich gleich drinnen zu Tisch. Oben in der Ecke der Fernseher.

Dann dudelt mein Handy. Giuseppe ist dran. »He, Rudi, schade, dass du nicht dabei warst, tolles Rennen! Bist du gerade zu Hause?« Ich gebe ihm zu verstehen, dass ich in der nächsten halben Stunde zu Hause sein würde. Er werde mir ein anderes Mal von dem Rennen erzählen. Er wünsche mir einen schönen Sonntagabend. Ciao. Keine Ahnung, was dieser Anruf sollte. Nach dem letzten Bissen Pizza wieder ein Anruf. Chiara ist dran. Hatte ich befürchtet.

»Alles klar bei dir? Hör zu, irgendwie geht das nicht, mein Lieber«, — schon wieder? — »wie stellst du dir das vor, denkst du, ich lasse die kleine Schwarze den ganzen Tag in der Wohnung allein? Sie redet auch kein Wort. Was machen wir? Hol sie doch wieder ab.« Das macht mich wütend. »Wie stellst du dir das vor — mal schnell mit dem Bus hoch und wieder zurück? Du hast keine Lust, auch nur einen Finger für mich zu rühren! So war das schon immer!« Nein, natürlich, sie hat sich immer aufgeopfert für mich, ich aber war der Egoist ... Aber es geht um ein Problem. Alfonso ist auch da. Sie würden Eli sogar noch zum Essen einladen. Und?

Ich sage also, sie könnten doch Eli mit dem BMW zur Kirche Aquila e Priscilla bringen, Pater Sergio, da ist immer jemand da. Lungotevere Pietra Papa, die Kirche hundert Meter weiter. »Sonntagabend, da ist kein Mensch unterwegs. Da seid ihr schnell. Gut, ich sehe ein, das alles war unüberlegt von mir.«

»Von mir auch«, sagt Chiara überraschend freundlich. »Ich hätte gleich nein sagen müssen. Wir machen das und lassen dich mit den Armen unten am Tiber wieder allein, okay?«

Ist ja okay. Jetzt bin ich erschöpft.

Ich fahre noch etwas in der Magliana herum. Man kann weiter vorn links abbiegen und erreicht dann irgendwann einen Platz, den die vorsorgliche Stadtverwaltung gründlich zupflastern ließ und ihn mit Steinbänken, Steinbrunnen und Steinmonumenten aufwertete. Witzig ist der blaue Delphin auf einer Spirale, auf dem Kinder reiten können. Das Marktgelände an der Abzweigung rechts sieht mager und abweisend aus mit seinem Gatter, wenn kein Markt ist. Seltsam, die Tür zu meinem Apartment in der Villa Otto Marzo ist nur angelehnt. Nein, ich gehe nicht weg. Ich stoße sie mutig auf…

20

Ein vielstimmiger Ruf: »Überraschung!!« Fast eine Fußballelf hat sich vor mir aufgebaut — meine Radler! Sie halten Becher hoch und prosten mir zu. »Wenn du nicht zum Rennen kommst, müssen wir zu dir kommen!« brüllt Giuseppe, der wackere Apulier.

»Habe ich heute Geburtstag?«, frage ich spontan. Ich schaue von links nach rechts. Da stehen sie: Clemente, Romolo, der Zauberer; Giuseppe, der Stier; Mario B., »il Presidente«; Bianca, die Fahrrad-Journalistin; ein eleganter Unbekannter; Ernesto, der ehemals herumirrende Sekretär von »Tuttimbici«; der traurige Franco Gemini, der mich an Dostojewski erinnert; neben ihm sogar Salvatore, der Hüne der Finanzpolizei; und Pierpaolo, der Dichter, der so gern Sonette schreibt.

»*Ragazzi, non so che dire* … Ich weiß nicht, was ich sagen soll…« Da umringen sie mich schon und drücken mir einen Plastikbecher mit Weißwein in die Hand.

»War eigentlich Romolos Einfall«, erklärt Giuseppe, »und so wollten wir dich überraschen.«

Il Presidente Mario B. übernimmt die förmliche Erklärung: »Weißt du, wir können nicht zulassen, dass unser Rudi im Elend verkommt. Romolo hat erst jetzt von dem Umzug erzählt, wir hatten keine Zeit, aber jetzt sind wir da. Schau!« In der Tat — sie haben zwei neue Freischwinger hingestellt mit rotem Bezug, und Giuseppe führt mich herum. »Da auf dem Tischlein von Ikea am Fenster, komm«, sagt er mir, »da drauf hast du einen Laptop. Damit du schreiben kannst. Läuft mit Akku. Irgendwo kannst du sicher Strom abzapfen. Salvatore hat Reparaturzeug für die Fahrräder mitgebracht. Schau, Bianca hat sogar ein Bild gemalt. Passt da hinten hin. Los, Clemente, hängen wir's auf.«

An der Wand steht plötzlich ein neues Sofa!

»Wo kommt das Sofa her?«, möchte ich wissen.

»Hatte Franco im Keller. Das alte haben wir abtransportiert.« Schon hat sich die Gruppe verteilt, ein paar Fläschchen im Karton sind hier, und am Boden stehen noch ein paar Bier. Bianca hat einen Kuchen gebacken, der wie ein Käsekuchen aussieht, und sie sagt, sie habe Ricotta statt Quark genommen.

Ich schüttle ungläubig den Kopf und gehe gerührt zur Terrassentür, um den Vorhang geradezurücken. Meine alten Freunde vom Fahrradverein Tuttimbici, Rudis Radler sind da! Mario ist an mich herangetreten und winkt jemanden herbei. »Das hier ist ein neues Mitglied, das neueste: Vittorio!«

Ich gebe ihm die Hand. Es ist ein gutgekleideter junger Mann Mitte dreißig, der sagt: »Hallo Rudi! *Viva la bici*!« Den Ausruf kenne ich aus Biancas E-Mails.

Mario sagt: »Stell dir vor, Vittorio hat sein Auto verkauft und fährt nur noch Fahrrad. Er arbeitet im Außenministerium und fährt jeden Tag mit dem Mountainbike hin!« Vittorio lächelt; es ist ein strahlendes Lächeln. »Stell dir vor, ich habe schon fünf Kilo verloren, rauche nicht mehr, und meine Rückenschmerzen sind auch verschwunden!« Eine wundersame Heilung durch den Fahrradgott.

»Kennst du zufällig die Dottoressa Borromei?«, frage ich unschuldig.

»Die von der Afghanistan-Abteilung? Mit der hab ich wenig zu tun. Die weiß, was sie will. Bei uns nennen sie sie immer *la Tedesca*, die Deutsche.« Vittorio driftet nach diesem Statement gleich wieder ab, Bianca entgegen. Dann flüstert Mario mir zu: »Vittorio war bei einem ökologischen Sonntag. Hat sich anscheinend in Bianca verknallt. Ein Paulus-Erlebnis.«

Pierpaolo steht da und öffnet auf das Stichwort hin das Buch über Critical Mass, das Stan Larsson herausgegeben hat. »Hört mal das, da haben sie ein ähnliches Erlebnis, poetisch aufbereitet: ›Jim Dyer war Rennfahrer und Sieger von neun Rennen, außerdem Erbe eines riesigen Familienvermögens aus dem Ölgeschäft. Er fuhr mit einem luxuriösen Allradfahrzeug auf den Straßen von Damaskus, als er ein großes Licht am Himmel sah, das in Wirklichkeit das Feuer einer der Raffinerien seiner Familie war. Er stellte die Limousine weg, vertauschte sie mit einem Fahrrad, und er hat nie wieder zurückgeschaut.‹«

»Ein Märchen!«, strahle ich.

Die Aussicht sei ja nicht mal schlecht, meint Franco Gemini, doch seine Schnurrbartspitzen hängen noch tiefer als sonst, als wollten sie dieser Aussage widersprechen. Salvatore und Giuseppe sind in einer Ecke schon wieder in eine hitzige Diskussion verwickelt.

»Das ist nicht der Punkt!«, ereifert sich Giuseppe. »Den Rechten ist nichts heilig. Fassino hat erst kürzlich gesagt, dass …«

Ernesto und Pierpaolo wollen Tuttimbici-T-Shirts drucken lassen, und es geht um den Aufdruck. Ernesto hat dazu das Wort »Ubici« kreiert, das heißen soll »Überall mit dem Fahrrad«, und »Ubicità« bedeutet wohl eine Art Allgegenwart, die das Fahrrad verleihen soll. Ich finde ja auch, dass wir ein Logo brauchen.

»Wie war übrigens das Rennen?«, rufe ich zu Giuseppe hinüber. Er reckt die Faust: Fünfter sei er geworden von 25 Fahrern. Ich frage, ob er einen gewissen Alfonso überholt habe. Er habe zwanzig von ihnen überholt, doch ihre Namen hätten sie ihm nicht verraten.

Mario B. und Romolo stecken in einer entfernten Ecke in einem Insider-Gespräch. Es geht um einen an Anagnina angrenzenden Bezirk, und als ich hinzutrete, sagt Mario gerade: »Das ist die Stelle in Rom, an der ich am meisten Angst habe. Da musst du über vier Spuren rüber, und die rasen!«

Romolo ergänzt düster: »Da gibt es ein Stück, das zum Einkaufszentrum, zweihundert Meter, die kannst du nicht mal zu Fuß zurücklegen. Du musst eine Station mit dem Bus fahren, absurd ist das!«

Und Mario schließt ab, mit einem Blick auf mich: »Die Gegend ist derart zerstört, mit einem Flächenbombardement könnte die nur gewinnen.« So kennt man Il Presidente: klare Aussagen, denen nichts hinzuzufügen ist.

Wir reden über die Ausfahrten der nächsten Wochenenden, und irgendwann fragt Mario B.: »Willst du eigentlich hier bleiben, Rudi? Was hast du vor?«

Ich sage: »Das habe ich mir noch nicht überlegt. Es ist aber nicht lustig, da gibt es zwei unsympathische Leute, die Miete wollen, und wenn die das nächste Mal kommen, habe ich richtig Ärger.«

Mittlerweile sind die Freischwinger besetzt, Bianca und Vittorio beanspruchen das Sofa, und wir anderen – der harte Kern mit Mario, Giuseppe, Romolo – stehen halb auf dem Balkon. Mario legt mir die Hand auf den Oberarm: »Hör zu, Rudi – wenn du uns brauchst, kommen wir. Radfahrer sind füreinander da.«

Das war wieder präsidial gesprochen. Ich solle jedenfalls nicht die Besprechung für den ökologischen Sonntag vergessen, am Tag vorher gegen acht Uhr abends bei Giuseppe. Etwas spät, aber aus Termingründen sei es nicht anders gegangen.

Giuseppe redet mir ins Gewissen. Vor zwei Wochen seien im Bravetta-Viertel — von hier Richtung Westen — in einem alten Mietshaus, das von Illegalen bewohnt wurde, ein Marokkaner und eine Polin tot aufgefunden worden. »Erschlagen mit Eisenstangen, mit äußerster Brutalität. Drogen vielleicht, Alkohol. Wahnsinnige Wut herrscht da.« Kleine Pause. »Jedenfalls, Rudi: Lange solltest du hier nicht mehr bleiben. Du kannst bei jedem von uns eine Weile übernachten, bis du Klarheit über deine Zukunft hast. Bis Samstag.« Ich danke.

Gegen elf schon dünnt die Runde aus. Umarmungen.

»Die Magliana ist urig, Rudi«, sagt Bianca. »Da gehörst du hin.«

Und Romolo braucht irgendwann meine Hilfe beim Manuskript über die schönsten Anstiege im Latium, das er bald dem Verlag liefern muss. Giuseppe sagt, er werde mich noch verständigen, ob wir nächstes Wochenende eine Tour machten. Und nächsten Sonntag träten King Crimson im Tennisstadion Fonte dei Marmi auf, neben Olympiastadion und Außenministerium. Er könne gern für uns beide Karten besorgen.

King Crimson, meine, unsere Lieblingsband! Die gibt es noch? Ja, natürlich.

Der Vorletzte, der geht, ist Salvatore. Er gibt mir einen ordentlichen Hieb auf die Schulter. »Ist sicher illegal«, meint er. »Lass dich nicht erwischen.« Der Letzte, Clemente, wünscht mir »*Buona fortuna*«. Das kann man immer brauchen. Das Sofa ist sogar ausklappbar, entdecke ich später. Da könnte man zu zweit viel Spaß haben.

Kurz vor dem Einschlafen kommt mir etwas in den Sinn: das zerknüllte Blatt von San Paolo. Durch den Besuch von meinen Radlern bin ich davon abgelenkt worden. Da hängt meine Jacke über dem Stuhl, in der rechten Tasche steckt der Zettel. Es ist eine Seite bunte Werbung des Supermarkts GS, Hackfleisch pro 100 Gramm 96 Cent, Tabs für die Geschirrspülmaschine 3,99 Euro, Handcreme, Rigatoni 500 Gramm, Hundefutter. Ich knülle das Blatt zusammen und werfe es aus dem zerschmetterten Fenster.

Morgen Paolo, dann Joe, vielleicht noch Danuta, unsere frühere polnische Putzfrau, die kennt die Szene. Das nennt man wohl etwas hochtrabend Ermittlungen, und ich ahne, dass man dazu so langen Atem wie für das Schreiben eines Buchs braucht, wie für eine Radtour von Rom über Sperlonga und Sorrent nach Neapel. Das braucht die Zeit, die es braucht. Radfahrer haben die richtige Zähigkeit für ein solches Projekt. Paolo Fortunato Falconi hat dafür den richtigen Mann. *Sicuro*. Sicher.

21

Die Nacht war lang. Ich wurde durch etliche Albträume gejagt. Darum dauert heute alles etwas länger. Nach dem Frühstück packe ich wie in Trance den Rucksack: Schreibheft, natürlich meine Dokumente, darunter den wertvollen Ausweis der Stadtteilbibliothek. Ich bin zwar nicht gemeldet hier, aber die kleine dicke Leiterin war anscheinend scharf auf Leser. Ich solle einfach meine derzeitige Adresse aufschreiben, und Punkt.

Die Bibliothek der Comune di Roma befindet sich neben der »Sozialbude« in der Magliana, dem Treffpunkt der Linken und der arbeitslosen Revolutionäre. Hinter dem Schreibtisch des Leiters lehnt in der Ecke die zusammengerollte rote Fahne der KPI, der Kommunistischen Partei Italiens. Gibt es die eigentlich noch?

Es geht in einen Hauseingang, an einer Front verbogener silberfarbener Blechschachteln von Briefkästen vorbei und dann links durch eine Glastür. Ein erster kleiner Raum ist vollgestellt mit Regalen, und diese mit Büchern. Es gibt daneben einen Mini-Lesesaal mit *La Repubblica* und der linken *Unione*, mit Zeitschriften und Lexika, und daran angrenzend sogar noch einen Raum mit Büchern!

Hinter dem Tresen sitzt die dicke, gemütliche Frau, die immer grinst. »Federica« steht auf dem Namensschild, das auf ihrem Pullover oben und weit vorn prangt. Dann gibt es noch zwei Bibliothekarinnen, die am Montagmorgen aber fehlen: die strenge, dürre Rumänin unbestimmbaren Alters mit grauen, nach hinten gekämmten Haaren und das blasse unscheinbare Mädchen. Hinten an einem Bildschirm macht gerade der Mann mit Brille und wirren weißen Haaren herum, man weiß nicht: der gute Geist oder ein der Psychiatrie entkommener Leser. Er stöhnt und greift sich ins Haar.

»Ah, nichts mehr zu lesen?«, fragt die sympathische Frau. Überall ist das so in Italien: Hier ist man ein Mensch, nicht bloß ein Leser oder eine Nummer. Persönlicher Kontakt ist erwünscht, eine Portion Neugier ist immer dabei.

»Ich interessiere mich gerade für Polen«, bescheide ich die Frau. Ich darf in das Reich der Bücher gehen. *Quo vadis* von Henryk Sienkiewicz steht da, wo es stehen sollte: unter S bei »polnischer Literatur«.

Unter Büchern werde ich nervös. Das Lese-Fieber ergreift mich, schon Viertel vor elf. Tschechow? Die russische Abteilung ist ja gleich nebenan. Ich gebe mir zehn Sekunden. Gut, einen Band mit Erzählungen von Wladislaw Reymont und ein Büchlein über das Leben der heiligen Paola. Rom, die Stadt. La Storia. Einen Namen kenne ich: Gregorovius. Ein dickes Buch wie eine Bibel. Ich trage die Bücher stolz zu der Frau, die nickt und meine Wahl anscheinend gutheißt. Allerdings weist sie darauf hin, dass nur drei Bücher gestattet seien. Ich lege also Reymont und die Heilige weg. Nein, ich bringe sie persönlich zurück, so nett bin ich.

Federica macht sich nun an die komplizierte Prozedur der Verbuchung. Zehn vor elf. Sie sucht meine Karteikarte heraus – »Wie war der Name?« –, schreibt säuberlich die Nummern der Bücher darauf, zieht mit einer genau berechneten Bewegung von unter dem Schreibtisch eine abgegriffene Kladde hervor und stutzt erst einmal. Sucht auf dem Tisch herum.

»Riccardo«, fragt sie hinüber zum Bildschirm, »hast du den roten Stift gesehen?« Riccardo dreht sich unglaublich langsam um.

»Den roten Stift!«, wiederholt Federica.

»Ich glaube, der ist links bei den Neuanmeldern.«

Federica tastet auf dem linken Schreibtisch herum. »Da ist er nicht. Hast du ihn vielleicht? Ach, da ist er. Ich sage doch immer, der rote Stift darf nicht rechts liegen.«

Fünf vor elf. Sie schreibt die Nummern in Rot in die Kladde hinein, zieht mit dem Lineal einen Strich darunter und schiebt mir das Buch hin. Ich soll unterschreiben, unter dem Strich.

»Aber — das ist ja verkehrt herum!«, wundere ich mich.

Sie lächelt überlegen, sie weiß um die Weisheiten der Bürokratie. »Ist schon richtig so.«

Ich unterzeichne. Sie steckt langsam meine Karteikarte zurück, schiebt die Kladde weg, stempelt die Bücher und fragt dann zuckersüß: »Haben Sie sich denn in die Leserliste eingetragen?«

Nein, hab ich nicht. Name und Beruf und Unterschrift. Elf Uhr. Ich lächle wie ein Japaner, doch ich möchte am liebsten mein Schwert zücken und ein Buch spalten.

Und eine Erinnerung an einen Tag im Januar kommt auf. Das Katasteramt. Die Vorhölle. Erst jedoch fahre ich mit meinem gelben Rad so schnell wie möglich zu den »Tre Stelle«. Ich umkreise anscheinend fortwährend meine Fixsterne »Tre Stelle«, »Tramonto« und »Bon Bock«. Und eines Tages, wenn die Sterne günstig stehen, »Bon Bock« in Konjunktion mit »Tre Stelle«, werde ich im »Tramonto« eine Erleuchtung haben.

Der Barmann hebt die Hand, sobald er mich sieht. »Sie haben meinen eigentlich nicht geäußerten Rat anscheinend befolgt. Sie leben noch. Spricht für Sie, junger Freund!«

Ich setze mich an einen kleinen Tisch ans Fenster. Paolo ist natürlich noch nicht da. Ich hole mir erst mal einen Latte macchiato. Noch einmal fliegt mich diese Erinnerung an. Das Katasteramt. Chiara hatte mich gebeten zu überprüfen, ob kleine Änderungen im Zuschnitt der Wohnung aus dem fernen Jahr 1987 im offiziellen Plan des Katasteramts eingetragen seien. In zwei Stunden sei das gemacht. Sie sei drei Tage in Messina bei einer Tagung.

Es war ein kalter Tag, ich fuhr morgens auf dem Rad mit Handschuhen und dickem Pullover auf langen, gewundenen Wegen in ein entlegenes Stadtviertel und betrat eine düstere Halle, in der hundert Menschen oder mehr auf Bänken herumsaßen oder in Grüppchen herumstanden. Dunkel gekleidete Bürger waren es; hässliche, schlecht gelaunte Menschen. Kein Wunder. Man musste sich bei einem jungen Mann eine

Nummer abholen, ich hatte die 334. Ich weiß noch den Roman, den ich las, er war von Vázquez Montalbán, und sein Detektiv namens Pepe Carvalho recherchierte in Buenos Aires.

Oben war eine kleine Tafel, zu der alle hinschauten. Alle zwei Minuten ertönte ein Tuten, und eine neue Nummer erschien. Nach drei Stunden, als sich die dreistündige Mittagspause des Amts bedrohlich näherte, war es 276. Der junge Mann sagte mir knapp, das werde heute wohl nichts mehr werden, nachmittags seien keine Amtsstunden, ich möge morgen wiederkommen und zwischen acht und halb neun eine Nummer ziehen. Sicherer Hauptgewinn. Ich kehrte der Vorhölle den Rücken.

Am nächsten Tag, der noch kälter war als der vorhergehende, traf ich durchgefroren ein. Bekam die Nummer 75. Wartete wieder zweieinhalb Stunden. Beendete den fünfhundertseitigen Carvalho-Roman. Die Unterredung der Nummer 75 mit dem Beamten dauerte eine Minute.

»Da ist nichts eingetragen«, sagte er. »Ist aber kein Problem. Die Neuerung der Steuer ICI tritt erst im Jahr 2008 in Kraft. Sie könnten aber, um sicherzugehen …« Den Rest hörte ich nicht mehr. Ich musste gehen. Ich kochte.

Es war wie kurz zuvor auf dem Postamt, wo ich eineinhalb Stunden in einer dunklen Masse murmelnder Menschen gewartet hatte, um Gas und Strom zu bezahlen, und da ich etwas auf der Rechnung ausradiert und überklebt hatte, zerriss die Postbeamtin diese lächelnd und mit einer gewissen Hingabe. »Die lassen Sie sich am besten neu ausstellen«, sagte sie. »Kein Problem, dann kommen Sie wieder.« Mit verzerrtem Gesicht rannte ich nach draußen und schlug voll Wut mit der Faust auf den Tank des nächsten geparkten Motorrollers, und ein junger Mann zwei Meter weiter schrie mich an: »*Impazzito*?« Verrückt geworden? Anscheinend war der Blick, den ich ihm zuwarf, so wild, dass er zurückwich. Akutes Posttraumatisches Syndrom. Das kennen alle hier.

Oder Bahnhof Termini, Sonntagmorgen. In fünfzehn Minuten geht der Zug, du stehst an Schalter 4, noch drei dicke Koreaner und ein amerikanisches Ehepaar vor dir, noch sechs Minuten.

»Bitte« – gehetzt – »geben Sie mir ein Billett einfach nach Frosinone. Und eins für mein Fahrrad.«

»Fahrradbilletts gibt's an Schalter 25«, erklärt die Dame ungerührt.

Noch vier Minuten bis zur Abfahrt. Das ist Italien, gut, dann eben ohne Radbillett, der Schaffner wird toben, aber was soll's …

Rom! Die schönste Stadt der Welt! Das gehört doch alles der Vergangenheit an! Schon steht Paolo am Eingang und wedelt mit der rechten Hand. Alles vergessen. Er ordert einen Kaffee. »Ciao Rudi!«, ruft er schon. Er klopft mir auf die Schulter. Ich mag diese Berührungen. Paolo stellt seinen Cappuccino ab und schaut mich erwartungsfroh an.

»Na, was sagst du mir?« *Che mi dici*? Was sag ich dir nun, Paolo?

»Also … Ich habe noch nicht viel. Ich höre dauernd von Gott und Jesus und weiß nicht, was ich davon halten soll. Gottschöpfer kenne ich, ist ein Verrückter vom Radweg, aber Jesus …«

Paolo ist bestens gelaunt und strahlt mich an. »Na, das ist doch schon was! Fehlt nur noch der Heilige Geist.«

»Der ist sowieso erst später erfunden worden, auf einem Konzil im Mittelalter. Man hat ihn als Bindeglied gebraucht. Hat nie so richtig seinen Platz gefunden.« So etwas weiß ich. Und noch mehr: »Es fehlen Nachrichten von einer Prostituierten, einer Freundin von Serena, und dann war Samstagabend eine Freundin bei mir, Afrikanerin, übel zugerichtet, ich hab sie zu Chiara gebracht, ich weiß nicht, wo sie herkommt, jetzt ist sie in einer Kirche, sie wird gesucht, aber das gehört vielleicht nicht hierher. Und natürlich die beiden Unsympathen, die wiederkommen wollen. Ziemlich kompliziert, das alles.«

Paolo nickt. »Interessant, dass du es plötzlich mit Mädels aus der Szene zu tun hast. Wir haben natürlich einen Überblick über die Banden, die Südamerikaner, Chinesen, die Grauen … aber das ist Sache einer anderen Abteilung. Natürlich habe ich über deine Besucher nachgedacht. Es wäre schlecht, wenn du verschwinden würdest. Am besten, du bist brav und zahlst, und es gelingt uns irgendwie, sie zu beobachten. … Einen Mann in deiner Wohnung postieren? Oder in einem Auto draußen? Nun, was machen wir?« Er trinkt seinen Kaffee leer und sieht mich prüfend an.

Ich muss nachdenken. »Du kennst meine Wohnung ja nicht.« Ich zucke die Schultern. Keine Ahnung.

Paolo sagt: »Abends um acht, hör zu, komme ich mit jemandem zu dir, wir finden eine Lösung. Was meinst du?«

Ich winde mich ein wenig. »Paolo, muss das sein? Weißt du, meine Wohnung … ist nicht so toll …«

Paolo lacht. »Los, wir sind Partner. Weißt du, die nationale Sicherheit scheint mir nicht sehr bedroht, aber diese Geschichte ist spannend. Die Kollegen sind froh über Entlastung. Wir haben doch voreinander keine Geheimnisse. Die Adresse, los!«

»Also gut. Es ist die alte Realschule Otto Marzo oben am Radweg, in der kein Mensch mehr wohnt. Das Zimmer an der Ecke oben links, vierter Stock, mit schöner Aussicht über den Fluss.« Paolo nickt. Er steht schon und muss weiter. Mir fällt noch etwas ein: »Die beiden haben mich übrigens gewarnt, ich solle mit meinen Nachforschungen aufhören.«

»Spricht sich schnell rum in der Szene, wenn jemand Fragen stellt. Vielleicht gehören sie zu den Grauen.« Zwei Sekunden lang denkt er nach. Dann taucht er wieder auf. *»Stammi bene«*, verabschiedet er sich. Mach's gut, bleib mir gewogen, so was ungefähr heißt es. Paolo verschwindet wie ein Projektil und lässt mich allein mit meinem Projekt.

22

Wo ist der ausgebrannte Wohnwagen? Auch die Bodenplatte und die Felgen sind verschwunden. Nichts erinnert mehr an Ludwiks Existenz. Ich muss Paolo fragen, wo er bestattet wurde. Dann wäre da noch die Geschichte mit den Ukrainern: Wird verschoben auf morgen oder übermorgen. Heute noch Danuta und dieser Mann, dessen Hund vergiftet wurde. Joe muss erneut angezapft werden, und der Radweg ist fällig, um eventuell den mikropotenten Diocreatore zu stellen. Und Paolo hat recht: Diese Geschichte verschränkt sich plötzlich ganz eng mit einem Zuhälterring, den sie »die Grauen« nennen, weil ihnen nichts anderes einfällt. Aber erst noch einen Latte macchiato.

Es ist so heiß, dass die Welt einem vorkommt wie ausgebleicht. Die Abgase können gar nicht richtig entweichen. Sie wabern in Bodennähe herum wie Geister, die etwas suchen, und wir atmen sie ein. Vor der Fahrt in einen anderen Stadtteil steht immer die Überlegung: Wie? Lange wird's immer dauern. Und dann kommt doch immer derselbe Weg heraus. Helm auf. Ich folge wieder der alten Via Magliana und fahre heute vielleicht über Villa Bonelli. Danuta wohnt bei einer alten Dame, und das ist nicht weit von Chiaras Wohnung: Viale Bruno Buozzi, die am Tiber vom Palast der Schönen Künste hochführt. Der Park der Villa Borghese breitet sich unten aus.

Wo war das? Rechts, Nummer 67. Rad abstellen, bei »Ruggiero« läuten. Verzerrte Stimme. »*Rudi sono*.« Gefällt mir. Rudi bin ich. So sagt es immer Commissario Salvo Montalbano (der Autor Andrea Camilleri war ein guter Freund von Vázquez Montalbán und setzte ihm so ein Denkmal): »*Montalbano sono. Senta, signora* – hören Sie mal ...« Ein sauberes, aufgeräumtes Treppenhaus aus weißem Stein, eine Pflanze auf jeder Etage. Ich gehe gedankenverloren hoch. Schön kühl hier. Danuta ist Ende fünfzig. Blass, ein wenig abgearbeitet. »Ihr wart so ein schönes Paar!«, hat sie ausgerufen, als sie die Nachricht von meinem Auszug hörte. Dann brach sie in Tränen aus. »Was wirst du machen, Rudi?« Ich nahm sie in den Arm, sie ist so mütterlich.

Aus Krakau stammt sie, seit fünf Jahren hier, immer auf Touristenvisum. Mit ihrer Cousine Wisława betreut sie eine 85-jährige wohlhabende Frau mit Alzheimer und ihre 200-Quadratmeter-Wohnung. Dritter Stock. Es muss klaustrophobisch sein mit dieser alten Frau, die richtig böse sein kann, nachts aufwacht und dann in die Stadt will, und dann muss Danuta sagen, dass Streik ist und es keinen Strom gibt, nur zwei Beruhigungstabletten gibt es, und am nächsten Morgen schiebt sie die Frau an den Tisch zum Frühstücken. Appetit hat sie, die alte Signora, und nicht zu knapp!

Dann stehe ich vor der Tür und läute. Danuta drückt mich wortlos an sich. *To serce*, das Herz. »Du siehst gut aus, Rudi«, sagt sie, als sie mich wieder loslässt. »Du musst genug essen, hörst du!« Die alte Dame sitzt im Rollstuhl am Tisch und schaut mich neugierig an. Gepflegt ist sie, und sie hat schöne helle Augen. Ich setze mich an den Tisch und bekomme ein Glas Wasser. Nun ruckt die Dame mit diesem Rollstuhl hin und her und sagt, ich müsse sie abends unbedingt zu einem festlichen Abendessen besuchen, ihr Sohn käme auch, aber ich müsste mir was Schönes anziehen. »Ihr Sohn ist vor sechzehn Jahren gestorben«, zischt Danuta mir zu.

Man könne mich vom Flughafen abholen. »Schön«, sage ich. »Da komme ich bestimmt.« Im Hintergrund lehnt Danutas kleine Cousine Wisława am Türrahmen. Da sie ja nicht angemeldet sind, muss jede nach drei Monaten wieder abrücken und darf erst nach ein paar Monaten wieder einreisen. Jede bekommt 800 Euro im Monat für den Rundumdienst, das kommt die begüterten Kinder der Dame billiger als ein Pflegeheim.

Ich sage zu Danuta: »Ich habe da ein paar polnische Obdachlose kennengelernt, und du kennst doch deine Landsleute, wer könnte mir mit Informationen helfen? Es ist ein wichtiges Projekt.«

»Sie müssen unbedingt kommen. Wir holen Sie vom Flughafen ab!«, sagt die Alte mit dringendem Unterton.

Danuta legt ihr die Hand auf den Unterarm und antwortet, da gebe es auf jeden Fall Pater Bronisław von Sankt Stanislaus, der polnischen Urkirche in der Straße Botteghe Oscure.

Stimmt, hatte ich vergessen. Da komme ich sonntags öfter vorbei, da sitzen viele nach dem Gottesdienst, haben Zeitschriften ausgebreitet, handeln untereinander.

Signora Ruggiero ruckt nun stärker mit ihrem Rollstuhl hin und her. Sie wird unruhig. »Dann werden Sie meinen Sohn kennenlernen. Sie erinnern mich an ihn. Sie müssen sich aber etwas Ordentliches anziehen. Wir holen Sie dann vom Flughafen ab. Um neun, ist das in Ordnung?«

Natürlich sei das in Ordnung, bestätige ich, es sei geradezu perfekt. Neun Uhr, wunderbar. Danuta streicht ihr übers Haar.

Danuta ist eine Heilige. Ich denke es mir, und dann sage ich es ihr. Sie schüttelt den Kopf und ist etwas verlegen. »Das polnische Konsulat ist wichtig, aber bei Obdachlosen … Es gibt polnische Diskotheken und auch Treffpunkte von Polen. Meistens in der Nähe vom Bahnhof Ostiense. Die Rumänen und Moldawier treffen sich woanders. Weißt du, in Rom gibt es viele Welten.«

»Kommen Sie auch bestimmt?« Ja, natürlich, ich verspreche es. Ich muss hier weg. Ich halte es hier nicht mehr aus. Ein warmer Luftzug kommt beim Fenster herein. Draußen stehen viele Pflanzen in Kübeln auf der großen Terrasse. Und die Signora sagt: »Sie müssen unbedingt kommen. Es wird ein großes Abendessen. Wenn Sie nicht kommen, wird das Folgen haben. Sie werden das bereuen.« Sie sieht mich plötzlich mit solchem Hass an, dass ich die Augen abwenden muss.

Danuta flüstert: »Sie kann ziemlich böse werden. Ein richtiger Teufel.« Frau Ruggiero stößt nun ein paar Schimpfwörter aus, die auch einen Mann aus der Magliana erröten ließen. Danuta tätschelt ihr die Wange.

»Ich muss gehen«, flüstere ich Danuta zu. Dann verneige

ich mich vor der alten Frau, die früher schön gewesen sein muss, und sage: »Ich komme heute Abend. Ich freue mich darauf.«

Sie lächelt plötzlich und bewegt ihre Lippen, aber nichts kommt heraus. Nun streiche auch ich ihr im Vorbeigehen übers Haar, winke Wisława zu, und dann drückt mich Danuta wieder an sich und sagt: »Gottes Segen, Rudi.«

Ich winke noch und tauche die Treppen ab, froh, dieser anderen Vorhölle entronnen zu sein, aber traurig, Danuta und Wisława drin lassen zu müssen. Pater Bronisław also, das ist ja Nähe Ponte Garibaldi, zehn Minuten mit dem Rad von Joe aus. Morgen. Jetzt hake ich noch diesen Mann unten am Maresciallo Giardino ab, dann: Dienstschluss. Früher heim heute. Ich muss den Berg hinunter, dann rechts. Es ist gerade das Eckhaus, das auf die Kreuzung blickt. Es gibt einen Pfeiler für mein Rad. Ich binde es an wie einen Hund. Wie war das? Vergiftete Hunde, und man hielt Leszek für den Täter. Er ist tot aufgefunden worden, weit weg von der Magliana. Wenn die Taten miteinander zusammenhängen — warum hier? Leszek muss hier gelebt haben. Man hat so seine Zone, wandert vielleicht mal über die Hügel, aber abends ist man wieder da, wo man wohnt.

Attilios Stimme kommt undeutlich aus dem kleinen Lautsprecher. Erst bei »Hund« wird er wach und drückt doch den Türöffner. Ich hechte die Stufen hoch. Die Tür ist angelehnt; er schaut mich durch den Türspalt im vierten Stock aus hohlen Augen an. »Warum nehmen Sie nicht den Aufzug?«

»Ich treibe gern Sport.«

»Ich bin immer mit meinem Hund spazieren gegangen.« Er lässt mich ein und hält mir ein Glas Weißwein hin.

»Der Hund«, sage ich.

Er wiederholt: »Der Hund. Der nicht mehr da ist.« Es ist eine enge, dunkle Wohnung. Im Wohnzimmer hängen dicht an dicht vor einer Tapete mit Gittermuster Reproduktionen von Bildern aus der Kunstgeschichte: Van Gogh neben Modigliani, Rembrandt neben Dürer. Rotbraun gemusterter Steinboden wie in vielen römischen Wohnungen, eine Anrichte mit viel Glas, eine schwere dunkle Couchgarnitur, und über allem glitzert ein Kristalllüster.

Attilio schlurft vor mir her, und wir treten wortlos auf den winzigen Balkon, von dem aus man links die Anlagen der Fernsehstation sieht, oben auf dem Berg die goldene Marienstatue und weiter rechts das Gästehaus der Regierung.

»Da unten fährt Sonntagnachmittag im Bus die Mannschaft von AS Roma vorbei, wenn sie im Olympiastadion spielt. Vorn ein Polizeiwagen, hinten einer. Und dann die Gastmannschaft«, sagt er ausdruckslos. »Feines Spektakel.«

Dann dreht er sich zu mir um und fragt: »Wollen Sie mir was sagen? Wer meinen Hund umgebracht hat?« Attilios Bauch ist beeindruckend, aber in dem schwarzen Trainingsanzug, der ihm zwei Nummern zu groß ist, fällt er nicht mal so stark auf. Er trägt noch eines dieser alten Feinripp-Unterhemden. »Francesco hieß er. Wie Totti. Hab ich mir gekauft vor fünf Jahren, nachdem meine Frau gestorben war. ›Warum warst du nicht da?‹, hat sie gefragt. Und macht die Augen zu. Du gehst tausendmal weg, und einmal liegt sie da. Wenn du es wissen würdest, würdest du nicht weggehen.« Attilio wischt sich mit dem Pulloverärmel über die Augen. »Wir waren zu dritt, die Hunde liefen frei herum, dann sind sie zu Boden gegangen, einer nach dem anderen. Haben vielleicht etwas gefressen.« Ist ihm was Besonderes aufgefallen bei dem Sit-in?

»Das Sit-in?! Wir waren drei Dutzend Leute. Hunde waren auch da. Drei oder vier Leute habe ich nicht gekannt. Einer mit Bart und langen Haaren. Schwarzer Hund. Der Mann wirkte traurig. Dann haben sie gesagt, später, sie hätten einen tot da oben gefunden. Der hatte immer eine Aktenmappe und hat immer etwas gesucht. Na wenn schon. Da sind oft unheimliche Treffen. Schwule und so.«

»Und?«, frage ich. »Der Tote von oben. Am Tag nach dem Sit-in war's wohl. Vielleicht war er es ja. Und ist bestraft worden.«

Ja, so was habe ein Freund auch gesagt, den Typen habe man ja oft im Park herumlaufen sehen. »Ich bin mit Francesco weit gegangen. Einmal, mein' ich, habe ich den Typ mit der Mappe oben auf dem Gianicolo gesehen, in der Nähe vom Denkmal für Garibaldi. Soll ein Pole gewesen sein.« Das klingt nach Leszek, dem dort oben das Herz brach.

In einer halben Stunde hat Attilio drei Glas Wein hinuntergeschüttet, mir ein weiteres aufgenötigt, und dann hat er noch zehn Zigaretten geraucht, bis die Luft im Zimmer bläulich war und ich nur noch seine Umrisse sah. »Niemand bringt aus Langeweile Hunde um«, meine ich.

»*Già*«, antwortet Attilio, was vieles heißen kann, etwa: schon möglich; das wäre eine Lösung; ich hab's immer gedacht.

Attilio redet immer langsamer, und ich ertappe mich dabei, dass ich gar nicht mehr zuhöre. Er sagt, er gehe neuen Wein holen, aber er kommt nicht mehr aus dem Lehnstuhl hoch. Ich drücke ihn wieder zurück und beruhige ihn: Ich fände die Haustür selber, er solle sich nur einen neuen Hund kaufen. »Herzlos« findet er das.

Ja, ich bin eben herzlos. Hunde sind Spielkameraden, aber Menschen sind sie nicht.

Hat das was gebracht? Am interessantesten war vielleicht, dass Leszek sich bis zum Gianicolo-Hügel umherbewegte. Man kann seine Zone damit umreißen. Was immer das einem hilft. Und der Langhaarige mit dem schwarzen Hund. Könnte der mit seinem Nero gewesen sein, warum nicht?

Ich gehe erst einmal zum nahen Wasserspender und schöpfe mir Wasser übers Haupthaar. Dermaßen erfrischt, spaziere ich weiter bis zur Kreuzung. Piazza Maresciallo Giardino: Weiter hinten ragt die »Farnesina« auf, das Außenministerium, rechts liegt, versteckt in der dunklen Biegung, das Pionierinstitut, unberührt und bullig wie das Schloss, wo aus einem Fenster Rapunzels Zopf baumelte; und auf der anderen Flussseite, oben auf den Hügeln, die Via Archimede.

Viele Autos rollen vorbei, aber man ist alleine unter dem

Glanz einer trüben Sonne. Auch Horaz, der mit »*Carpe diem*« meinte, man solle den Tag nutzen, war kein fröhlicher Mensch. Ein kleiner, dunkler Süditaliener war er, von düsteren Ahnungen gequält, und *cura* war sein Wort für Melancholie. Hol dir vom Tag das Beste, appellierte er, denn morgen ist alles vorbei. Aber: »Bon Bock« macht erst um sechs Uhr auf. Ich fahre also heim und lege mich aufs Ohr. Horaz hätte sicher nichts dagegen, wenn ein schönes Mädchen bei mir läge. Ich auch nicht. Vielleicht sollte ich mir doch einen treuen Hund zulegen. Ich befreie erst mein Rad und rolle dann einfach schicksalsergeben die Via Cipro entlang, alles wieder zurück, eine Stunde Fahrt.

Fünf Uhr. Ich sinke auf mein Sofa und bin gleich eingeschlafen. Dann öffne ich die Augen. Es ist dunkel draußen, eine Kerze brennt auf meinem Tischlein. Hat Horaz währenddessen Wunder getan? Mir gegenüber auf einem der neuen Stühle sitzt eine schlanke Frau mit dunkelblonden Haaren und lächelt mich an. »Gut geschlafen?«, fragt sie mit warmer Stimme.

23

Eine Männerstimme stört. »Genug geschlafen, Rudi. Acht Uhr. Hast du unser Treffen vergessen?« Ich rapple mich auf – da links steht Paolo Fortunato Falconi, und die Dame im Sessel trägt Uniform und eine Polizeimütze auf den blonden Haaren. »Das ist Patrizia, eine bewährte Mitarbeiterin. Sie will vom Streifendienst zur Kriminalpolizei wechseln und begleitet mich. Nicht, dass du sie für eine Vision hältst!«

Nein, keine Spur, sage ich großspurig und setze mich auf, wische mir den Schlaf aus den Augen. Ich sei gerade vom Parioli zurückgekommen; nicht von Chiara, sondern von einer Recherchetour, sage ich. Ob sie was trinken wollten? Es ist ja eigentlich nicht viel da, vielleicht noch ein letztes Fläschchen Weißer im Kühlschrank. »*Non ti preoccupare*«, sagt Paolo: Mach dir keine Umstände.

»Die beiden, die Geld wollten«, leitet er dann zum eigentlichen Gespräch über. »Ich habe noch mal drüber nachgedacht. Sicher werden sie dich nicht ausschalten, einen Deutschen, das bringt immer Ärger.«

»Danke«, kommentiere ich. »Das beruhigt mich sehr.«

»Sie werden dir noch mal eine Warnung zukommen lassen; du gibst dich nett und zahlst und bereust alles.«

»Was sollen die Warnungen?«, meine ich. »Entweder sie sehen ihr Ding in Gefahr, dann müssen sie handeln. Wer warnt, zeigt seine Angst. Und sie zeigen damit, dass sie etwas mit Ludwiks Tod zu tun haben.«

Paolo wandert im Zimmer umher, umkurvt sorgfältig CDs auf dem Boden, Freischwinger und leere Weinflaschen. Vom Fenster aus sagt er. »Ich habe die Kollegen informiert, die Bandentätigkeit und Prostitution bearbeiten. Die haben mich ins Boot geholt. Die Nation ist derzeit ohnehin nicht bedroht. Jedenfalls: Wir sind schon nah dran, ich habe mitgeschnittene Gespräche gehört, da geht es immer um ›Hunde ausführen‹, das sind natürlich die Mädels, verstehst du? Wir wissen aber noch nicht, wo das Hauptquartier der Grauen ist. Wo sie die Mädels verstecken, die sie dann nachts mit ihren grauen Autos zum Einsatzort fahren. Oder wohin die Freier kommen. Wenn wir diesen Ort kennen, schlagen wir zu. Das wäre was. Nicht wahr, Patrizia?«

Die Blonde nickt.

Sie fragt: »Stellen wir jetzt einen Wagen unten auf oder nicht?«

Paolo dreht sich um. »Nein, machen wir nicht. Rudi braucht nur Geld; er zahlt, was sie wollen. Das ist nur ein Nebenschauplatz. Schau mal her.« Paolo nähert sich und legt beiläufig zwei 100-Euro-Scheine auf das Sofa, und dann landet daneben ein schwarzes Objekt mit braunem Griff. »Sechsschüsser. Kleine Ausführung. Hahn spannen und Abzug betätigen, das ist es. KSC, aus Japan, Typ M 945. Heißt ›Compact Joker‹. Kann jedes Kind. Nur in höchster Gefahr benutzen.

Muss ich wohl nicht sagen. Passt in jede Jackentasche. Wirklich, Rudi – nur, wenn's nicht anders geht! Sonst bringst du mich in größte Probleme.«

Ich springe auf und gehe ans Fenster. »Probleme gibt's genug, Paolo«, sage ich. »Sehr aufmerksam. Aber – nimm sie wieder mit. Ich bin Radfahrer. Nein, Pistole kann ich nicht. *Non posso*. Es muss anders gehen. Ich habe mein Fahrradschloss.«

Mein Freund Paolo seufzt. »Wenn du sie nicht nimmst, gibt's vielleicht noch größere Probleme.«

Beide stehen auf. Es ist neun Uhr. Sie müssen weiter zu großen Taten, sagen sie. Patrizias Rock ist weit und schwingt oberhalb ihrer Knie. »Schade, dass ihr geht«, sage ich. »Morgen fahre ich zu Joe, und wer weiß, was noch alles wird.«

»Donnerstag im Elefantino!«, mahnt mich Paolo. »Um eins. Kleine Lagebesprechung. Schließ die Tür ab. Und sonst … Es wär besser, auf dem Balkon zu schlafen. Ist doch so heiß. Los, wir tragen zusammen das Sofa raus.« Ein Mann der Tat. Wir schleppen das Sofa hochkant durch die Türöffnung auf den Balkon und stellen es unter das Fenster. Da werde ich also die nächsten Nächte verbringen. Paolo klopft mir auf die Schulter. »Wird schon, *amico*. Wir geben den Carabinieri der Magliana Bescheid, dass du hier bist. Wenn du Verdacht schöpfst, anrufen, hörst du? Die sind von der Wache in einer Minute hier. Schlaf gut.«

Patrizia ist schon hinausgeschlüpft. Auch Paolo verschwindet; unwillkürlich zieht er immer den Kopf ein, wenn er durch eine Tür geht. Er ist ja groß für einen Italiener. Ich bin froh, wieder alleine zu sein.

Ich kann noch nicht schlafen. Gehe den Flur entlang, an vier Zimmern vorbei, dann drücke ich aufs Geratewohl eine Klinke nieder und trete ein. Ein kleineres Zimmer. Vier Stuhlreihen. Die Tafel liegt am Boden, in der Ecke wieder ein geborstener Müllsack mit Altkleidern, daneben vier leere Bierflaschen, ich gehe an ihnen vorbei, gebe einer mit dem Fuß einen Tritt, und sie schleudert über den Fußboden, schlägt an ein Stuhlbein, ein

Klingen hebt an, und aus diesem Klingen spricht eine Stimme: »Teresa lebt.« Ich fahre herum. Was? Wieder Stille. Ich habe es doch gehört! Ich kenne Teresa nicht, sie ist doch verschwunden. Teresa. Ich gehe wieder in mein Apartment zurück. Schaue auf den Balkon.

Die Autos auf der Brücke schieben ihre Lichter hin und her, gleiten in die Welt dort drüben hinter dem Fluss mit den Monumenten, die als Schattenrisse im bläulichen Licht stehen. Unten flammt etwas auf, bläulich auch das, Feuerzeug erhellt Gesicht über Lederjacke von schattenhafter Gestalt hinter dem Holzzaun am Radweg. Ich lege mich ganz leise auf das Sofa, das neben mir steht und von unten nicht zu sehen ist. Die Gestalt sieht sicher hoch, aber überprüfen will ich das nicht. Ich halte den Atem an.

Die Schritte entfernen sich nach links, Absätze auf Asphalt: der Radweg. Wäre er zu mir gegangen, hätte er die kleine Treppe nehmen müssen, und man hätte das Rascheln von Binsen gehört. Ich muss unter allen Umständen morgen dieses Gebäude erforschen, um alle Fluchtwege und Verstecke kennenzulernen. Der Palazzo zweihundert Meter weiter ist völlig dunkel. Es raschelt unten im Schilf, aber das klingt eher nach kleinem Tier. Ein paar verstreute Lichter markieren die Neunstöcker. Der Autoverkehr auf der Brücke ist wie ein leises Murmeln. Ich könnte auch auf dem Flachdach schlafen; jedenfalls fühle ich mich hier, umgeben von Geländer, völlig sicher.

24

Völlig sicher? Was für ein Unsinn. Die Angst kriecht von unten herauf; und sie kommt auch von oben. Ich kann nicht schlafen. Ich könnte ja noch etwas ausgehen. Tiefe Nacht. Die Jacke ziehe ich aus und werfe sie mir über die Schulter. Mein Schritt ist etwas schleppend, gewinnt aber mit der Zeit an Festigkeit. Bald habe ich den Ponte Marconi erreicht. Viel Verkehr. Ich weiß noch, wie ich als Neu-Römer eines Samstags nachts um zwei einen Stau miterlebt habe, wo Ponte Garibaldi und der Lungotevere sich kreuzen. Um zwei Uhr morgens! Ich war beeindruckt.

Ich renne schnell über die Straße und dann gleich über den Fußgängerüberweg nach links. Ich will einmal bei Nacht an den Häusern vorbeigehen, die den großen langen Parkplatz beschauen, der der Lungotevere Pietra Papa ist. Kleiner Lokaltermin eines Römers, der unten am Tiber lebt.

Zur anderen Seite des Platzes – zu Bäumen, Radweg und Zaun – mögen es dreißig Meter sein. Es ist, wie über graues Wasser zu blicken, ein Hafenbecken etwa, und unter den Bäumen liegen Autos wie Boote vertäut. Gerade als ich so dahinschreite, erlischt das Licht im »Tre Stelle«, und ein Schatten dreht den Schlüssel im Schloss herum. Der Schatten tritt unter die Laterne, stutzt und spricht mich an: »Na, Sie finden wohl nie Ruhe hier? Ich fahre jetzt heim ins Testaccio. Sollten Sie auch tun. Gute Nacht.«

»Gute Nacht auch.«

Ein paar Gäste sitzen noch verstreut an den vier Tischen der Pizzeria »La Dolce Vita«. Auch da endet der Abend. Doch für diese »Begegnungen« da gegenüber, nahe den Wohnwagen, die ich mir schon ausmalen kann, wird es noch zu früh sein. Ich schlendere über die Asphaltfläche zum Wohnwagen von Kazimierz. Da ist noch Licht. Ich klopfe an die Scheibe. Er macht ein erstauntes Gesicht und erhebt sich vom Tisch. Wie er wohl die langen Tage verbringt, schießt es mir durch den Kopf, was macht er die ganze Zeit?

Kazimierz macht auf, winkt mich herein, schließt wieder ab. Es riecht abgestanden; er selbst riecht es vermutlich gar nicht mehr. Wenn ich es auch nicht mehr rieche, bin ich angekommen bei den Obdachlosen. »*Cześć*!«, strahlt er. Dann lässt er ein Wortgewitter auf Polnisch los, und ich lächle nur hilflos. Er spricht ja auch Italienisch, wenngleich schlecht.

»Ich bin spazieren gegangen«, sage ich. »Konnte nicht schlafen.« Jetzt muss die Wodkaflasche auf den Tisch. Ein kleines Glas für mich, und *na zdrowie*. Auf die Gesundheit. Ein weltweiter Gruß.

»Auf Ludwik«, sage ich und hebe das Glas förmlich hoch, den Ellenbogen angewinkelt. Kazimierz lächelt traurig. So ist das Leben. Er erklärt mir noch mal seins. Hier lebt er seit zehn Jahren. Früher ruhig. Jetzt nicht mehr so ruhig.

»Warum jetzt nicht mehr so ruhig, Kazimierz?« Er wiegt sein Haupt. »Männer. Gefahr.« Er legt seinen Zeigefinger an den Mund.

Ich will ihn nicht in weitere Gefahr bringen. Er schenkt sich nach. Seine Augen glänzen. Kazimierz kramt unter dem Tisch herum und fördert ein Heftchen hervor.

Kopierte Blätter, mit einer Heftklammer zusammengehalten. »Latarnik« steht darauf. Er erklärt mir, das sei ein schönes polnisches Buch über einen Mann, der Leuchtturmwärter sei, eben Latarnik. Ich erinnere mich daran: Es ist auch von Henryk Sienkiewicz. Kazimierz drückt das Büchlein an sein Herz, *serce*. Er setzt sich eine Brille auf und liest mit schöner Stimme den ersten Satz: »*Pewnego razu zdarzyło się, że latarnik w Aspinwall, niedaleko Panamy, przepadł bez wieści.*« Er liest weiter, schüttelt aber dann den Kopf. Er hält mir die Blätter hin: »Du.« Ich nehme ihm die Blätter ab und lese selber laut, aber langsam, da ich nicht so firm bin im Polnischen.

Ich kenne die Geschichte leidlich. Ein Mann, ein alter polnischer Soldat, erreicht nach vielen Lebensstationen, die ihn müde gemacht haben, Aspinwall in Panama. Der Leuchtturmwärter ist soeben ertrunken (der zitierte erste Satz, wie im Märchen: »Es war einmal … ein Leuchtturmwärter in Aspinwall in Panama, der spurlos verschwand.«). Sie suchen einen neuen. Der Soldat bekommt den Job und ist dankbar. Dann verrichtet er dort oben einsam seinen Dienst. Kazimierz seufzt. Irgendwann trifft eine Ladung polnischer Bücher ein, aus denen einige Stellen zitiert werden. Kazimierz seufzt lauter. Der Alte vergisst leider über der Lektüre, die Lampe einzuschalten. Ein

Schiff entgeht knapp dem Schiffbruch, er verliert seinen Job und muss weiterwandern. Ende der Geschichte. Der letzte Satz klingt wie ein Stück aus dem Text der polnischen Nationalhymne, und ich will Kazimierz danach fragen: Aber er ist eingeschlafen, noch vor dem Ende, das er sicher zur Genüge kennt. Sein Kopf ist zur Seite gesunken. Er schnarcht. Früher habe ich Chiara auch Bücher vorgelesen. Auch sie ist regelmäßig dabei eingeschlafen.

Irgendwo muss der Lichtschalter sein, eine billige Lampe, die oben an eine schiefe Vorhangstange geklemmt ist. Ich mache das Licht aus. Nur noch das schwere Atmen des Alten und der schale Geruch. Ich lehne mich zurück. Plötzlich ein Geräusch. Wo bin ich? Bin wohl eingeschlafen. Kurz vor zwei. Kazimierz hat sich der Länge nach auf die Bank gelegt und röchelt.

Ein Auto ist gekommen, ich sehe es durch das Plastikfolien-Fenster des Wohnwagens, darum etwas undeutlich. Es mag das dritte sein, das den Zaun anleuchtet. Das Licht geht aus. Dann tasten sich von weiter hinten zwei Lichtkegel heran. Auch sie erlöschen. Türenschlagen, Klacken von Absätzen, und wieder wird eine Tür zugeschlagen. Zwanzig Minuten vergehen. Ich bin wieder eingeschlafen, aber eine Autotür und ein wegfahrender Wagen wecken mich. Ich decke den Schlafenden gut zu und schleiche ganz langsam hinaus, einen Zehner auf dem Tisch hinterlassend. Kazimierz hat ja kein Konto in Deutschland und keine Mutter, die er anrufen kann, wenn er Geld braucht.

Wieder das Klacken von Absätzen, hin und her. Ich sehe die Silhouette, und weiter oben an ihr glimmt ein rotes Pünktchen. Sie raucht eine Zigarette. Sie setzt sich auf eine Bank. Mein Herz klopft wie verrückt — kaum geht es um Frauen, verlässt Rudi die Kaltblütigkeit, für die er so bekannt ist. Ich setze mich in Bewegung. Die Jacke ziehe ich an. Mein Atem geht schneller. Die Gestalt sitzt auf der Bank, und eine Rauchwolke entflieht nach oben.

Mit halblauter Stimme sage ich zu ihr, als ich noch fünf Meter entfernt bin: »Hallo! Bist du beschäftigt?«

»Ja, mit Rauchen«, antwortet sie.

»Hast du Ludwik gekannt, den vom Wohnwagen?«, frage ich. Sie schaut mich an und stößt hervor: »Was? Nein. Was willst du? Ich weiß nichts.«

»Wo sind die Mädchen?«, dränge ich. »Ich muss es wissen.«

Sie steht auf. »Geh!«, flüstert sie mir zu. »Ist besser für dich. Ich sage, du warst betrunken. Du gehörst nicht hierher. Ich *kurwa*, Hure. Ich muss diese Nacht überstehen.«

Ich berühre mit der Hand flüchtig ihre Schulter und bedanke mich. Dann trete ich den Rückzug an, vorbei am Wohnwagen von Kazimierz, mein Schritt wird schneller, ich biege vor der öden Zone links um eine Hausecke, um auf Umwegen die Viale Marconi zu erreichen.

Hat Ludwik die Zuhälter bei ihren Geschäftsbeziehungen gestört? Es ist drei Uhr morgens, als ich zu meinem Apartment hinaufschaue. Ich tappe in der Dunkelheit hoch, taste mich den Gang entlang, mache die Tür auf. Aufatmen.

Aber da liegen die Bücher der Stadtteilbücherei. Ich kann mich nicht schlafen legen, ohne sie in der Hand gehalten zu haben. Quo vadis! Der Gregorovius, der ja »nur« die Geschichte der Stadt Roms im Mittelalter geschrieben hat! Es sind 1400 Seiten geworden. Ich schlage willkürlich eine Seite auf, wir befinden uns im Jahr 900, der Meister erzählt, und plötzlich bin ich hellwach.

25

Das ist unglaublich! Der Stil erinnert an den Inhalt der zerknüllten Seiten, die ich hier in Sichthüllen habe. Ich muss nur die entsprechende Seite heraussuchen: und es stimmt! Der Auszug über den heiligen Franziskus steht so da, wortwörtlich. Drei Stichproben: Und jedes Mal erweist sich, dass die Blätter aus dem Gregorovius sind, die *Geschichte der Stadt Rom im Mit-*

telalter, die der Täter also mit sich herumträgt. Jetzt kann ich Paolo Fortunato Falconi etwas Fundiertes liefern. Beruhigt lasse ich Buch und mich sinken: Buch auf den Boden und mich in einen tiefen Schlaf. Auf dem Boden, mit einer Decke.

Eine halbe Stunde nach dem Aufstehen (was ist heute? Dienstag?), nach zwei Cappuccini und einem Hörnchen im »Tre Stelle« bin ich unten am Tiber. Ziemlich später Vormittag. Hinter mir dröhnt wie ein lautes Insekt etwas heran. Ein Motorroller mit einem jungen Mann mit langen braunen Haaren überholt mich knatternd und entschwindet. »Radweg, du Schwachkopf!«, rufe ich ihm hinterher. Nirgendwo lassen sie einen in Frieden, nicht mal hier unten auf dem drei Meter breiten Uferweg am Tiber, rechts der dreckige Fluss und links die schräge Mauer mit massiven Steinen hoch zur Stadt.

Das Dröhnen wird leiser, er ist wohl unter der nächsten Brücke durch; dann wird es wieder lauter, der junge Rollermann mit der Mähne kommt mir plötzlich entgegen, Panik im Blick, es ist eine alte Piaggio, die knattert wie eine Messerschmitt aus dem großen Krieg, und hinter ihr fegt, kaum zu glauben, ein Polizeiwagen her, mit einem Meter Abstand, und aus dem Seitenfenster ragt eine erhobene Kelle. Eine Staubwolke steigt hoch, zieht hinter der Jagd her. Irgendwo steht bestimmt die Filmkamera von John Ford, vielleicht oben auf der Böschung? Der Roller rast auf mich zu; ich halte an, hebe mein Rad lässig vom Weg und lasse beide an mir vorüberpreschen. Fünfzig Meter noch, dann hält der Roller an. Die Beamten steigen aus. Vermutlich geht's um Diebstahl.

Joe ist nicht zu sehen, sonst hätte ich ihn wieder angezapft. Vorsicht jetzt, da liegen immer Glasscherben, in der Nähe von Porta Portese hatte ich schon zweimal einen Platten zu beklagen. Dann kommen die Stromschnellen in der Nähe des »Ponte rotto« auf der anderen Seite, und es bleibt nur noch, das Rad zum Ponte Garibaldi hochzutragen.

Weiter geht es gemütlich in Richtung Largo Argentina.

Rechts neben dem Fahrstreifen gibt es doch tatsächlich noch ein paar kleine Lebensmittelläden, und vor einem halte ich an. Da ist ein kleiner Hund angebunden, ein dunkelbrauner Kläffer mit weißem Fleck auf der Brust. Ich starre ihn an. »Pippo!«, rufe ich aus. Er schaut mich an. Und jemand tippt mich an, mit dem Krückstock: eine weißhaarige Dame, die gerade aus dem Geschäft gekommen ist. »Ricco heißt er. Nicht Pippo. Und ich rate Ihnen, ihn nicht anzufassen, sonst schreie ich. Ich war mal Opernsängerin.«

Dann war das also nicht Pippo. Ich entschuldige mich viele Male und fahre schnell um die nächste Ecke zu der Straße Botteghe oscure, bekannt durch die Zentrale der Kommunistischen Partei; hinten in einer Seitengasse haben sie 1978 den armen Aldo Moro im Kofferraum eines Renault R4 gefunden, tot, ermordet von den Roten Brigaden. Die Regierung war nicht ganz unschuldig, niemand wollte Moro retten. Hinter einem Antiken-Museum steht ganz bescheiden eingebaut zwischen Häusern die ehrwürdige Kirche der Polen Roms, Sankt Stanislaus.

Auf der anderen Straßenseite erhebt sich ein mittelalterlicher Turm. An den durchsichtigen Plastikwänden des Zauns kleben Zettel auf Polnisch: »Junger Mann sucht Arbeit am Nachmittag. Kräftig.« – »Studentin erteilt Italienisch-Unterricht. Günstig.«

Vor dem Portal spricht mich ein Pole mit blauen Augen und kurzen blonden Haaren an. Er will einen Euro, und den kriegt er. Ich setze mich dann in die letzte Bank der kleinen, gelb ausgemalten Kirche. Rechts neben dem Altar ist ein Durchgang offen, man sieht einen schweren Schrank mit hängenden weißen Priestergewändern. Bewegung links; der Pole ist eingetreten, gibt einer Betenden die Hand und redet auf sie ein, fängt dann einen wütenden Monolog an: »Ich bin ein Sünder, aber ich habe ein Recht zu leben. Was schaut ihr mich so an? Ich bereue!«

Ein Betender vor mir ruft ihm zu, er sei in einer Kirche, doch der Pole klagt weiter. Da nähert sich von hinten ein Mann im dunklen Anzug, augenscheinlich ein Priester, packt den Rucksack des Tobenden und gibt ihm Zeichen, ihm zu folgen. Der Pole gehorcht, und auch ich folge den beiden in die Sakristei. Da warte ich eine Weile, bis der Pole mit dem Rucksack lammfromm wieder erscheint, mir zunickt und verschwindet. Ich fühle mich beobachtet: Der Priester steht im Türrahmen zu seinem Zimmer und fragt: »Was ist Ihr Anliegen? Bitte, kommen Sie.«

Er heißt Pater Bronisław und hat sich hinter seinen Schreibtisch gesetzt. »Härte ist keine Lösung«, sagt er lächelnd. Er ist jung, mit feinen Gesichtszügen, und sein Lächeln schenkt Vertrauen. »Die Dämonen lassen sich nur durch Liebe bezwingen. Aber auch Liebe muss mit Bestimmtheit auftreten. Gott ist mit uns. Nun?« Ich erkläre ihm alles und natürlich doch nicht alles. Die Bande der Grauen erwähne ich nicht. Ich sage: »Könnte sein, dass noch mehr arme Polen sterben müssen. Und ich weiß nicht, warum. Und wo ist Jesus?« Bronisław antwortet rasch: »Jesus ist in unserem Herzen. In deinem auch, mein Freund. *Serce*.«

»Natürlich kommen zu uns die Ärmsten.« Bronisław spricht ein reines Italienisch und formuliert exakt. »Doch sie sagen uns nichts. Sie sind misstrauisch. Sie holen sich Segen oder Geld. Böse Menschen, Mörder ... davon weiß ich nichts. Ich komme hier kaum weg. Diese Stadt ist so groß. Jeder kann unterkriechen, wo er will, jeder bewegt sich frei. Hier betet man. Es gibt keine Gedankenkontrolle. Das Beichtgeheimnis aber gibt es. Man müsste Leute aus dem Milieu fragen ... Gehen Sie doch zur Armenspeisung vor Sant'Alessio, jeden Mittag um zwölf. Oben auf dem Aventin. Und denken Sie nicht, dass Polen immer nur Wodka trinken und sich umbringen.«

Er steht auf und zieht ein Buch aus dem Regal. »Adam Mickiewicz. Außerdem Władysław Reymont. Fryderyk Chopin. Wir sind eine Kulturnation. Jazz und Filme. Wir gehören bald zur Europäischen Union. Ihr Journalisten macht uns zu Dunkelmännern. Zu Wodkatrinkern, zu Asozialen. Auch in

Albanien und Rumänien gibt es hervorragende Menschen, das sind nicht nur Verbrecher. Ihr seid mit schuld am Rassismus!«

Er kommt um den Tisch herum, legt mir die Hand auf die Schulter. »Ehrlich, das muss nicht sein. Wir leben wie ihr, mit Handys, Autos, Fernsehen ... Nur wollt ihr uns immer zu Barbaren stempeln. Geht nicht gegen Sie, ich musste es loswerden. Gehen Sie unbedingt auch zu Professor Torrone, Trastevere, San Gallicano. Die kümmern sich um die Gesundheit der Armen. Wir sind fürs Seelenheil zuständig.«

Ich nicke.

»Gott sei mit Ihnen.«

Draußen schließe ich mein Fahrrad los. An der Straßenecke sitzt am Boden eine alte Afrikanerin mit weißem, eng anliegendem Haar. Sie könnte Joes Mutter sein. Ich gebe ihr zwei Euro, sie freut sich. »*Asante sana*«, sagt sie. Wie kam sie hierher? Ich könnte sie fragen. Aber ich lächle sie nur an. Auf die Armenspeisung habe ich jetzt keine Lust. Zu diesem Professor Torrone? Zu Joe? Für Ermittlungen muss man Entscheidungen fällen, und das ist meine schwache Seite.

Ich warte immer auf einen Wink der Schicksalsgöttin, die für mich, der etwas schwer von Begriff ist, immer gleich den Zaunpfahl zu Hilfe nehmen muss. Das ist alles zu eng hier. Am besten wieder dahin fahren, wo man daheim ist: zum Tiber hinunter. Vor mir öffnet sich schon die dunkle Höhle unter der Brücke hinüber zur Tiberinsel. Im Halblicht dahinter zeichnet sich eine Gestalt in Kutte ab, die mir entgegenkommt, und sie scheint eine Kapuze aufzuhaben. Um sie herum klappert es laut; sind es etwa meine Zähne?

26

Ich fahre trotzdem weiter, in die Dunkelheit hinein, es können ja nur zehn Meter sein, und da bleibt die Gestalt stehen. Das Klappern hört auf, ein Jammern beginnt: »Gnade, Bruder! Hab Gnade mit einem Kranken! Gib einem Kranken!!« Ich springe ab, sodass mein Rad zwischen mir und dem Fremden steht. Sicher ein Witz. Ich höre sein rasselndes Atmen. Er macht drei Schritte auf mein Rad zu und streckt die Hand aus. Ich krame in meiner Geldbörse und drücke ihm über den Rahmen hinweg einen Fünf-Euro-Schein in die Hand. Dann weiche ich gleich zurück. Vielleicht hat er die Pest.

Habe ich da etwas übersehen? Findet in Rom ein Mittelalterfest statt? Wir sind ja an der Stelle, an der im Sommer oft ein Freiluft-Kinofestival stattfindet, und da habe ich schon einmal Zelte mit Schauspielern gesehen. Die Kapuze des Mannes muss scharlachrot sein, denn so haben sie im 13. Jahrhundert die Leprakranken gekennzeichnet, plus die Holzklapper, damit man die Leute mit ihrem ansteckenden Leiden von weitem hören und ihnen ausweichen konnte. Das Laterankonzil von 1215 befahl sogar den Juden, einen gelben, roten oder grünen Kreis auf den Kleidern zu tragen. Ich steige aufs Rad und fahre weg. »Du bist feige!«, ruft er, und es hallt in dem Gewölbe am Flussufer. »Vergiss nicht: Jesus lebt und wartet auf dich!«

Joe sitzt am Weg auf einer Mauer und schraubt an einer Angel herum.

»Hey Joe!«

Er strahlt. Ich spreche ihn auf Professor Torrone an, San Gallicano.

»Da oben, nach dem Ponte rechts, das ist der Platz, wo wir hingehen, wenn wir krank sind. Gute Leute. Geh hin.«

Und sonst? Etwas Neues?

»Sant'Egidio, Trastevere, an dem großen Platz mit der großen Kirche. Geh auch dahin. Auch das gute Leute.«

So viele gute Leute. Da sind wir froh. Er ist so gut gelaunt, wie ich ihn nicht kenne.

»Guten Fang!«, wünsche ich ihm und gebe ihm einen Zehner. Er strahlt, verneigt sich, drückt meine Hand. Macht mich verlegen. »Bye Joe.«

Jetzt heim. Da oben höre ich Hundegebell, stimmt, das Hundeasyl, aber morgen; bitte, ich möchte jetzt heim. Meine

Fahrradkilometer sind im Kasten, mehr als fünfzehn waren das nicht, aber es ist heiß, es ist Zeit für eine Siesta. Der Himmel ist blass, er hat die Farbe eines feuchten grauen Wischtuchs. Ich fahre am Tiber entlang.

Ein Bier und eine Stunde tiefen Schlafs auf dem Balkon-Sofa. In meinem Traum war die Luft gelb und die Sonne klein und verschwommen wie eine Münze im trüben Wasser. Das war wie damals, als der Pinienwald von Castel Fusano gebrannt hatte und die ganze Stadt wie unter Schwefel lag. Und einmal war es, als hätte es Blut geschneit: Rötlicher Sand war von der Sahara herübergeweht worden.

Am 11. September 2001 wollte ich ans Meer, doch der Verkehr an einem Werktag war zu heftig, schwere Baulastwagen rasten zentimeterknapp an mir vorbei, und ich verlor den Nerv, kehrte um, aber ich wollte ans Meer. Also nahm ich die Bahn, ließ mich zur Station Stella polare in Ostia fahren, ging die zweihundert Meter zum öffentlichen Strand und legte mich da unter die Leute.

Und etwas war seltsam: viele Flugbewegungen, das waren die Militärmaschinen von der Station Pratica del Mare im Süden, aber eine Maschine näherte sich dem Horizont, und Rauch stieg auf, und ich wollte schon einen Mann fragen, was das zu bedeuten habe … Ich schwöre es: diese Flugzeuge in der Luft, diese Rauchschwaden in der Ferne, ich fühlte mich beklommen. Abends dann erzählte mir ein Freund von der Attacke in New York, dreitausend Tote, sagte er.

Oft empfangen Menschen Botschaften, wenn sie in einer Art Zwischenreich sind, auf einer Fähre, beim Klettern in den Bergen, beim Lesen. Wie gestern: Teresa lebt. Sie muss leben. Ich weiß nicht, wo ich anfangen soll. Teresa zu finden wäre wichtiger, als zu wissen, wer Ludwik getötet hat. Eli ist hoffentlich in Sicherheit.

Ich hole mir ein paar Teilchen beim Pizza-Verrückten und will nun endlich einige Räume des Schulhauses erkunden. Es ist draußen schon dunkel geworden. Meine Schritte sind leise auf dem Flur. Ich bin mit einer Kerze unterwegs, habe mir auch einen Notizblock und einen Bleistift eingesteckt, denn mich interessieren die Botschaften auf den Tafeln. Die sind an mich gerichtet, denke ich. Warum? Ich weiß es nicht. Ich gehe ins Stockwerk unterhalb und mache gleich die erste Tür rechts auf.

Drücke auf den Lichtschalter: nichts. Nächste Tür: Da geht das Licht. Alles intakt hier, die Bankreihen streng aufgestellt, als könnten morgen früh schon Schüler Platz nehmen. Auf der Tafel stehen die ersten vier Zeilen von Dantes *Göttlicher Komödie*; das war zu erwarten. Italienische Literatur.

Die Tür zum dritten Zimmer lässt sich nicht öffnen. Die vierte Tür wieder geht auf, das Licht will nicht, ich ahne rechts neben der Tür die Tafel, die wie ein Triptychon wirkt, und gehe mit meiner Kerze dorthin. Links stehen Definitionen:

Mana – göttlicher Geist im Menschen, höchste Gottheit
Manda – Wissen, Weisheit; Gnosis (griechisch), Sophia (lateinisch)
Ruha – Heiliger Geist, weiblicher Dämon, böse.

In der Mitte entziffere ich ein Gedicht:

Sein Heilsplan ward wie ein Brief,
sein Wille kam herab von der Höhe
und ward entsandt wie ein Pfeil,
der gewaltig vom Bogen geschnellt wird.

Der Rest ist verwischt. *Die Oden Salomos*, kann man noch lesen.

Rechts steht GNOSIS. Darunter Namen von Gnostikern, Simon, Marcion, Valentinian, Mani. Die Lehre war im zweiten Jahrhundert die größte Häresie, ein Konkurrent des Christentums. Die Gnosis wurde in einer Realschule gelehrt, fünf Kilometer vom Papst entfernt? Aber das ist schon lange her, die Gnosis und auch die Jahre im Otto Marzo.

Jetzt muss ich etwas rauchen und ein Glas Wein trinken. Ich würde auch gern mit Pater Sergio reden, er kennt die Gnosis. Warum eigentlich nicht? Er hat es mir ja angeboten. Ich hole mein Rad, klipse den Dynamo ans Hinterrad und fahre gleich den Korridor entlang, schnell, und schon wird es ordentlich hell. Vor der Treppe muss man natürlich abbremsen. Dann im Halbdunkel Schritt für Schritt, das Rad mit zwei Händen gehalten, die Stufen hinab bis vors Haus.

Ein Fenster im ersten Stock des Kirchenanbaus glimmt bläulich; da sitzt Sergio. Ich befestige das treue Rad vor dem Eingang. Die Tür ist offen. Ich zögere, dann rufe ich hinauf: »Sergio!?« Als Antwort kommt: »*Sì! Avanti!*« Einfach so.

27

Er blickt über den Bildschirm und lächelt. »Kommen Sie doch noch mal! Schön.« Ich setze mich auf den Stuhl vor seinem Schreibtisch wie vor den Therapeuten und erkläre ihm, ich hätte Inschriften gefunden, die ich nicht zu deuten wüsste. Ob er mir helfen könne? Wer genau Manda sei? Ich wolle etwas über die Gnosis erfahren. Dann fällt mir noch etwas ein: »Die kleine Afrikanerin, ist sie gut angekommen?«

Sergio nickt. »Ja, sie ist eine nette Person. Ich glaube sogar, gestern hat sie eine verwandte Seele kennengelernt, und ich glaube, sie sind glücklich.«

Es gibt also noch gute Nachrichten. Sofort sieht die Welt einen Ton heller aus.

Sergio erhebt sich, lässt mich aufstehen und schiebt den Stuhl ans Fenster, sodass ich auf die Häuser sehen kann und die wenigen fahlen Lichter darin. Er drückt mir zwei kleine Pillen in die Hand — »hilft der Konzentration«, flüstert er —, zieht sich zurück, setzt sich in eine entfernte Ecke des Zimmers und sagt, er würde mir eine kleine Vorlesung über die Gnosis halten.

Nach ein paar Minuten wird der Bildschirm dunkel, Sergio schaltet das Licht aus, ich sehe nach draußen und werfe die Pillen ein. Sergio wartet noch, auch ich sage nichts, und nun zieht vor dem Fenster Nebel auf, die Lichter werden dünner und endlich starr, ein winzig kleines Lächeln steigt tief in mir auf. Ich kenne das, wenn man lange fährt ohne Nahrung und die Endorphine kommen; das Lächeln wird größer und füllt mich aus, viel Sauerstoff in mir und eine klare blaue Luft um mich: Alles ist klar. Alles easy. Ich finde Eli und Teresa und schlage das Böse der Welt. Sergio spricht.

»Manda heißt Weisheit. Die Figur Manda d'Haije ist ein Offenbarungswesen, das du für deine Erlösung brauchst. Schon vor Christi Geburt war im Orient, genauer in Iran und in Syrien, eine Religion entstanden, die erklärte, warum die Welt schlecht ist. Der unendlich gute Gott, der Lichtkönig in seinem Lichtreich, hat mit ihr nichts zu tun. Er hat nicht aufgepasst, und niedere Mächte, die Archonten, haben die Erde mitsamt ihren Bewohnern erschaffen. Wir sind vom wahren Gott getrennt und kennen ihn nicht. Er hat uns aber nicht vergessen. Er schickt einen Erlöser, der die Gnosis bringt: die Erkenntnis. Du musst aufwachen und dich aufmachen nach oben.

Die Archonten haben die Menschen erschaffen, um den Geist, der in ihrer Seele lebt, gefangenzuhalten: Das ist der göttliche Funke, das göttliche Licht. Es ist in die Finsternis gemischt. Was wir sehen da draußen, ist eigentlich Finsternis. Und die Erde ist unser Verbannungsort, wir sind fremd auf ihr. Seit ›Myriaden Jahren‹ leben wir hier, heißt es, wie ewige Exilanten. Fremdlinge.« Sergio lässt seine Worte wirken.

Dann hebt er wieder an. »Alle Gebete und guten Taten bringen Lichtteilchen nach oben. Jede Seele, die davongeht, bringt Licht ins Lichtreich. Der Mond sammelt das Licht, wird voller und endlich ganz voll, transportiert das Licht weiter an die Sonne, die das Licht hinübergießt ins Reich des Lichts. In dir ist *pneuma*, aber verborgen; der Mensch schläft oder ist trunken und muss durch die Erkenntnis, die Gnosis, erweckt werden. Das geschieht durch den Boten aus der Welt des Lichts, der die Schranken der Sphären durchbricht, die Archonten überlistet und dem Menschen das Wissen von draußen übermittelt. Dieser Bote könnte durchaus mit dem Fahrrad kommen …«

Ich lache.

»Vielleicht hältst du mich«, sagt er, »für einen Betrüger, weil ich die christliche Messe lese. Ich bin ein Ketzer. Aber wer gesehen hat, was ich gesehen habe, kann nicht an einen Gott glauben, der diese Welt erschaffen hat. Die Gnosis hat mich gewissermaßen vor der … Verzweiflung errettet, auch wenn es ein verzweifelter Glaube ist. In die Welt hineingeworfen sind wir, euer Heidegger hat sich den Ausdruck genommen, aber vergiss nicht die Erlösung: Der Geist, der in der Seele wohnt, muss die Gewänder abstreifen und nackt und strahlend zum Herrn kommen. So hat unser Leiden Sinn.«

Ich lächle. Seine Sätze schwingen in mir nach. Dann klingen Gläser, etwas gluckert, und Sergio steht neben mir und hält mir ein Glas mit goldgelber Flüssigkeit hin. »Salute, Rudi, auf die Gnosis!« Wir trinken und schauen beide schweigend hinaus in die Finsternis. Dann strecke ich mich, halte ihm zum Abschied die Hand hin und lächle ihn an. Er ergreift meine Hand und hält sie fest.

»Weißt du eigentlich«, sagt Sergio, »dass es die Manichäer waren, die sich als erste die Hand gaben, die rechte? Die erste rechte Hand gab die Mutter des Lebens dem Urmenschen, als er in den Kampf zog, die zweite gab der Lebendige Geist dem Urmenschen. Jemandem die Hand zum Gruß zu geben heißt, dass wir zu den aus der Finsternis Geretteten gehören. Man sagt dazu: Ich reiche dir Kuschta.« Ich verneige mich vor Sergio und danke ihm. Er erwidert: »Bruder in Kuschta! Kämpfe gegen die Finsternis! In allem, was du tust, sollst du Erfolg haben.«

Ich fahre ab wie betäubt, ich rolle wie auf Wolken dahin. Binde mein Rad vor dem Haus an, stürme durch die Dunkelheit hoch, singe und schenke mir ein Glas Weißwein ein. Der Mond ist noch nicht voll, aber bald wird er sein Licht zur Sonne hinüberpumpen. Der gütige Lichtkönig wartet auf uns, und wenn es soweit ist, werden wir die Archonten schon überlisten, um ihm in die Arme zu sinken, befreit von aller irdischen Schwere und umgeben von strahlendem Licht.

28

Heute früh trinke ich zu Hause Kaffee; ohne Milch. Und ich lese *La Repubblica*. Bianca ist umtriebig, wieder hat sie eine ganze Seite geschrieben über ihre Senegalreise mit dem Rad im Mai. Über Uganda keine Zeile, auch wenn man die Minimeldungen alle liest. Im Irak dicke Luft, jeden Tag hundert Tote. Vierzig Tote bei einer Bombenexplosion auf dem Markt, vierzig bei einer Wahlveranstaltung, ein paar getötete Polizisten. Selbstmordattentate sind grauenhaft.

Gregorovius:

Die frühen Christen waren auf das Märtyrertum so sehr erpicht, dass sie zuweilen den fehlenden Ankläger durch eine Selbstbezichtigung ersetzten, die heidnischen Gottesdienste rücksichtslos störten, die Obrigkeit dazu aufriefen, dem Gesetz Geltung zu verschaffen und ein Urteil zu fällen und dann freudig in die Flammen sprangen, die entzündet wurden, um sie zu verzehren, bis die Bischöfe selbst sich genötigt sahen, solche Praktiken zu verurteilen. ›Ihr Unglücklichen!‹, so rief ein Prokonsul in Asien aus: ›Wenn ihr eures Lebens überdrüssig seid, ist es denn so schwierig, einen Strick oder einen Abgrund zu finden?‹

Ich packe meine Sachen. Da genau gehöre ich hin, auf die schadhafte Piste mit dem Fluss links und keinem Menschen sonst. Kein Mensch? Angler sind auch Menschen. Ein Fischer — ist es immer derselbe? — hält seine Angel wieder unterhalb von Porta Portese in die schmutzige Brühe, ein Touristenpärchen hat sich hier herunter verirrt und starrt beglückt in die Fluten, eine Katze kreuzt meinen Weg. Da kann Joe nicht weit sein.

Ich bremse quietschend oberhalb seiner Behausung, und da kommt er schon heraufgerobbt. Er nickt eifrig: »Hallo, *how are you*?« Ich bin verwundert. Heute wirkt Joe anders, nicht so lethargisch. Auch ein bisschen nervös kommt er mir vor. »Heute gehe ich zu San Gallicano!«, verkünde ich triumphierend. »Und … da gibt es eine Frau, die ich suche: Teresa, eine Prostituierte, die ich zwar nicht kenne, aber sie wird vermisst, merk dir bitte den Namen: Teresa! Und vorsichtig sein.«

Joe nickt eifrig, *I will look around*, ich drücke ihm wieder zehn in die harte Pranke, gleich muss ich mal zum Geldautomaten, und Joe strahlt. Verbeugt sich. Das kann er sich nicht abgewöhnen. Da hört man wieder das Hundebellen. »Dogs?« Da oben, deutet Joe an, the Dog Hotel. Ja, dem Dog Hotel kann ich ja einen kleinen Besuch abstatten. Ich bin heute tatendurstig wie er und verneige mich nun auch.

Auf, Ritter! Von links und rechts aufs Korn genommen von vierrädrigen Feinden, schießt er hindurch durch das schöne alte weiße Steintor mit dem Wappen des Vatikans. Die Via Portuense beginnt hier — und endet erst dreißig Kilometer weiter, am Meer. Sie läuft hier zwischen klobig grauen Mauern mit eingelassenen Bögen dahin, hinter denen sich kleine Autowerkstätten eingenistet haben. Dann beginnt die Reihe der einstöckigen Holzkonstruktionen, vor denen Autoersatzteile und Zubehör ausgelegt sind und auch Fahrräder stehen.

Eine Grundstücksmauer links wird überragt von einer steinernen Halle mit Spitzdach und einem wunderbaren Wappen mit zwei Pferdeköpfen davor. »Eine ehemalige Werft«, wirft mir im Büro der Baustoffhandlung, die deren Erbe angetreten hat, ein weißhaariger Amtsschimmel hin; als ich das Wappen erwähne, präzisiert er: »Eine ehemalige Werft des Vatikans.« Früher einmal herrschte lebhafter Schiffsverkehr vom Zentrum Roms den Tiber entlang bis zur Mündung, Frachtverkehr.

Nicht weit von Joes Wohnung entfernt lag vor 500 Jahren der Ripetta-Hafen.

Als ich wieder in die viel befahrene Portuense einbiegen will, höre ich Hundegebell von weiter vorn. Da steht an der Mauer neben dem Eisentor »Ripartizione VIII I S – Servizio Veterinario – Canile comunale«. Der städtische Hundezwinger von Porta Portese also, von neun bis zwölf zugänglich. Das Eisentor steht weit offen. Ich habe im weitesten Sinne ja mit Hunden zu tun. Vielleicht ist Pippo hier.

Ich trete ein; der Gestank wirft mich fast wieder zurück. Am Eingang das Informationsbüro. Es ist ein rechteckiger, langgestreckter Innenhof mit rostroten Wänden. Die Längsseite vor mir ist mit verglasten Vorbauten ausgestattet: Eingang in die Tierklinik, die Impfstation, das Zahlbüro. Direkt neben mir fangen die Käfige an.

Eineinhalb auf zwei Meter, und hinter einem Durchschlupf haben sie eine Schlafhöhle. Vor jedem Käfig hängt ein großer Blechnapf an einem Haken. Auf einem kleinen Schild die Daten: abgegeben am 4.5.2001. Zellennummer. Kein Name, höchstens: Mischling. Maremma-Hund. Schäferhund. Ich spaziere entlang. Die weißen Maremma-Hunde dösen. Ein dürrer junger Schäferhund schlägt wild an und tobt im Käfig umher. Ein schlanker Hund mit grellweißen Augen sieht mich durchdringend an.

Ganz hinten links, in Käfig 11, sitzt ein alter, struppiger Schäferhund, auf die Vorderbeine gestützt. Immer wieder will ihm der müde Kopf auf die Brust sinken. Seit eineinhalb Jahren ist er hier eingesperrt. Seine Augen sind braun wie die von Chiara. Schäferhunde können so böse sein, aber sie können auch unendlich traurig schauen. »So lange sitzt du schon hier!«, sage ich. »Wie heißt du? Ich würde dich Penner nennen. Dann wäre ich nie mehr allein.« Der Hund sieht mich an. Hoffnungslos. Doch das sind menschliche Begriffe.

Ich gehe zum Ausgang. Da steht eine junge Frau mit klugen Augen hinter einer Hornbrille und Zöpfen, und ihr

Namensschild weist sie als »Sabina M.« aus. Ich lächle sie an.

»Hallo! Obdachlose haben oft Hunde, stimmt's? Warum eigentlich?« Nicht gerade eine knallharte Recherchefrage. Sie zieht ihre Stirn kraus. »Ich kann Ihnen sagen, wie viel Tiere hier sind, wie viele täglich abgegeben werden, aber das ... Da müssten Sie mit meinem Vorgesetzten reden.«

»Ist übrigens ein sehr guter Hundezwinger«, lobe ich. »Hier wird alles getan für die Tiere.«

»Ja, da können Sie sicher sein.«

Ich nicke Sabina zu und frage sie: »Ist kürzlich ein Rehpinscher abgegeben worden? Pippo heißt er.« Da würden viele Hunde abgegeben, sagt sie, aber so kleine possierliche nie. Sie flüstert: »Die werden manchmal entführt, und Lösegeld wird gefordert. Das sind begehrte kleine Hunde.«

Sabina fischt noch ein Informationsblatt vom Tresen. »800 000 herumlaufende Hunde, 1,2 Millionen Katzen«, sagt sie düster. »130 000 Hunde werden ausgesetzt jedes Jahr, 80 Prozent kommen um. Haben Sie gewusst, dass es Hundekämpfe gibt, auf die man wettet?« Sie drückt mir das Blatt in die Hand. »Denken Sie drüber nach. Der Hund ist der beste Freund des Menschen.«

Im Gehen lese ich es: Nach neuen Zahlen sind in Italien 315 000 Hunde einquartiert, und das kostet jährlich 250 Millionen Euro. Hundeasyle sind völlig überfüllt. Wie die italienischen Gefängnisse.

Ich denke an Chiara, während ich auf dem Fussweg fahre und die Baumwurzeln umkurve. Drüben auf der Tiberinsel ist es ruhig. Ich fahre über die Cestio-Brücke, rolle vor die Bartholomäus-Kirche, setze mich auf die Stufen der Säule und tippe ihre Nummer. Sie ist gleich dran, fröhlich. Es ist ihre Mittagspause.

»Hallo, ich bin's, Rudi.«

»Ah, Rudi, was gibt's, geht's deiner schwarzen Freundin gut?«

»Ja, ihr habt sie gut abgeliefert.«

Sie sagt: »Ich esse übrigens gerade ein Brötchen mit Schinken und schaue von der Terrasse. Und du?«

»Ich schaue auf den Tiber. Die Stromschnelle. Tiberinsel. Da, wo das Kinofestival immer ist. Von Pippo noch keine Spur.« Als ich das sage, fällt mir plötzlich der verwilderte Mann mit dem schwarzen Hund vor San Paolo fuori le Mura ein.

»Schön, ich muss jedenfalls noch rasch etwas anschauen, um zwei ist wieder Besprechung. Ich hoffe, es geht dir gut.«

Klar geht's mir gut, ich wollte ja nur ihre Stimme hören. Sonst verliere ich ganz den Kontakt zur Welt dort oben.

29

San Gallicano ist eine Straße, die ganz am Rand des Trastevere-Viertels dahinläuft. Eine ganze Straßenseite nimmt der langgestreckte Bau von San Gallicano ein, 1725 von Papst Benedikt XIII. für die Armen errichtet. Manchmal geht ein Türchen auf wie beim Adventskalender, und eine müde Schwester im hellblauen Ornat späht heraus. Damals waren die Krankenhaussäle flach und sehr lang, da stand wie in einer Lagerhalle Bett an Bett. Was muss das für ein Stöhnen und Wimmern gewesen sein!

Bei einer meiner seltenen Reportagetouren für *Hallo Doc!* besuchte ich den Chef des Krankenhauses Santo Spirito in einer Parallelstraße der Via Conciliazione, dieser riesigen Schneise, die um 1930 durch das Sankt-Peters-Viertel geschlagen wurde. Die Klinik war schon im Jahr 1000 Anlaufstelle für erschöpfte Pilger und wurde vierhundert Jahre später neu von dem eifrigen Pius IV. gegründet. Der nunmehrige Chef thronte auf einem hohen Ledersessel inmitten des schönsten Renaissancemobiliars, darunter einer der ersten Globen aus dem 16. Jahrhundert. Und dann führte er mich durch enge Korridore und ließ mich durch ein Guckloch in den alten Krankenhaussaal von Santo Spirito hinunterschauen. Nein, damals möchte man nicht krank gewesen sein, und arm auch nicht!

Tatsächlich hängt in der Mitte der Straße Fratte di Trastevere ein Schild »Ambulatorio«. Ich stelle mich gegenüber hin — und da kommen immer wieder fremdländisch aussehende Menschen heraus, das heißt: keine Deutschen und keine Italiener und auch keine Schweizer. Bevor jemand Verdacht schöpft, muss ich hinein, in einen graugelb gestrichenen Raum mit schäbigen Plastiksesseln rundum, durch den als Barriere eine graugelbe Stange läuft. Da sitzen vier oder fünf Kranke an den Seiten; zwei andere – eine Inderin und ein Afrikaner – stehen an einem Tisch in der Tiefe des kleinen Saals. Ich stehe kurz unschlüssig herum; jeder muss sehen, dass ich kein Illegaler bin, der krank ist. Gleich bewegt sich eine füllige Schwester auf mich zu und wirft schon beim Näherkommen ihr Gesicht in fragende Falten. Ich flüstere mit ihr – Krankenhauseinfluss –, und ihr Gesicht wird steinern.

»Wir geben keine Informationen. Das ist der einzige Ort in Rom, wo Illegale sicher sind. Das soll auch so bleiben.«

»Aber wenn man Menschenleben retten kann! Ich bin Journalist«, werbe ich und schaue ihr flehend in die Augen.

»Ich bin Sandrine«, sagt sie plötzlich. »Aus dem Senegal.«

»Eine gute Fußballmannschaft habt ihr«, locke ich. »Vielleicht kann ich ein Wort mit dem Professor …?«

Ich solle mitkommen. Wir gehen an drei Räumen vorbei – »da sitzen unsere Dolmetscher, unsere ›kulturellen Kommunikatoren‹ für die Patienten« – und durch einen Durchgang in einen Korridor. Sandrine weist mich auf einen Platz.

Da sitze ich eine Stunde später immer noch. Es ist still. »Manchmal während des Tages wusste man gar nicht, woher den Atem schöpfen, gegen die Mittagszeit verfiel das Spital in Totenstille und traurige Ruhe; man hatte dann die sonderbare Empfindung, als schwebe eine Katastrophe über der Stadt — und wenn dann in dem allgemeinen Schweigen die Uhren zwölf schlugen, glaubte man, es müsse jetzt und jetzt etwas Schreckliches eintreten.« Der Autor von *Quo vadis* hat das geschrieben, Sienkiewicz.

Aber keine Katastrophe tritt ein; nur Sandrine, und sie öffnet die Tür zu Professore Torrone, winkt mich hinein. Piero Torrone lächelt wehmütig in meine Richtung und spricht ins Telefon. Das tut er Minuten später immer noch, doch sein Lächeln kommt regelmäßig zu mir. Torrone legt auf und sagt unvermittelt: »Wir sind hier völlig allein gelassen. Heute ist am Mittag nur offen, weil ich privat aufgemacht habe. Keiner mag die Fremden, die Illegalen. Die will man einfach nicht sehen.«

Keiner mag sie. Sie stinken. Sie sind schwarz, gelb oder braun. »Sie sind also Journalist«, sagt Torrone bedeutend.

»Für eine Ärztezeitung.« Ich nicke und schäme mich der Lüge. Nicht mal einen Fotoapparat habe ich dabei.

Zu meiner Geschichte, die immer mehr zu einer offiziellen Version heranreift, fällt Torrone nicht viel ein: »Polen haben wir hier, klar. Ich schicke Sie zu einem der Übersetzer. Der weiß vielleicht was.«

Das hätte ich einfacher haben können. Ich stehe auf.

Er sagt noch: »Wissen Sie, dass ich zehn Jahre lang die Obdachlosen im Leichenschauhaus behandelt habe? Es gab keinen anderen Platz, wo das möglich war.« Ich bin an der Tür. »Sie sollten etwas über die Lage lesen, über unsere Patienten.« Er fingert unter einem altersschwachen Drucker ein Heftchen heraus und überreicht es mir. Eine Statistik über Obdachlose in Rom. Ich mache die Tür auf und schaue zurück; er lächelt nochmal, dann geht die Tür zu.

Da stehe ich nun. Ich gehe zur Aufnahme zurück, da wächst ein kleiner Mann neben mir aus dem Boden. »Polen«, sagt er. »Ich bin Andrzej. Polen haben wir nicht viele, wer weiß, die gehen vielleicht lieber zum Priester. Viel helfen kann ich Ihnen nicht.«

Ich schildere ihm kurz, was ich weiß, Obdachlose, Gottschöpfer, Ludwik.

Andrzej seufzt und wiederholt: »Gottschöpfer. *Boże moje*!« »Mein Gott« heißt das. Er bekreuzigt sich. Dann begleitet er mich auf die Straße. Ich will mich verabschieden, da schaut er weg und sagt: »Aber vor drei Monaten, da war mal einer, Namen sage ich nicht, der hatte tatsächlich Angst vor einem Jesus. Sein Hund hatte ihn gebissen, da beim Papst, beim Mann auf dem Pferd.« Das sagt der schmächtige Andrzej mit seinem Ziegenbärtchen einfach so. »Wäre gut, wenn Sie was finden könnten.« Er gibt mir die Hand und grüßt: »*Cześć*!«

Es verdichtet sich also der Verdacht, dass Jesus eine lebende Gestalt ist. Und Gottschöpfer auch, den kenne ich ja. Man hat also Angst vor ihnen. Ich lenke mein Rad durch Trastevere. Da herrscht nachmittägliche Ruhe. Wo sind sie, die Illegalen? Sie sind am Tiber oder draußen, in den vermüllten, tristen Vorstädten, in der Nähe der S-Bahnhöfe, wo die Sinti und Roma auch ihre Siedlungen haben. Die Obdachlosen schlafen nebeneinander im Bahnhof Tiburtina oder am Bahnhof Termini, die Osteuropäer sind um den Bahnhof Ostiense zugange, wo sie handeln, und die Asiaten haben ihr Viertel am Bahnhof Termini und breiten, wo es geht, Glitzertand aus, billige Sonnenbrillen, Räucherstäbchen, und die Afrikaner verkaufen vorwiegend CDs.

Die Piazza Sant'Egidio einen Kilometer weiter in Trastevere ist ein gemütliches römisches Wohnzimmer, gerade ums Eck der großen Schwester gelegen, der Piazza Santa Maria mit einem Brunnen und der großen Basilika. Die kleine Piazza hat, was man braucht: eine *Birreria*, daneben das Kino »Pasquino« mit der charmanten, ernsten Kassiererin aus Äthiopien; gegenüber gehen zwei Treppen hoch und vereinigen sich vor dem Trastevere-Museum, einem dieser verlorenen Orte der Kultur mit Fotoausstellungen. Da kommt kaum jemand hin, und die drei Museumswärter sind kaum von den gelblichen Wachsfiguren zu unterscheiden, die einen Arzt, einen Apotheker und einen Kunden im 18. Jahrhundert im alten Trastevere zeigen.

Neben dem Museum liegt die schmale Kirche Sant'Egidio, und am zweiten Türeingang muss man läuten, um die Gemeinde Sant'Egidio zu erreichen, die 1968 nach dem Zweiten Vatikanischen Konzil gegründet wurde. Sie kümmert sich um die Armen und betreibt auch Außenpolitik, wie man liest. Ich halte an, steige ab und schiebe mein tapferes Rad neben eine Mülltonne, um es an einen Pfahl zu schließen. Hinter mir sagt jemand auf Deutsch: »Na, Meister, was übrig für einen armen Hund?«

30

Ich drehe mich um. Mein erster Blick fällt auf die zwei weißen Hunde, die eingerollt auf einer Decke liegen. Neben ihnen steht ein Mann im grau melierten Pullover und mit einer blauen Pudelmütze, der mir einen Kartonbecher von McDonald's unter die Nase hält. »Ich vermute mal, deutsch?«, sagt er. Denn seine Mutter sei eine Deutsche. Er ist auf Sardinien geboren und heißt Thomas. Seine Stimme hat einen warmen, biegsamen Rhythmus. Weinerlich klingt er; das bringt der Alkohol mit sich. Schnell räumt er die Hunde beiseite, damit ich Platz habe.

»Pasquino«, sage ich und deute auf das Haus. »Mein Lieblingskino. Gehst du nie ins Kino?«

»Nee. Kann meine Hunde nicht allein lassen. Will ich nicht.« Er legt seine Stirn in Falten. »Die sind schon genug Kino. Heute, weißt du: Ich humple. Bin mal in den Tiber gefallen, sturzbetrunken. Infektion geholt. Wird nicht richtig besser. Heute: humpeln die beiden, Rebekka und Monster, auch. Wollen's mir nachmachen. Bin ich zum Tierarzt. Die Verbundenheit zwischen Hund und Mensch.« Er hat was Putziges, dieser Thomas.

»Kennst du Jesus? Und Gottschöpfer?«

Er schaut mich an, plötzlich vorsichtig geworden. »Sind Leute hier, unterwegs in der Stadt«, helfe ich nach.

Er reibt sich die Stirn. Den Becher hält er immer noch.

Ich stecke ihm einen Zehn-Euro-Schein hinein. Es ist wie bei der Musicbox: Sofort wird gesungen. »Ach, du meinst den

Mikropotenten. Ja, Gottschöpfer ist oft hier, an der Ecke der Bar Trastevere predigt er. Ach, der verbreitet Angst, tut so unheimlich, ist aber nur ein Schwätzer. Du, ich weiß nicht, ob der wirklich verrückt ist. Jesus hat Bart und lange Haare, drum nennt man ihn so. Der kriegt noch weniger gebacken.«

»Meinst du, die könnten jemanden umbringen?«

»Umbringen, die? Nie im Leben. Oder, na ja, bei Jesus jedenfalls wäre ich vorsichtig; ich hab mal seinem Hund einen leichten Hieb gegeben, weil der an Rebekka geleckt hat, und da brach die Hölle los. Böser Hund. Heißt Nero.«

Thomas. Und Jesus. Plötzlich habe ich wieder das Bild des Mannes im Kopf, der vor San Paolo fuori le Mura, vor den Mauern, seinen Hund liebkost. Weit ist das ja nicht entfernt, gerade gegenüber von Ludwik. Jesus hat nun also Gestalt angenommen.

»Und sonst? Was weißt du noch?«

Thomas grinst. »Kostet noch was, Meister. Leben ist teuer hier. Hundefutter ist teuer. Und mein flüssiges Futter auch.« Also noch einen Schein, einen Fünfer, aus dem Geldbeutel holen. Thomas redet nun sehr leise: »Du musst vor beiden aufpassen, denn die kennen gefährliche Leute. Jesus kriegt von denen Drogen. Und sicher tut er was für die. Das war's, danke, mehr kann ich nicht sagen, sonst kriege ich Probleme. Viel Glück noch.«

Ich reiche ihm die Hand. Dann fahre ich die S-Kurve zur großen Piazza mit dem Brunnen, auf dessen Treppenstufen immer Studenten sitzen, Touristinnen oder eben Obdachlose. Ich binde mein Rad an die Umzäunung der Kathedrale und gehe hinein. Das ist eine der schönsten Kirchen Roms, finde ich, die Basilika Santa Maria di Trastevere. Obwohl … wo ich gerade war, hundert Meter weiter, gibt es die kleine süße Santa Maria della Scala, »bei den Treppen« also, die einen Sonderpreis verdient hätte. In einer Seitenkapelle wird in einem Schrein der rechte Fuß der heiligen Theresa von Avila verehrt, der Gründerin der unbeschuhten Karmelitinnen.

Neben dem Eingang hängt ein Plakat von der Caritas: »Leben ohne Haus, ohne Geschichte. Aktion für Obdachlose.« Die Kirche ist ganz dunkel, Kassettendecke in schwarzem Holz, viel Gold. Ich setze mich in die zweite Reihe, um die Apsis genau betrachten zu können. Alles vergoldet, oben sitzt Jesus neben seiner Mutter, und links hat er drei Jünger sitzen und rechts vier. Auf der Reihe darunter dreizehn Schafe, und das mittlere trägt einen roten Heiligenschein. Das kann man aber nur sehen, wenn ein Tourist so gütig ist, fünfzig Cent einzuwerfen und den Beleuchtungsknopf zu betätigen. Dann sieht man's zwei Minuten.

Anfang Februar war es, da schneite ich nach einem spanischen Film im »Pasquino« hier herein, angezogen durch die offene Tür und das Licht. Die Kirche war zu zwei Dritteln besetzt: fast alle Barboni, »die mit Bart«: Obdachlose. Zwei Mädchen standen neben dem Altar, und dann fingen sie an, Namen zu sagen. Der erste lautete »Modesta«. Ein junger Mann entzündete vor dem Altar eine Kerze. Modesta Valenti starb am 3. Februar 1983 am Bahnhof Termini, und als die »Engel der Nacht« von der Egidio-Gemeinschaft eintrafen, hatte sie schon ihren letzten Atemzug getan. Niemand hatte ihr die Hand gehalten. Sie starb einsam.

Seither wird jedes Jahr eine Messe gefeiert. Die Mädchen sagen die Namen aller Obdachlosen, die im Laufe des vergangenen Jahres erfroren oder auf andere Weise gestorben sind. Nach jedem Namen wird eine Kerze entzündet. Es waren bislang zweihundertdreißig. Nächstes Jahr, so ich noch da bin, werde ich wieder hierher kommen, und ich werde die Namen Ludwik, Leszek, Stepan und Antun hören. Bei jedem Namen, bei jeder Kerze dazu wird mir ein Bild aufleuchten, und ich, der Ungläubige in der heiligen Stadt, werde mir denken: »Macht's gut, Leute. Euer Gastspiel war kurz, ihr habt wenig Spaß gehabt. Aber wir vergessen euch nicht.«

Ein Mesner hat sich am Altar zu schaffen gemacht und bewegt sich weg. Sie huschen immer herum, diese Mesner, bereiten alles vor wie dienstbare Geister, und dann lösen sie sich in Nichts auf, gleiten in die Schatten unter den Arkaden. Das wäre ein Job, den ich gern verrichten würde. Wenig zu tun, aber in Diensten des Allerhöchsten. Noch lieber aber wäre mir jetzt ein Bier. Ich versuche, ebenso schön hinauszugleiten wie der Mesner, aber mir fehlen dazu das Gewand und der Heilige Geist. Einen tiefen Atemzug nehmen draußen, die Luft ist frisch, und da drüben, von der jenseitigen Ecke verborgen, wartet die Bar »Trastevere« auf mich. Wenn sie auf mich wartet.

Die Bar liegt am Anfang einer Seitenstraße, die von der Piazza fortführt. Am Boden gegenüber, an die Mauer eines Hauses gelehnt, sitzen zwei Bärtige, echte Barboni, mit zwei Hunden unbestimmbarer Rasse. Sie erzählen sich was. Ich mache mein Rad ganz nah an der Bar fest und bestelle erst mal ein großes Bier. Das muss man bestellen, wenn man ein normales haben will, also einen halben Liter, den Bayern-Standard. Ein Sandwich dazu mit Thunfisch und Ei. Ich setze mich vorn auf die kleine Terrasse.

Die beiden sitzen immer noch auf dem Boden, Autos und Motorroller rollen direkt vor uns vorbei, eine Handbreit vor den Obdachlosen. Ist Trastevere nicht verkehrsberuhigte Zone? Es macht einen so krank, dass man auch hier auf Schritt und Tritt von Autos verfolgt wird. Überall in Italien. Wo du bist, ist auch schon eine »macchina«. Aus den engsten Löchern in Agrigent kriechen sie heraus, sie schieben sich durch die engsten Gassen von Siracusa, penetrant wie giftiger Schleim. Sie schleichen hinter dir her, sie kriechen übelriechend an dir vorbei, sie sind eine Pest. Ich dagegen: lautlos. Ein Geist in der Nacht. Wenn ich das Bier ausgetrunken habe, gehe ich. Es schmeckt nicht gut. Überall das holländische Standardbier, gelbe Galle.

Plötzlich beugt sich, ich schaue genauer hin, eine kleine Gestalt über die beiden. Sie gestikuliert. Es ist ein kleiner dicklicher Mann mit schwarzem Trainingsanzug: der mikropotente Diocreatore. Er erhebt sich, und sein Blick fällt auf mich.

31

Ich stehe auf, halte die Hand hoch und gehe vor einem kleinen Fiat über die Straße zu ihm hin. »Hallo, Diocreatore!«

Er sieht mich hochmütig an. »Du schon wieder?«, fragt er. »Du bist gewarnt worden.«

»Ludwik war ein guter Freund. Wir wollen doch alle, dass unten am Tiber Ruhe herrscht.«

Er denkt kurz nach. »Ich muss dir einiges mitteilen. Treffen wir uns, wo es ruhig ist. Wo uns keiner stört.«

»Am ruhigsten ist es auf dem Friedhof«, sage ich, ohne nachzudenken. »Die Toten stören nicht. Campo Verano?«

Ja, auf dem Hauptfriedhof, das findet er angemessen.

Wo? Riquadro 80, fällt mir ein. »Morgen?«

»Um vier. Da ist es zwar heiß, aber gut. Morgen. Campo Verano, Riquadro 80. Sei pünktlich.«

Riquadro ist eines der Gevierte mit vielen Gräbern, und Nummer 80 deshalb, weil da seit August 1933 einer liegt, dessen Grab ich schon lange aufsuchen möchte.

Ich befreie langsam mein Fahrrad und rolle davon. Ich taste mich zum Tiber zurück und nehme den gewohnten Weg am Fluss. Da ist wieder das dunkle Stück unter der Überführung … und wieder eine Gestalt, ebenfalls dunkel, dahinter. Mit Hund. Ich fahre langsamer, halte an. Die Silhouette hat keine Kapuze auf, dafür wirre abstehende Haare, eine weite Hose, auf der rechten Seite eine Umhängetasche am langen Lederriemen, grobe Jacke, und jetzt zieht er seinen Hund näher an sich heran und geht weiter. Déjà vu.

Ich springe nach rechts ab, und mein Rad steht zwischen mir und ihm. »Jesus?«, frage ich.

»Der Radfahrer!«, ruft er. »Pass auf, mein Hund ist immer hungrig. Er heißt Nero.«

»Ich muss dich vieles fragen, Jesus. Zu Ludwik und … wo Teresa ist.« Jesus ist nur eine Silhouette mit wehendem Haar.

Sein Hund knurrt, und das klingt düster in dieser feuchten Dunkelheit, wozu der Tiber leise gurgelt.

»Ich habe Ludwik nichts getan«, sagt er in einem seltsamen Italienisch. »Nero ist ein guter Hund. Warum haben alle Angst vor ihm? Ich tue nur, was man mir sagt.«

»Wo ist Teresa?« Er zerrt an der Leine, der Hund knurrt gefährlich, und ich lege die Hand an mein Bügelschloss, das auf den Gepäckträger geklemmt ist. Doch Jesus, hiermit vollends Fleisch geworden, wendet sich abrupt ab und geht die Treppe hoch. Ich zittere. Ich sollte ihn verfolgen, aber dazu fehlt mir der Mut.

Joe ist nicht zu sehen, ich hätte ihn gern gefragt, ob Jesus vielleicht bei ihm war. Joes Hütte wirkt unbewohnt. Ich fahre weiter. Trete in die Pedale, das beruhigt. In einem Supermarkt kaufe ich zwei Flaschen Verdicchio.

Endlich die Treppen von Otto Marzo, und als ich im vierten Stockwerk bin, habe ich keine Lust auf die Wohnung. Ich stelle das Rad in den Korridor und nehme die Außentreppe. Ich muss nur noch einmal im Zickzack hoch, aber da oben stehe ich vor einer verbeulten Metalltür. Sie ist nur angelehnt. Fünf weitere Treppenstufen führen hinauf zum Flachdach. Oben auf dem Dach der Welt, über mir nur der Himmel! Das ist echte Freiheit. Ich gehe genau zur Mitte des Dachs und setze mich mit untergeschlagenen Beinen hin. Der Untergrund ist schön warm. Sky Blue.

Man sieht die fernen Hügel der alten Magliana-Siedlung in Richtung Flughafen Fiumicino, man hat das Colosseo quadrato fast auf gleicher Höhe, und hinter einem stehen ehern die Hochhäuser. Dann die breite und kahle verbrannte Zone zwischen Deich und Fluss, der von Bäumen verdeckt wird. Gutes Bauland eigentlich. Auch da werden einmal kleine Häuschen stehen. Irgendwann.

Es ist noch hell. Nach links, von wo der Fluss kommt, verschwimmt die Aussicht; viele Häuser, ein Konglomerat von verschachtelten Bauten, aus dem ein leises Summen und

Brummen vom Autoverkehr aufsteigt. Die Leere hier und die Leere dort, und auch die antiken Stätten sind Leere. Vollgestopft ist alles ums Forum Romanum. Auch Fülle ist Leere. Giuseppe Ungaretti hat das gewusst, der Poet. Er hat fünfzig Jahre in Rom gelebt.

In Rom spürt man eine Leere. Diese aufgehäuften Elemente, die kein bisschen Platz ließen, freien Platz, um nichts zu lassen, nichts Freies. Diesen Horror der Leere, den kann man in Rom unendlich stärker spüren als an irgendeinem anderen Ort der Erde.

In Bayern auch. Der Barock. Alles ausgeschmückt.

Oben ist es schon nicht mehr so hell. Ein Flugzeug strebt in Richtung Fiumicino.

Jesus ist zu fürchten, aber verschwunden in der Ewigen Stadt; Gottschöpfer, der weit weg wohnt, hat Verbindungen zu den Archonten — nennen wir die Bösen einmal so —, die ihr Hauptquartier irgendwo in Vatikannähe haben müssen. Sie stellen die Regeln auf. Es ist ihre Welt, die ich kennenlernen muss. Nun bleiben noch die beiden Ukrainer, die ich bislang ignoriert habe, die Armenspeisung vor Sant'Alessio, die Gemeinde Sant'Egidio und natürlich das Treffen auf dem Friedhof. Ich habe mein Projekt einigermaßen im Griff. Ein Schluck Weißwein hier oben wäre schön. Später kann ich zurück in meine Wohnung gelangen.

Noch habe ich hier oben Tageslicht. Ich blättere die vierzehn fotokopierten Seiten des Instituts San Gallicano über die Obdachlosen durch. »*Persone senza fissa dimora*« – Personen ohne festen Aufenthalt – heißen sie, oder »*Popolazione nomade*«. 1985 wurde die Präventivmedizin für Nomaden eingeführt. Jeden Tag werden vierzig bis fünfzig Menschen behandelt.

Der Prozentsatz der Afrikaner ist in den vergangenen zehn Jahren von 73 auf 26 Prozent gesunken, während derjenige der Europäer von 8 auf 38 Prozent anwuchs. 21 Prozent kommen aus Asien. Männer sind zu 61 Prozent vertreten, Frauen zu

39 Prozent. 70 Prozent der Patienten sind zwischen zwanzig und vierzig Jahren alt. Obdachlose sind eine Risikogruppe: mehr Unfälle, ungesundes Leben, kaum Zugang zu Ärzten – kurzes Leben. Die Nicht-Italiener kommen vorwiegend aus Rumänien, Polen, Bosnien, der Ukraine und Marokko. Die Armen werden kostenlos behandelt. Ich mache eine Flasche Wein auf. Nehme einen Schluck. Unten ein Geräusch. Eine Ratte vielleicht?

Ein Drittel der »Nomaden« ist seit höchstens vier Monaten in Rom. Es gibt eine große Fluktuation. Die Nomaden schlafen in Wohnwagen – Ludwik war also ein Nomade. Die anderen verbringen die Nacht in Schlafhäusern oder Heimen, im Freien (in Bahnhöfen, auf der Straße) oder bei Freunden. Krankheiten: Hepatitis, Gastritis, Urinarinfektionen. 9 Prozent sind alkoholabhängig. 35 Prozent sind sexuell aktiv, 23 Prozent haben einen festen Partner.

Wie viel Prozent der Bevölkerung sind sexuell aktiv? Fester Partner? In der glasigen, immer noch 25 Grad warmen Luft bewegt sich ein blassoranger Ball am Himmel auf den Colosseo quadrato zu, eigentlich schiebt die Erde sich ihm entgegen, und hinter den Hügeln leuchtet es bald rot auf, als sei da ein Meteor eingeschlagen. Der Himmel entfärbt sich ziemlich schnell, und der König sitzt im fahlen Licht auf diesem Tanker, der auch heute wieder nicht den Weg ins freie Meer gefunden hat. Lesen geht nicht mehr.

Ich packe die fotokopierten Seiten in den Rucksack, stecke die wieder verkorkte Flasche Wein dazu und schiebe mich bäuchlings, als Mutprobe, zur Dachkante vor, oberhalb meines Balkons, auf den ich hinunterschaue. Auf ihm liegt ein Lichtstreifen! Jemand ist in meiner Wohnung!

32

Ich bin schnell zurückgerutscht. Mein Herz pocht. Ich könnte zum Beispiel zurücklaufen und mit meinem Rad verschwinden. Nein! Ich muss gegen die Mächte der Finsternis kämpfen, das wünscht sich Don Sergio, und ich darf ihn nicht enttäuschen. Ich robbe mich nochmals an die Kante vor und zerre mit der rechten Hand den Rucksack mit. Dann rufe ich, so laut ich kann: »Bongo! Ich bin hier draußen! Komm!«

Tatsächlich erscheint er, ich sehe ihn von oben, er späht nach rechts und links; ich rufe nochmal: »Hier oben!!« Und als er hochschaut, schleudere ich den Rucksack hinunter, genau auf seinen Kopf, und krieche sofort zurück. Schnell übers Flachdach laufen, durch die Metalltür, die Treppe hinunter, am Rad das Bügelschloss an mich genommen … Ich stoße die Tür auf: niemand.

Auf dem Balkon kniet der ältere Besucher, den wir schon kennen, bei Bongo, den er aufs Sofa gebettet hat. Der Rucksack mit den zwei Flaschen Wein war schlagkräftig, aber die 1400 Seiten Gregorovius erst werden ihm den Rest gegeben haben. Bücher können so nützlich sein!

»He!«, sage ich, natürlich mit dem Bügelschloss in der Hand: »Schaff ihn hier weg.« Kommt mir bekannt vor, der Spruch. »Ich zahle ja, wie versprochen.« Bongo hat sein Bewusstsein wieder und steht auch schon wackelig. In den Roman *Quo vadis* hatte ich zwischen Seite 112 und 113 die beiden Geldscheine von Paolo geschoben, die kriegt der Alte nun. Bongo hat ihn mit Zamur angesprochen. Komischer Name.

Dann begleitet er Bongo hinaus und dreht sich nochmal um: »Du hast etwas, was uns gehört. Schaff sie her. Sie ist unser Eigentum.«

»Ich verhandle nur mit dem Diocreatore«, sage ich ihm hochmütig. Das nimmt er so hin; also kennt er ihn. Er verrät mir noch etwas.

»Weißt du, dass in den Stockwerken darunter zehn Jahre

lang die Polizei der Magliana ihr Hauptquartier hatte? Damals waren wir noch nicht gut im Geschäft.« Ich schaue ihnen auf dem Korridor nach, damit sie ja mein Fahrrad in Ruhe lassen.

Dann schenke ich mir mit unsicheren Händen ein Glas Verdicchio ein. Ich werde ihnen niemanden ausliefern. Vielleicht muss ich wirklich eine Weile verschwinden. Mein Projekt muss vielleicht sogar begraben werden, rituell, auf dem Friedhof. Aber beim Blick auf den Mond denke ich anders darüber. Er schluckt weiter Licht und nähert sich der Volltrunkenheit. Er tut seine Pflicht; und wir haben die Pflicht, uns den Mächten der Dunkelheit entgegenzuwerfen.

Meine Initiative beim Diocreatore: Jetzt muss ich sie wohl Paolo beichten. Handy her! Paolo wird beim Abendessen gestört. »Ich habe da vielleicht eine Dummheit gemacht«, sage ich. »Ich habe ein Treffen mit dem Diocreatore verabredet. Auf dem Friedhof. Er will etwas von mir.«

Paolo denkt nach. »Ach, machen wir wieder unser übliches Treffen, morgen um elf an der alten Stelle. Ich muss dich briefen. Wir wollen ja, dass du den Friedhof auch wieder als Lebender verlässt, oder?« Da decken sich unsere Intentionen hundertprozentig.

»Geht's auch um halb elf?«, frage ich. Die Armenspeisung ist um zwölf!

Er könne das einrichten, sagt Paolo. Ich solle gut aufpassen. Ich ergänze noch: »Da war gerade Bongo bei mir. Wollte Geld.«

»Ah!«, ruft Paolo. »Das erzählst du mir jetzt?? Und?«

»Ich hab's ihnen gegeben. Sie meinten, ich hätte etwas, das ihnen gehört. Da meint er vielleicht meine nigerianische Freundin. Oder Teresa?«

Paolo nimmt es gelassen: »Die wissen doch nichts. Wart ab, was dir dein Bekannter auf dem Friedhof sagt. Bleib ruhig, *ciao ciao*«, sagt Paolo.

Nach dem letzten Besuch der Abkassierer war ich bei Lillo. Das könnte ich nun wiederholen. Das entspannt. Die Jacke über die Schulter gehängt, sehe ich aus wie ein leidlich junger Herr unterwegs zum Wirtshaus.

Lillo lächelt mir zu, wirkt aber angespannt. Er macht eine ruckartige Bewegung mit dem Kopf nach links und dreht die Augen dorthin. Was hat er? »Schon was von Teresa gehört?«, will er wissen. Nein. Lillo bringt mir fürsorglich und ungefragt ein Bier an den Tisch. Flüstert: »Mimmo ist hier. Im Nebenzimmer. Was machen wir?« Der erste Schluck Bier ist himmlisch. Plötzlich steht Mimmo in Lederjacke da und hat sich an den Tresen gelehnt. Er sieht mich an und sagt: »Du wolltest mich sprechen?«

»*Già*«, sage ich: schon. »Die Archonten«, beginne ich, »du weißt, die Grauen: deine Konkurrenten. Sie haben Mädchen. Wo?«

»Wenn ich das wüsste!«, ruft Mimmo aus. »Wenn wir über sie reden, dürfen unsere Worte diesen Raum nicht verlassen, verstehst du? Ich kann auch nicht viel sagen.« Ich bin einverstanden. »Wie finde ich Teresa?«, frage ich. Mimmo denkt nach.

»Sie hat immer in der Nähe vom Bahnhof Tuscolana gearbeitet, dann war sie weg. Meine Kontaktleute meinen, die Grauen hätten sie geholt. Sie war ein kleiner Star in der Gegend, hatte eine nette Art. Wenn sie sie haben, geht's ihr schlecht. Sie halten zwanzig Frauen in einem Haus, da kommen die Freier hin, und andere bringen sie zum Job und wieder zurück. Sie drohen damit, die anderen zu töten, wenn eine fliehen will. Die Frauen kontrollieren sich gegenseitig. Teresa ist impulsiv. Hoffentlich hat sie keinen Fehler gemacht.«

Serena hätte das von Mimmo, ihrem Freund, auch erfahren können. Ich frage direkt: »Wo haben die Archonten ihre Mädchen?«

»Wissen wir nicht. Hier nicht, das wüssten wir. Woanders.«

Mimmo zündet sich eine Zigarette an. »Die — wie sagst du, die Archonten? — können ungeheuer grausam sein. Wir haben hier nichts mehr zu melden. Aber sie sind auch Chaoten und werden verlieren. Andere aus Osteuropa oder Südamerika oder auch die Chinesen sind besser organisiert. Sie haben sich die Stadt aufgeteilt, und manchmal leihen sie sich ihre Sklavinnen aus. Du kennst das, man lockt sie mit Arbeit, dann nimmt man ihnen den Pass weg und zwingt sie zur Prostitution. Ich hab das nie gemacht. Eine, mit der ich gesprochen habe, die haben sie an den Beinen aufgehängt und zum Tiber runtergelassen, um sie zu quälen. Andere sind gefoltert worden und getötet, die sprechen nicht mehr … Ach, Teresa … Wenn sie noch lebt, macht sie vielleicht noch ein paar Nummern, und dann findest du sie irgendwo. Wenn du was herausbekommst, wäre toll. Frag die Obdachlosen. Ich bin jetzt aus dem Geschäft.« Lillo steht hinter der Theke und schaut irgendwohin.

Ich nehme wieder einen tiefen Schluck. »Und wenn *du* was weißt … Ich habe Verbindungen zur Polizei. Vielleicht könnt ihr bald wieder eure Geschäfte machen. Ich schreibe dir meine Handynummer auf.« Zuhälterei ist ein dreckiges Geschäft, doch in diesem Moment bin ich mir sicher, dass Mimmo weniger grausam ist als die Archonten. »Bongo und Zamur waren schon zweimal bei mir.« Mimmo lächelt und winkt ab. »Das sind nur Handlanger. Harmlos.«

Lillo legt wieder Peter Gabriel auf. Mimmo gleitet mit einem sanften »*Buonanotte*« in die Dunkelheit des Nebenzimmers. Ein kleines Bier nehme ich noch. Komisch, dass Mimmo geredet hat. Vielleicht denkt er ja, die Polizei schafft ihm die Konkurrenten vom Hals, und er hat wieder freie Bahn. Ich denke, dass er das denkt. Man sollte nicht zu viel denken.

Wieder im Otto Marzo. Zehn Minuten später läutet das Telefon und Giuseppe ist dran. Er will wissen, wie es mir geht, erinnert an das King-Crimson-Konzert am Sonntagabend im Tennisstadion, die Karten habe er mittlerweile besorgt. Er gehe auf eine kurze Dienstreise nach Spanien, der nächste ökologische Sonntag stehe an, und »Tuttimbici« habe einen Stand auf den Fori Imperiali, gegenüber den Trajansmärkten. Bianca wolle diesmal mit der blau-gelben Fahne kommen, es würde viele

Aktionen für Kinder geben, und der Sender Raitre würde einen kurzen Spot drehen, Besprechung am Samstagabend bei ihm, Via Giulio Cesare, er wolle mich nur noch einmal daran erinnert haben. Ich sage also freudig zu.

Dann: Ermattung. Immer noch kommt es mir warm vor. Ohne es richtig gemerkt zu haben, habe ich wieder genug getrunken. Morgen Nachmittag auf den Friedhof Campo Verano. Wie lustig. Das Brummen von Autos in der Ferne, links fern, rechts fern. Rom, Nacht, draußen. Sanfte Abblende.

33

Nachts muss ich dreimal zur Lehrertoilette, mit Kerze wie zur Biedermeierzeit. Doch wer schon mit dem Rad um fünf Uhr nachmittags auf der Cristoforo Colombo Rom verlassen hat und um Mitternacht die Via Tuscolana befuhr, den schreckt nichts mehr. Und Bongo war ja schon hier. Wir werden uns wohl noch ein drittes Mal treffen. Der Italiener sagt: keine zwei Mal ohne ein drittes Mal. Und wenn am Freitag einer in der Klinik stirbt, sagen die Krankenschwestern: Der nimmt bis Sonntag noch zwei mit!

Am Morgen schnell zwei Cappuccini bei Lillo. Der wirkt ganz selbstzufrieden. »Habt ihr gut hingekriegt, gestern Abend. Ich war erleichtert. Mimmo dreht manchmal durch. Aber gestern hatte er sich unter Kontrolle. So gesprächig hab ich ihn noch nie erlebt!«

Ich muss zur Armenspeisung. Erst zu Paolo. Der wartet diesmal schon auf mich im »Tre Stelle«. Also noch einen Cappuccino, den dritten. Unser gewohnter Platz am Fenster. »Was haben wir heute? Gibt's was Neues?«

»Die zerknüllten Papiere sind aus Gregorovius, stell dir vor! Das war ein deutscher Autor, zweite Hälfte 19. Jahrhundert, hat die *Geschichte Roms im Mittelalter* geschrieben! Meisterhafte Prosa, dafür hat er Bibliotheken besucht, die völlig verlassen waren, und völlig verstaubt war er, als er wieder herauskam!

Niemand hatte sich davor um Rom im Mittelalter gekümmert.« Paolo setzt ein gelangweiltes Gesicht auf und lässt ironisch ein *caspita!* fallen. Ich kann es kaum glauben!

Dann hebt er die Hand. »Bevor du jetzt einen Vortrag übers Mittelalter hältst, Rudi – mir ist nun auch klargeworden, dass die Zettel bedeutungslos sind.« Und? *Che mi dici*? Was ich ihm berichten könne? »Da draußen gibt's nachts sexuelle Begegnungen im Auto oder in Wohnungen. Ich war vorgestern da, habe mit einer Hure gesprochen, aber sie war unter Druck. … Ich habe außerdem erfahren, dass die Archonten expandieren. Ich nehme an, sie haben die Kontrolle über die Prostitution hier übernommen.«

Paolo hört aufmerksam zu und rührt in seinem Kaffee. Er blickt mich an: »Wie nennst du sie: Archonten? Was ist das für ein Wort?« Ich erkläre, das seien die Bösen in der Gnosis, einer alten Religion zu Christi Zeiten. Er nickt. »Man braucht ja einen Namen. Die ›Grauen‹, das war immer etwas unscharf. Ich werde deinen Vorschlag aufgreifen. Guter Code. Wenn du Italiener wärst, Rudi — ich würde dich glatt einstellen.« Paolo verwirrt mich mit seinem Lob; vermutlich bin ich nun errötet. Ich ergänze schnell: »Ich vermute, dass Ludwik sich irgendwie eingemischt hat, etwas gesehen hat, was er nicht sehen durfte, und da hat man ihn aus dem Weg geräumt.«

»Wäre ja möglich«, räumt Paolo ein. »Doch aus alter Erfahrung sage ich dir: Vermutungen bringen nichts. Und was wissen wir über die Ukrainer?«

Waren die nicht unwichtig? »Über die wissen wir noch nichts. Ich wollte heute oder morgen …«

Paolo hebt die Augenbrauen: »Das ist also die Lücke. Da fährst du nach dem Treffen am Campo Verano hin, wenn du das überlebst, denn die Zeit wird knapp.« Er schaut streng wie ein Lehrer; dann grinst er. »Keine Angst«, beruhigt er mich. »Der Diocreatore tut dir schon nichts. Danach sind wir bestimmt schlauer.«

Nun beugt sich Paolo Fortunato Falconi nahe zu mir her:

»Vergiss deinen Ludwik mal. Der ist schon lange tot und vergessen. Es war Mord, ja, aber ich bin sicher, das klärt sich. Die Geschichte führt zu den Zuhältern. Wir wollen die Zentrale der … Archonten. Die Frauen, die sie in ihrer Gewalt haben. Darum geht es. Wir haben das Gebiet eingegrenzt: um den Gianicolo. Aber wo?«

»Leszek, der Pole, ist da herumgelaufen«, sage ich. »Der wusste vielleicht, wo die Zentrale war. Darum hat man ihn ausgeknipst. Jesus läuft da draußen irgendwo herum, gestern habe ich ihn kurz gesehen, am Ponte Rotto.«

»Das auch noch! Muss ich dir einen Leibwächter mitgeben?«

Ich sage, eine Leibwächterin wie seine blonde Mitarbeiterin wäre schöner, aber er lacht nur. »Fühlst du dich vielleicht alleine? Mach deinem Diocreatore ein bisschen Angst. Der ist sicher der Verbindungsmann. Wir brauchen konkrete Hinweise. Ruf mich an, ruf mich dauernd an, hörst du?«

Ich verspreche es. Mein Handy ist sogar schön aufgeladen. Vier Balken sind auf dem Display aufgerichtet, sie stehen stramm wie Soldaten. »Ich fahre jetzt zur Armenspeisung, um vier Uhr bin ich am Friedhof. Dann kriegst du Bescheid«, verspreche ich. Paolo klopft mir auf die Schulter. »Weißt du, ich glaube, wir sind nah dran. Am Wochenende machen wir den Sack zu. Was denkst du?«

Neue Zuversicht greift auf mich über.

»Wirst du verfolgt?«, fragt Paolo.

Nein. Nicht dass ich wüsste.

»Ich muss weiter. Mach's gut, *amico*.« Paolo gleitet hinaus, mit großen Schritten. Der hat's gut. Draußen wartet sein Fahrer auf ihn. Ich bin wieder alleine.

Zum stillen Aventinhügel fährt man am besten am Kapitol vorbei, von dem es bei Vergil vor zweitausend Jahren hieß, er sei »gülden heute, doch borstig von wildem Gestrüpp einst« gewesen. Begleitet von vielen vierrädrigen Fahrzeugen, biegt man an der Kirche mit dem Wahrheitsmund (Bocca della Verità) nach links hoch, wo links unten neben dem sachten Anstieg der Circus Maximus anfängt.

Oben auf dem Aventin liegt gleich der alte Park, der in seiner zur Stadt gewandten Mauer ein Bullauge aufweist, aus dem man genau auf den Petersdom sieht. Daneben thront die Kirche Sant'Agata. »*Aventinus mons*« ist einer der sieben Hügel Roms, und im Gegensatz zum Hügel der Patrizier, dem Palatin, lebten auf dem Aventin die Plebejer: die Armen. Erst nach 64 wurde der Aventin Quartier der Reichen und so ist es heute noch.

Die nächste Kirche heißt Sant'Alessio. Man durchquert einen Hofeingang und hat gleich eine verwitterte Barockfassade vor sich. An einer Wand draußen lehnt ein übervoll bepacktes Rad. Eigentlich sieht man das Rad vor lauter weißen Plastiktüten nicht. Die Habe eines Menschen ohne Obdach. Das ist ein echtes »Readymade«, hingelehnt an eine Wand, und fertig ist die Kunst.

»Und, Meister«, reißt mich eine Stimme aus meinen Gedanken, »schönes Gepäck, oder? Hast du einen Euro?« Ein dicker Mann mit Vollbart und weißem Schlabber-T-Shirt grinst mich an. »Wie ein schwer beladenes Pferd«, lächle ich.

Im Innenhof von Sant'Alessio stehen rechts an einer Bank ein Dutzend Leute. Jetzt verstehe ich auch, warum täglich zur Mittagszeit Männer — meist Männer — den Weg zum Aventin auf sich nehmen. Von einem Haus neben der Kirche tragen zwei Kräftige einen großen Topf und stellen ihn auf die Bank. Eine Klosterschwester teilt Plastikteller und weiße Servietten aus. Ich nähere mich vorsichtig, stelle mich in drei Meter Entfernung neben die Wartenden, die sich anstellen und jeder einen Schlag Pasta mit Tomatensoße bekommen.

Plötzlich steht die Schwester vor mir und nötigt mir einen Teller und eine Serviette auf. Ich murmle was vom Frühstück, das ich gerade … »Keine Scheu«, sagt sie sanft. »Der Herr hat für alle etwas. Niemand ist gerne hier. Der Hunger ist eben stärker.« Ich ziehe den Kopf zwischen die Schultern und lasse mir auch eine Schöpfkelle geben. Ich fühle mich wie ein Betrüger.

Die Männer und eine kleine Frau schlurfen herbei und langen zu. Nur einer steht abseits, mit dem Rücken zu mir. Hat eine Mütze auf.

Zwei Meter neben dem Nudeltopf ist einer mit langen und strähnigen braunen Haaren völlig auf die Nahrungsaufnahme konzentriert. Jemand ruft ihm etwas zu, hängt ein »Marek« daran, und der Angesprochene knurrt etwas zurück, das Polnisch sein könnte. Ich stelle mich neben ihn, gleichfalls kauend. »Neu hier?«, fragt Marek.

»Ja, ziemlich«, sage ich.

Dann habe ich eine Eingebung. »Ich suche eine Frau, die Teresa heißt. Eine Hure«, sage ich, so probehalber. Er sagt: »Die Namen kennt man nicht immer. Teresa aber, die hatte ich mal. Ist aber lange her. Sehr lange. Weil du neu bist…« Er redet leiser. »Wenn du mal eine Frau brauchst und ein bisschen Geld übrig hast – Nähe Bahnhof Tuscolana, Via Ivrea, an der Ecke, ein Wohnwagen. Dreimal klopfen. Zum Sonderpreis.« Ich nicke.

Er wendet sich ab; dann beugt er seinen Kopf noch mal zu mir: »Teresa ist entweder tot oder untergetaucht. Na ja, es gibt andere.« Er schnauft, schaut gierig und lässt sich einen Nachschlag geben. Dann geht er zu dem, der ihn gerufen hat, einem stämmigen, kleinen Mann, und beide reden und schauen zu mir her.

Ich nehme zwei, drei Gabeln und winke ihnen zu, lächle harmlos, und vielleicht ist es mir auch gelungen, die linke Augenbraue hochzuziehen, wie Roger Moore das konnte als 007. Da springt irgendwie ein Farbfleck, blau, in Kopfhöhe zwischen den Leuten herum. Kommt mir bekannt vor. Das Gesicht dazu gehört Thomas. Der lächelt mich frech und provozierend an und sagt dann ganz laut: »Der da mit der gelben Jacke ist von der Polizei. Der kommt einfach her und isst gemütlich unser Essen.« Zehn Gesichter wenden sich zu mir her. In mir schrillt Großalarm.

34

Ich weiche zurück. Marek nähert sich: »Mein Freund hat dich schon öfter gesehen hier unten bei uns. Und du isst hier ganz ruhig, was den Armen gehört?« Er spuckt vor mir auf den Boden und schlägt plötzlich von unten an meinen Plastikteller, der hochhüpft, mir aus der Hand und zu Boden fällt. »He, er wirft das Essen weg!«, ruft er zu den anderen. Außer mir vor Wut spieße ich ihm die Gabel in die Brust, doch sie bricht ab, denn sie ist aus Plastik.

»Hilfe!«, brüllt Marek. »Mord!!« Ich laufe an ihm vorbei, stoße zwei Männer beiseite, bis ich den blauen Fleck vor mir habe, dann schlage ich Thomas mit der flachen Hand ins Gesicht, dass seine Pudelmütze fortfliegt und in der Soßenschüssel landet. Die Schwester schreit schrill. Schon fingern zwei an mir herum, zerren an mir, doch dann erheben sie sich plötzlich wie von Zauberhand und verharren in der Luft, ganz wundersam ist das, und da … sehe ich den Hünen vor mir, der sie beide an der Jacke gepackt hält, sie loslässt und mit zwei gezielten Faustschlägen – eins rechts, eins links – niederstreckt. Ein Engel! Joe! Ich jubiliere: »Joe! Zeig ihnen, wer du bist!« Er lässt seine Mütze hinauf in die Luft segeln, tänzelt wie zu seinen besten Zeiten, und wer sich ihm nähert, wird getroffen und fliegt beiseite wie ein weggeworfener Putzlappen.

Essen spritzt herum, Becher fallen zu Boden, Marek stürzt auf die Soßenschüssel, die selber umstürzt. Joe beherrscht indessen die Lage und ruft mir zu: »Böse Menschen! Lauf weg, Radfahrer! Ich komme nach. Meine Freundin wartet.« Ich laufe im Zickzack los und brülle »Danke, Joe!« über meine Schulter, die dann einen dünnen Mann, der hilflos dasteht, zu Boden wirft. Der Weg ist frei, mit fliegenden Fingern mein Rad befreit; drei Meter weiter humpelt schon der Erste heran, und ich jage den Abhang links hinunter: Ich habe ein gutes Fluchtfahrzeug.

Puh! Meine Liebe zu den Obdachlosen ist plötzlich abgekühlt. Thomas, die Ratte, der Verräter. Das muss der Alkohol sein: Er macht labil und zerstört die Werte, vor allem die Loyalität zu Landsleuten. Joe hat die Lage unter Kontrolle. Jetzt bin ich also wieder am Ausgangspunkt, vor der Statue am Fuße des Aventinhügels. Und noch zwei Stunden Zeit. Diese Stadt ist hervorragend, wenn man Zeit totschlagen muss. Wieder halb den Hügel hinan, kann man etwa in den städtischen Rosengarten eintreten und sich auf ein Bänklein setzen.

Der Aventin ist so ruhig und wunderschön. Mit einem mulmigen Gefühl radle ich wieder vorbei an Sant'Alessio, und dort vorne, wo die Straße links steil hinuntertaucht, kann man geradeausfahren und den Vorplatz der Kirche Sant'Anselmo passieren. Bäume, drei Autos, ein Schild weist nach rechts zum Souvenirshop der Benediktiner. Sant'Anselmo ist eine junge Kirche, und hier hat der Oberste Benediktiner seinen Sitz, der Notker Wolf heißt.

Er kommt aus St. Ottilien in Oberbayern, einer wichtigen Niederlassung der Benediktiner, die Mönche als Missionare in alle Welt aussendet. Ich sperre mein Fahrrad an und setze mich noch ein wenig in die Kirche. Notker, der Abtprimas, hat vor nicht langer Zeit – es stand einmal in *La Repubblica* – das Album »Rock my Soul« herausgebracht mit seiner Band. Er liebt ZZ Top und die Rolling Stones und spielt Elektrogitarre. Vielleicht würde Notker sogar zu meinem King-Crimson-Konzert am Sonntag mitgehen. Auch auf dem Campo Verano hätte ich ihn gern dabei: Er könnte einen Darsteller des Lieben Gottes kennenlernen, den mikropotenten Diocreatore. Aber wie sagte Thomas, die Ratte? »Vielleicht ist der gar nicht verrückt.« Schön kühl ist es in der Kirche. Nein, ich habe gar nichts gegen den Katholizismus. Weil ich als Bayer ohnehin eine barocke Seele habe. Drei Uhr schon.

Der Campo Verano liegt östlich vom Bahnhof Termini. Von hier aus ist der direkte Weg am günstigsten, am Circus Maximus längs zum Kolosseum, dann die Via Cavour hoch.

Ich nähere mich endlich dem Haupteingang auf einen rechteckigen Platz unter Bäumen. Viele fliegende Händler mit Blumen. Hinten rechts, am Ende einer Gasse, ist das Friedhofsbüro, wo sie zu einem Namen einen Zettel geben, auf dem die Wohnung des Toten notiert ist. Denn der Campo Verano ist eine echte Stadt der Toten. Links vom Haupteingang erheben sich zwei Poller, verbunden durch eine gedrechselte Girlande, über die man so leicht stolpert. Da wird mein Rad geparkt. Ich bin bald wieder da. Fahr nicht weg. Du kannst ja eine Weile über die Vergänglichkeit meditieren, die dich nicht viel angeht.

35

Das Feld der Toten. Über dem monumentalen Eingang des Campo Verano sitzen vier riesige Statuen als Allegorien für Stille, Glauben, Meditation und Hoffnung. Man verlässt die Welt der Lebenden und betritt die der Verschwundenen. Wo das wirkliche Totenreich beginnt und das bemalter Steine endet, wussten auch die Griechen nicht. Der Eingang zum Hades konnte mal am äußersten Osten, mal am äußersten Westen der als flach gedachten Welt liegen. Dort unten verkehrten die Schatten, also die Seelen der Toten. »Erfüllt ihr Schicksal, stiegen sie hinab in das Haus des Hades«, heißt es in Homers *Ilias* über die Leute, die Agamemnon niederhaute. Vergil meinte, das Tor zum Hades sei »Tag und Nacht geöffnet«. Rund um die Uhr. Guter Service.

Der »Cimitero monumentale del Verano« ist so groß wie die halbe historische Innenstadt. Viele hunderttausend Tote. Eine Million? Der Campo Verano ist in »*Ordini*« mit arabischen Zahlen unterteilt — das sind die Gänge —, in »*Riquadri*« — die »Mietshäuser« — sowie in Grabnischen, die Wohnungen, »*Loculi*«. Dieselben breiten, asphaltierten Wege wie auf dem Wiener Zentralfriedhof oder in Hamburg auf dem Ohlsdorfer Friedhof. Oder wie in Chicago. Dass man in Rom ist, merkt man daran, dass auch die Großmütter auf dem Friedhof in ihren

Autos schneller fahren, als es der Pietät zukommt. Radfahren ist verboten.

Hunderte Mausoleen und Katakomben, Zehntausende kleine Emailleschilder mit Inschriften über Menschen, von denen nur ein Name und zwei Lebensdaten bleiben. Der Himmel ist blau, nur ein heftiger Schirokko weht und bläst Plastiktonnen voller welker Blumen um, zerschlägt Porzellanvasen, treibt Papierfetzen über den Weg. Wo kommt der plötzlich her? Auf dem Aventin schien doch alles ruhig. An einer Biegung steht eine Limousine mit offener Heckklappe, ein schwerer Holzsarg darin, daneben ein Dutzend Trauernde, wartend. Wenige Autos fahren herum, nur der Wind streicht durch die Wege. Ich habe Riquadro 44 und 45 erreicht.

Die Häuser der Toten sind kunstvoll aufgebaut wie verwinkelte Palazzi; nur gibt es keine Namensschilder mit Klingeln, eher ist es, wie man heute sagen würde, eine Speicheranlage mit Flächen zum Anklicken. Hinter den Tafeln, die die Wände bedecken, liegen die Knochen der verwesten Körper. Am Eingang führen Treppen im Zickzack nach oben. Ein Hof, auf dem ein Springbrunnen plätschert. Zwei Stockwerke. Im Erdgeschoss öffnen sich acht Galerien, mit römischen Ziffern benannt. Darin sind Urnengräber.

Da ist also Riquadro 80. Kurz vor vier. Dieses Totenhaus habe ich ausgewählt, weil hier oben im zweiten Stock (Loculo 38, Ordine II) Ludwig Staudenmaier seine Ruhestätte hat, Professor für Chemie aus Freising, gestorben am 24. August 1933 zu Rom. Er hatte mit sich selbst experimentiert, in sich verschiedene Persönlichkeiten erschaffen, die miteinander diskutierten und stritten. Es war einer der furchtbarsten Selbstversuche, um herauszufinden, wie sich eine Persönlichkeitsspaltung auswirkt. Den Ludwig hat es dabei zerlegt. Er brachte 1921 sein Buch unter dem harmlosen Titel »Die Magie als experimentelle Naturwissenschaft« heraus, heute ein Klassiker.

Ich gehe auf den Springbrunnenplatz, es ist zehn nach vier, und ein seltsames Gefühl beschleicht mich.

»Nicht bewegen. Nicht schauen. Ich bin weiter oben.« Er sieht mich, ich ihn nicht. Eine dunkle, laute Stimme. »Du bringst alle in Gefahr. Vor allem die Mädchen. Wir brauchen etwas von dir: die kleine Schwarze. Bring sie zurück, du hast zwei Tage Zeit.« Er steht vermutlich hinter einem der Palazzi.

»Ich weiß nicht, wo sie ist!«, rufe ich. Plötzlich fühle ich mich wie ein Darsteller in einem antiken Drama, in einem kosmischen Drama. Ich denke an Sergio. Es geht um Gut und Böse. Ich werde ruhig. »Was ist das für ein Deal? Was habe ich davon?«

»Dann verschonen wir die Mädchen. Sonst müssen sie sterben.«

Ich denke nach und schreie hinauf, und der Wind reißt mir die Silben von den Lippen. »Sie sind eure Versicherung und euer Kapital. Die Polizei ist in eurer Nähe, ihr seid fast eingekreist; es wäre besser, ihr gebt auf und lasst die Mädchen frei!« Hundert Gedanken. Was ist das hier? Spricht er wirklich für die Bande und ich für die Staatsmacht? Oder sind wir zwei Schwätzer mit Sinn für bühnenwirksame Auftritte?

Da steht er oben in einer Gasse, und sein Hemd und die Hose flattern im Wind. »Niemals!«, brüllt er zurück. »Hör auf zu schnüffeln! Wir können dich töten!«

Was für eine theatralische Szene! Ich fühle mich unbesiegbar und rufe hinauf: »Jesus hat gesündigt. Er hat Morde begangen. Er wird dafür bezahlen!« Das ist ein Bluff. Ich will ihm richtig Angst machen.

»Nein!« Er ist in den Schatten zurückgetaumelt. »Jesus ist schwach, aber kein Mörder. Lass ihn aus dem Spiel!« Da ist seine Schwäche. Er wankt.

Ich frage scharf: »Und was ist mit dem Polen am Monte Mario? Mit dem Polen am Bahnhof Tiburtina?«

Der Diocreatore ruft zurück: »Niemals! Jesus ist kein Mörder.«

Ich setze nach: »Wir müssen wissen, wo die Mädels sind. Die Zentrale. Dann kann Jesus frei sein.« Damit habe ich nichts versprochen. Ich bin obenauf. Aber was ist der Diocreatore, was vermag er gegen das Böse? Hat er etwas zu sagen bei den Archonten?

Er hat sich wieder vorgewagt. »Wir müssen Jesus retten. Ich schwöre, dass er keinen Mord begangen hat.«

»Gegen die genaue Adresse. Wir können diese armen Frauen retten.«

Er erwidert: »Dann wisst ihr also nicht genau, wo die Zentrale ist?«

Es ist ein verdammtes Pokerspiel. Ich gehe zwei Schritte nach vorn und lehne mich an den Brunnen. »Wir können Jesus und dich von der Polizei beschützen lassen«, werbe ich.

Stille. Wir denken beide angestrengt nach. Ich muss reden. »Die Zeit wird knapp. Die ganze Polizei Roms ist unterwegs. Für die Bande seid ihr eine Gefahr. Sie wird euch ausschalten. Ihr könnt euch noch retten.«

»Was sage ich den anderen? Was sage ich ihnen?«, wimmert er. Wieder klingt es unecht. Ich muss etwas Konkretes haben.

»Jesus kommt zu uns, sagt, wo die Zentrale ist, und wenn er keinen Mord begangen hat, kommt er frei.«

»Gut!«, ruft er. Das klingt nun anders, fast energisch. »Sonntag ist immer so viel los in der Stadt. Jesus ist am Montag um vier Uhr nachmittags in der Kirche Domine quo vadis. Du bringst die kleine Schwarze mit. Dann erfährst du alles. Mein Wort!« Bevor er sich zurückzieht, sagt er noch: »Du solltest heute nicht heimgehen. Das sagt dir der mikropotente Diocreatore. Bis bald.« Stille.

Ich stehe wie angewurzelt. Auf dem Rückweg verirre ich mich. Es ist kein Mensch unterwegs. Oben auf dem »Pincetto«, einem Hügelchen, stolpere ich lange umher. Ein Mausoleum steht da neben dem anderen, und über sie alle hinweg blickt ein Wasserturm. Auf dem Grabstein eines Bildhauers sitzt eine schwarze Katze. Die Grabplatte ist sicher schön warm. Und dann endlich die Serpentinen nach unten, die an einem Säulenumgang enden. Noch mehr Katzen. Eine mit hellbraunem Fell liegt im Schatten eines Grabmals wie tot.

Ich bleibe stehen. Manches dringt einem erst mit Verzögerung ins Bewusstsein. In die Stimme des Diocreatore hatte sich Triumph geschlichen. Und wenn er es ist, der nicht nach Hause geht? Er geht nicht mehr zu den Archonten und ahnt seinen Tod. »Sie werden dich töten.« Hat er mich angesprochen und sich gemeint?

Die hellbraune Katze regt sich. Ich gehe zu ihr und streichle sie. Unser Fahrrad-Presidente sagte mir, die Katze sei das römische Wappentier. Sie passt in ihrer Rätselhaftigkeit und Trägheit gut zu den Römern, nur das Lautlose liegt den hiesigen Zweibeinern nicht so.

Jetzt aber Dienstschluss. Am Haupteingang sehe ich: Das Hinterrad ist platt. Vorher war doch noch alles in Ordnung! Also zwanzig Minuten Geduld. Die Stille, der Glaube, die Meditation und die Hoffnung sehen von oben geduldig zu, wie ein Radfahrer vor dem Haupteingang zum Campo Verano einen Schlauch repariert. Die haben es gut, Zeit kennen sie nicht.

36

Ich fahre um den Campo Verano herum, und das ist ein ordentliches Stück. Manche Totenhäuser ragen über die Mauern, und sogar aus der Ferne sieht man sie. Die roten Flämmchen auf dem Friedhof Verano flackern oberhalb der hohen Umfassung, wenn man da nachts vorbeikommt, wie es oft war nach einer Versammlung im Bürgerzentrum Tiburtina. Nachts fährt man am besten auf der Busspur, und dann grüßen dich alle. »Wo ist das Leben, das ich geliebet? Wo ist das Leben, das mich geliebet?«, jammern die gnostischen Seelen.

Ein über Gebühr gefüllter Tag war das. Ich habe Diocreatores Mahnung noch im Ohr, nicht heimzufahren. Ich lasse den Campo Verano hinter mir, fahre über die große Brücke, die die Eisenbahnschienen überquert, schwenke nach links hinunter und bin plötzlich auf der verlassenen Via dello Scalo Tiburtino, die zu den Gleisen hinunterführt.

Eine leere Phantomstraße ist sie. Da irgendwo war es — ja, es gibt in der flachen weißen Betonmauer vor den Gleisen eine Bresche. Diese Gegend hier muss nachts völlig vereinsamt sein. Wer würde da freiwillig auf die Gleise treten? Ein Gleisland breitet sich vor mir aus. Hinter mir, auf der anderen Straßenseite, ein Gelände hinter Zaun. Ein Land von Privatleuten. Überall Grenzen.

Eines muss das Schnellbahngleis sein. Ein Zug rauscht von rechts herbei und läuft in den Bahnhof ein. Nach zwei Gleisen kommt ein übermannshoher Zaun. Er muss eine Lücke haben, ich traue mich nicht, muss aber dorthin. Überrollt werden, weggeschleudert — ein schrecklicher Tod wäre das und schrecklich für die anderen die Aufräumarbeit hinterher. Suchen, das Rad den Zaun entlangschieben. In der Lücke im Zaun glitzert etwas am Boden. Ich greife danach: Es ist eine Kette mit einem kleinen Medaillon, das die Muttergottes zeigt. Der Verschluss funktioniert noch, und ich hänge es mir um den Hals. Antun hieß der, der hier starb.

Mir fällt plötzlich eine Zeitungsnotiz ein. Vor acht Tagen haben die Carabinieri ein illegales Zeltlager gestürmt, eine Art Bidonville auf 20000 Quadratmetern für fast vierhundert Menschen, aufgeteilt in drei Kolonien: Rumänen, Albaner, Sudanesen. Sie hatten sich auf einem aufgelassenen Gelände der Eisenbahn in der Nähe des Bahnhofs Prenestina breitgemacht. Die Aktion muss kurz nach dem Tod der beiden Ukrainer stattgefunden haben. Auch vier Hunde hat der Veterinärdienst der Comune di Roma dem Hundezwinger »zugeführt«, wie es in Deutschland hieße.

Mir fällt ein, dass ich dringend Paolo Fortunato Falconi anrufen muss. Er will ja wissen, ob ich den Friedhof als Lebender verlassen habe. »Ich habe auf deinen Anruf gewartet«, bestätigt er. »Wo bist du?«

»Im Niemandsland. Nähe Bahnhof Tiburtina.« Dann berichte ich ihm. Etwas zu erzählen hilft einem, die Eindrücke zu ordnen. »Praktisch«, sage ich Paolo, »hat der Diocreatore einem Treffen mit Jesus zugestimmt, vier Uhr, Montag, Kirche Domine quo vadis. Er sagt uns, wo die Zentrale ist.«

»Einfach so?«, fragt Paolo.

Ich entgegne: » Er will Eli haben.«

Paolo schweigt. Dann: »Da ist etwas faul. Sie spielen auf Zeit. Es ist erst Donnerstagabend. Wir müssen rauskriegen, wo die Mädels genau sind. Wir müssen schneller sein. Und wir arbeiten Tag und Nacht daran. Pass gut auf dich auf, Rudi!«

Ich verspreche es. Paolo muss ja nicht wissen, dass ich noch nicht weiß, wo ich die Nacht verbringen werde.

Die Straße, in der ein Lager von Illegalen liegt, heißt Via Camesena, das weiß ich von Paolo. Mein Stadtplan zeigt sie mir. Ich muss zurück. Nun habe ich das Gleisland zu meiner Rechten, und da ist links eine Fläche, auf der weit entfernt quer ein weiß-blauer Fiat Panda mit der Aufschrift »Metronotte« neben einem Häuschen parkt, und ein Bewaffneter mit Sonnenbrille steht wie eine Statue da. Ein privater Wachmann. Hinter ihm ahne ich eine Mauer, die vielleicht zu dem illegalen Lager an der Via Camesena weiter oben gehört.

Dann biegt die Camesena gleich ums Eck. Sie bohrt sich hinein in den Raum, zu beiden Seiten von drei Meter hohen Mauern aus weißen Steinquadern begrenzt. Ich rolle beklommen hinein, zweihundert Meter, vorbei an einem halb offenen Metalltor, aus dem man das Klacken von Tischtennisbällen hört und Tanzmusik. Weiter vorn sieht man auf eine Mauer. Ende der Straße. Eingemauert ist man. Es ist eine schreckliche Sackgasse, man wagt sich hinein und muss wieder zurück. Nachts muss die Via Camesena wie ein Tunnel sein.

Jetzt bin ich wieder an dem Metalltor. Ich schaue die holprige Straße entlang. Auf den Mauern vor dem Ausländer-Gelände ringeln sich Schlangen aus Stacheldraht. Dann fasse ich mir ein Herz und schiebe mich durch den Eingang. Drei, vier Einkaufswagen stehen herum. Vor einer Hütte spielen zwei

Kinder Tischtennis. Zeltplanen auf Stützen, windschiefe Hütten mit Blechdächern. Diese Siedlung gibt es also noch.

Da gehen zwei Afrikaner über die Fläche, friedlich plaudernd, und verschwinden unter einem Zeltdach. Ich bin etwas unschlüssig. Es fehlt mir der Mut, mitten hinein zu fahren. Bin ich noch in Mitteleuropa? Ich überblicke die Siedlung, auf den Lenker gestützt. Hinter mir schiebt ein junger Osteuropäer einen Einkaufswagen herein, er ist auf ihn aufgesprungen, rollt mitsamt zwei großen Plastikbehältern voll mit Wasser. Der Mann springt ab, baut sich vor mir auf und fragt: »Willst du was?«

37

»Hier haben doch Stepan und Antun gelebt, die Ukrainer. Müsst ihr kennen.«

»*Già*«, sagt er knapp.

»Die armen Kerle. Kann ich mit einem reden, der sie gekannt hat?«

Ein kleiner Mann mit vernarbtem Gesicht steht plötzlich da und wechselt ein paar Worte mit dem Wasserträger. »Da musst du mit Leonard reden. Der ist Ukrainer, der war mit ihnen zusammen, mit Stepan und Antun«, sagt er. »Warum willst du das wissen?«

Ich steige ab. »Ich habe Antun gekannt. Guter Mann. Möchte wissen, wie er umgekommen ist.«

Der Junge schaut mich scharf an. »Bleib da stehen. Ich hol dir Leonard.«

Ich nicke und schiebe mein Fahrrad etwas zurück, eine Geste der Besänftigung. Drei Afrikaner haben sich in fünf Metern Entfernung aufgestellt und reden, anscheinend über mich. Mein Fahrrad würde ihnen sicher gefallen. Dann nähert sich ein Mann mit langen weißen Haaren, der einen durchlöcherten roten Pullover trägt. Er bleibt zwei Meter vor mir stehen.

»Ich bin Leonard. Sag Leo zu mir. Woher kennst du Antun?«

»Ich habe von seinem Tod erfahren. Ich bin Journalist, schreibe über arme Menschen in Rom. Ich würde gerne wissen, wie er gestorben ist.«

Leonard lacht. Das Klacken von Tischtennisbällen. Leiernde Musik aus einem Rekorder. »Kannst du ja machen. Jedenfalls ist er tot und Stepan auch. Vor einer Woche waren wir zu dritt, wir haben gemeinsam getrunken. Jeden Abend, eine Ewigkeit lang. Jetzt nicht mehr. Nun bin ich noch da. Stepan und Antun haben sich umbringen lassen. In einer Stunde, in der Nacht. Antun hier, Stepan am nächsten Bahnhof. Zwei Freunde verloren unter dem Zug in einer Nacht. Stepan war vorher schon weggegangen mit einem. Da hinten, da ist ein Loch in der Mauer, übers Gelände, zu den Gleisen. Ich sage noch: Stepan, bleib hier, morgen früh hab ich wieder eine Flasche. Bitte bleib hier. Er war so drauf, musste jetzt und gleich eine halbe Flasche haben. Mehr kann ich nicht sagen.«

Er schüttelt den Kopf. »Am Morgen habe ich es erfahren. Ein Albtraum. Stepan und Antun. Und jetzt habe ich Durst. Der Durst ist ewig. Den nimmt mir keiner weg.«

Ich frage noch: »Wer kennt sonst noch die beiden Ukrainer? Freunde, Angehörige?«

Leonard zuckt die Schultern, murmelt etwas und entfernt sich langsam, wartet aber ab, dass ich selber mich entferne. Draußen stehe ich dann in Gedanken.

Plötzlich kommt ein kleiner schmutziger Junge angerannt und hält mir einen Zettel hin. Darauf steht eine Adresse in der Nähe des Aquädukte-Parks. Der Kleine schaut mich erwartungsvoll an, und ich gebe ihm einen Euro. Woher weiß man eigentlich, frage ich mich, dass die beiden mit einer Stunde Abstand ums Leben kamen? Kein Gerichtsmediziner wäre so kühn, das zu behaupten. Zeugen gab es nicht. Außer, man wüsste, welcher Zug sie überfahren hat, denn die Zeit ihrer Vorbeifahrt kann man sehr wohl ermitteln. Ich fahre aus der

Einbahngasse hinaus und biege um die Ecke, um den anderen Ausgang des Geländes mit dem Metronotte-Mann zu erreichen.

Die Gleise. Ein fernes Rauschen schwillt an, dann zischt ein Zug vorbei. »He, Sie!« Das klingt ziemlich drohend. Ich drehe mich um, der Metronotte-Mann hat mit der Hand auf seine Pistolentasche geschlagen. Er ist hier, nah am Zaun; die Statue hat sich also bewegt. Es ist ein korpulenter Mann mit dicker Sonnenbrille, kräftigen Schenkeln, feistem Gesicht, wie ein amerikanischer Sheriff, wie ein Wachmann aussehen muss.

Nur hat er nicht den breiten Lincoln, sondern muss seinen Körper in den spartanischen Panda quetschen, das ist der kleine Unterschied. »Ich hab dich doch vorher gesehen«, sagt er und öffnet die Druckknöpfe des Täschleins. »Gibt's Probleme hier? Suchst du was Bestimmtes, Radfahrer? Solche Leute wie dich kennen wir, Linke, Asoziale, wie die da droben. Auf solche können wir verzichten.«

38

»Ruhig, ruhig«, besänftige ich ihn. »Ich bin nur Tourist. Aus Deutschland. Mir gibt dieser Fall von zwei Ukrainern zu denken, die überfahren wurden. Einer hier. Sind Sie deswegen da?«

Weswegen er hier stehe, sei seine Sache, sagt er. Die Sonnenbrille behält er auf. Ich nehme meine auch nicht ab. Zwei verspiegelte Sonnenbrillen schauen einander an.

»Die Frage ist: Ist er von der Camesena gekommen, von da oben?«

Das werde sich nicht mehr klären lassen, so wie der ausgesehen hätte, meint er.

»Schlimm«, sage ich. Das seien Bekannte von mir gewesen. »Schöne Bekannte«, höhnt er. So kommen wir nicht weiter. Ich versuche es mit Einfühlung: »Ist wohl ein öder Job, da rumzustehen.«

»*Già*«, sagt er. Da hinten das Häuschen, ob ich mich da mal umschauen könne? Ohne Überprüfung der Personalien? Das fände ich richtig nett. Er nickt und lässt mich rein, zu meiner Überraschung. Das Rad bleibt draußen.

Er geht also breitbeinig neben mir her, Hand an der Pistole. Ein Backsteinbau, vielleicht von einer früheren Firma. Drinnen eine Holzbank und zwei Plastikstühle. So sehen sonst Warteräume in italienischen Krankenhäusern aus. Unter der Holzbank liegen zwei Wodkaflaschen, Marke Poliakow. »Das ist doch was!«, rufe ich aus. »Ein Indiz!«

»*Macché indizio*!«, ruft der Italiener aus. Was ist das schon für ein Indiz! Jemand habe vielleicht gewartet, meine ich, mit Wodka. Man zecht fröhlich, dann wird es ungemütlich, und man geht zu den Gleisen … Das gehe ihn nichts an, sagt der Metronotte-Mann.

Er passe nur auf, bis endlich neue Tore befestigt seien. Das könne schon morgen geschehen. Ich lache ihm ins Gesicht. Das kann nur die Hitze sein, die ihm solch einen tollkühnen Gedanken eingibt. Der steht in zwei Wochen noch da, sage ich mir, wir sind ja in Italien. Dann schüttle ich ihm die Hand und danke ihm. Trotz Uniform und Waffe ist er ja auch nur ein armer Hund. Ich darf wegfahren, er muss bleiben und über das öde Gelände schauen.

Wodka, das trinken Russen, Polen und Ukrainer, aber ich nur, wenn ich völlig abgebrannt bin. Die Flasche kostet im Supermarkt 5,80 Euro. Ich rolle zurück, den Hügel hoch und werfe noch von der Brücke einen Blick hinunter zum Bahnhof Tiburtina. Der Bahnhof Tiburtina.

Am 17. Oktober 1943 abends standen da verplombte Eisenbahnwaggons, darin waren eingepfercht tausendundsieben Juden, die die Deutschen am Tag zuvor in Rom zusammengefangen hatten. Der Zug fuhr am nächsten Morgen ab — nach Auschwitz. Nur siebzehn Menschen kamen zurück. Eine Gedenktafel an Bahnsteig 1 weist darauf hin. Im ehemaligen Ghetto am Portico d'Octavio haben sie den »Platz 16. Oktober 1943« eingeweiht. Und in Rom gibt es ja in der Via Tasso 145 das ehemalige Nazi-Hauptquartier, ein normales Mietshaus, und an einer Wand im vierten Stock mit den ehemaligen Arrest- und Folterzellen liest man das Fernschreiben, in dem SS-Obersturmbannführer Kappler dem General der Waffen-SS Wolff den Abschluss der Aktion »Judenrein« verkündete.

»Judenaktion heute nach büromäßig bestmöglich ausgearbeitetem Plan abgeschlossen. Einsatz sämtlicher verfügbarer Kräfte der Sicherheits- und Ordnungspolizei. Beteiligung der italienischen Polizei war in Anbetracht der Unzuverlässigkeit in dieser Richtung unmöglich.«

Ich könnte noch gleich zum Aquädukte-Park fahren, durch das hässliche Tor Pignattara. Endlich bin ich auf dieser wunderbaren Straße entlang dem alten bemoosten Aquädukt, tauche unter einem Tor durch und ein in diese seltsame Siedlung »La Rustica« südlich des Bahnhofs Tuscolana.

Da stehen noch mehr Aquädukt-Relikte aus vielen Jahrhunderten. In ihrem Schatten eine Zeile von einstöckigen Häusern hinter schmiedeeisernen Toren, ockerfarbige Häuser mit blaugrünen Garagentoren, mit Agaven und Palmen in den Gärten, und eng ist die Straße, die ins freie Land hinausführt. Da ist kein Mensch. An einer Ecke fällt mir ein offener, rotweißer Schlagbaum auf. Dahinter verfallene Häuser. Ich taste mich näher. Zwei junge Männer und eine Frau gehen vorbei, schauen neugierig. Ich frage: »Ukrainow?« Sie nicken. »Stepan, Antun«, sage ich mit ernstem Gesicht. »Kennt ihr die?« Sie schauen sich an. Sie reden untereinander. Sie winken mich her. Ich schließe mein Rad ab und komme mit.

39

Sie führen mich in einen Hauseingang und dann in ein dunkles Zimmer, in dem eine dicke Frau und ein kleiner, hagerer Mann sitzen. Sie bewegen sich nicht. Die zwei Jungen, die mitgekommen sind, reden, ich höre »Stepan« und »Antun«. Die Frau erhebt sich langsam und fängt zu reden an, schnell, schrill, ihre Hände gestikulieren … Eine junge Frau steht unvermutet im Türrahmen und sieht mich an. Sie sagt auf Italienisch: »Die Mutter von Stepan. Sie ist hier drinnen, seit er tot ist. Sie sagt, ihr seid schuld. Ihr habt ihn umgebracht. Er war ein guter Junge.«

Die dicke Frau mit ihrem weiten Rock und den hochgesteckten Haaren hat einen starren Blick. Sie spricht leise, sie hört nicht auf zu reden. »Niemand ist gekommen«, sagt sie nun auf Italienisch, damit ich sie verstehe. »Ihr seid nur froh, wenn wir weggehen.«

Ich nicke betrübt. Was kann ich sagen? Die Mutter schüttelt den Kopf. Ich will ihr die Hand geben, sie dreht sich um. Der Mann neben ihr schaut auf seine Hände.

Die junge Frau ist hübsch und trägt ein Kopftuch. Sie winkt mich heraus in den Flur. »Stepan ist meist am Sonntag gekommen. Antun war auch immer dabei. Einmal war Leo mit. Auch Leo kenne ich. Was dann passiert ist…« Sie wisse nicht, was Stepan und Antun getrieben hätten, aber Geld hätten sie immer mitgebracht. »Das letzte Mal aber war Stepan anders. So fünf Tage vor seinem Tod. Er hatte Angst. Er sagte, er würde am liebsten wegfahren. Die beiden hatten Geschäfte, die vielleicht anderen nicht gefallen haben.«

»Was waren das für Geschäfte?«, möchte ich wissen. Sie zuckt mit den Achseln.

»Davon weiß ich nichts. Einmal habe ich sie in der Nähe vom Bahnhof Tuscolana getroffen, das war komisch. Geschäfte, hat Stepan gesagt. Danach hatte er wieder Geld.« Wir gehen ins Zimmer. Einer der jungen Männer holt aus dem Schrank eine Flasche Rotwein und stellt sechs kleine Gläser hin, schenkt aus.

Wer könnte einen Menschen zwingen, vor einen Zug zu laufen? Auf einem riesigen Gelände zumal? Einer starb in der Tiburtina, wo sie im Lager gelebt, der andere in der Tuscolana, wo sie

Geschäfte hatten. Sie waren wohl Geschäftspartner, und jemand hatte etwas gegen diese Geschäfte.

Die junge Frau fragt, ob ich zu Abend gegessen hätte. Sie legen eine weiße Tischdecke auf und dann stehen bald Brot, getrocknete Tomaten, Peperoni, Salami und Käse da. Wir essen auf Plastiktellern mit Plastikbesteck. Gedämpfte Gespräche.

»Sie sind kein Italiener«, wendet sich die alte Frau an mich.

Nein, ich sei Deutscher, seit zwei Jahren hier, ohne Arbeit, meine Frau arbeite, nun sei da diese Geschichte, ich würde einem Freund helfen …

Der hagere alte Mann fragt: »Polizei?«

»Ich bin nicht von der Polizei«, sage ich wahrheitsgemäß. »Ich bin Journalist.«

Das Gespräch kommt auf den Fußball, auf die große Hitze hier im Juli, die Regierung.

»Wir arbeiten. Aber wir sind alle illegal. Jeder kann uns verraten und fortschicken«, sagt die junge Frau.

Ich sage ernst: »Ich möchte niemanden fortschicken. Jeder soll leben können, wo er will, und sein Brot verdienen. Aber man muss dafür sorgen, dass es keinem schlecht geht. Dass keine Frauen gequält werden.«

»Warum das?«, will einer wissen. Ich deute an, dass es Banden gebe, die Frauen zur Prostitution zwängen, dass man das ändern müsse. Plötzlich habe ich das Gefühl, dass alle am Tisch etwas wissen, aber es untereinander nicht sagen, dass dieses Etwas wie ein großes schwarzes Loch ist, vor dem wir sitzen. Geld wieder da, ganz plötzlich. Der Wohnwagen in der Nähe vom Bahnhof Tuscolana. Geschäfte, die den Archonten nicht passten. Vielleicht Jesus, der mit dem Hund ankam. Diese vagen Szenen verdichten sich zu einer Kette von Bildern.

Noch eine Flasche kommt auf den Tisch, wieder Rotwein, der schrecklich schmeckt, herb und essigartig. Doch ich bin nun satt und fast fröhlich, lehne mich zurück. Diocreatore meinte ja, ich solle heute nicht heimfahren. Nun sitze ich da und habe das Gefühl, nicht mehr aufstehen zu können, mich nie mehr von diesem Stuhl zu erheben. Ich solle erst mal etwas rauchen, meint vergnügt einer der jungen Männer. Der Fernsehapparat wird eingeschaltet. So ein Abend vergeht im Flug, man trinkt und raucht, verständigt sich mühevoll und schaut immer mal mit einem Auge zu Raiuno.

Die Alten sind verschwunden, die junge Frau auch, die dann aber bald wieder hereinschaut und mich fragt: »Wollen Sie hier übernachten? Es ist schon zehn.« Was für ein Glück! Die beiden anderen müssten früh raus, sagt sie, ich könne oben auf einer Matratze schlafen.

Polja, so heißt sie, führt mich die paar Treppenstufen hinauf. »Ihr Rad ist draußen sicher. Sie hier drinnen auch.« Sie drückt den Türknauf nieder und stößt die Tür auf. Da ist außer einer Matratze nichts in dem Zimmer. Weiß gekalkte Wände. Boden aus Stein. »Etwas karg«, entschuldigt sie sich. »Aber oben eine Glühbirne. Übrigens«, sagt sie, neben mir in der Tür stehend. »Ich ...« Sie zieht mich ins Zimmer hinein und macht die Tür zu. Polja spricht hastig und undeutlich.

»Hören Sie, es ist nun ja nicht mehr von Bedeutung, Stepan und Antun leben nicht mehr, aber ich denke schon, dass sie ... Mädchen hatten, wenige, sie haben immer gesagt, sie führen jetzt ihre Hunde aus, und sich angegrinst. Ich will nur, dass Sie eins wissen: Ich bin sicher, dass sie diese Mädchen gut behandelt haben. Eine kam mal vorbei, als sie nicht da waren, ich war alleine, und sie hat gesagt, ich soll die beiden grüßen, von Lila. Richtig nett. Einmal war jemand da, der nicht unsere Sprache sprach, sie waren unten in einem Zimmer, und das klang nicht nett. Sie hätten aufhören sollen damit. – Sie verraten mich doch nicht?« Ich lächle sie an und schüttle den Kopf. Sie drückt mir schweigend die Hand und sagt: »Dann wünsche ich Ihnen eine gute Nacht.«

Am Fußende der Matratze liegt ein gelbes Betttuch, mit dem ich mich zudecken kann. Sogar eine Flasche Mineralwasser mit Plastikbecher steht da. Draußen fahlgelbes Licht einer Laterne. Ich lege mich im Dunkeln auf den Rücken, die Jacke unter dem

Kopf, und schaue an die Decke. Das hier könnte auch Kiew sein oder Lublin. Es ist wie eine Reise durch fremdes Land; man weiß nicht genau, wie man sich benehmen muss, man steht immer wie der Idiot da.

Ich sollte morgen ins Zentrum fahren, um mich noch zu vergewissern, dass ich tatsächlich in Rom bin. Ich möchte Berninis Teresa-Statue sehen, das bringt vielleicht Glück, in der Nähe bei Feltrinelli International in fremdsprachigen Büchern stöbern, auf der Spanischen Treppe sitzen. Ich bin ein freier Mann, aber ewig im Exil, wie schon die Gnostiker meinten.

40

Freitagmorgen. Wo bin ich? Ach ja, die Steppe. Der Balkan. Kein Muezzin ruft? Nein, aber ein Zug rauscht ganz nah vorbei. Polja klopft gegen neun an die Tür und schlägt vor, ich könne mit ihnen frühstücken. Nach einem wortlosen, etwas traurigen Frühstück mit ihr und den Eltern bedanke ich mich und suche den Weg an hohen Mauern von Grundstücken vorbei hoch zum Aquädukt.

Wenn man glücklich den Verkehrskreisel der Via Tuscolana hinter sich hat, muss man rechts hinein in die Via del Mandrione: Sie führt wieder zu den riesenhohen Bögen des Aquädukts, und unten haben Menschen, Nachfahren der römischen Baumeister, kleine Geschäfte eingerichtet – Autowerkstätten, Eisenwarenläden, Bars.

Das Wasser kam aus den Abruzzen und lief Jahrhunderte über diesen Aquädukt. Das muss man den Römern lassen: Sie setzten große Entwürfe um, eroberten die halbe Welt, setzten gewaltige Objekte in die Gegend.

Die Abgase der Autos schweben schon wieder so komisch in Bodennähe, gleiten verschwimmend weg: klares Indiz für Inversionslage, Smog. Dann, nach drei Straßen, neben mir die Kirche Santa Maria della Vittoria. Sie ist das letzte Haus der Straße XX. Settembre, ihr gegenüber ein alter Brunnen von

Papst Sixtus V. Viele Autos und Busse wälzen sich in der Schlucht zwischen Grand Hotel und Hotel Mascagni auf die Piazza della Repubblica.

Die fünf, sechs Radfahrer sehen armselig aus. Sie treiben wie Strandgut durch den Verkehr. Rechts neben den Kirchenstufen kettet ein junger Kapuziner in brauner knöchellanger Kutte sein Fahrrad an. Das hingegen hat Stil: Mit der Kutte durch Rom Fahrrad fahren. Direkt vor dem Eingang sitzt eine Zigeunerin, die ihre Hände faltet und sie sich vor die Brust legt. Ich will Teresa finden. Ich schlüpfe in die kühle, ruhige Kirche. Sie ist klein und bis in den hintersten Winkel barock. Auf den Seitengeländern stehen kleine Figuren mit elektrisch beleuchteten Heiligenscheinen. Hinter dem Altar prangt ein ausgreifender Strahlenkranz, doch in dessen Mitte ist kein Auge, sondern ein Bildchen, das man nicht erkennt. Links in der Ecke, hoch und mächtig, die Plastik des Bernini, die Durchbohrung der heiligen Teresa. Sie kippt halb nach hinten rechts, hat keine Berührung mehr mit dem Boden, ihr Gesicht wirkt verzückt, und oberhalb von ihr steht ein Engel und hat einen Pfeil auf ihr Herz gerichtet.

Ich rufe die heilige große Teresa an, stumm, nicht via Handy, und bitte sie, mir zu helfen bei der Suche nach der kleinen Teresa. »Ich muss sie finden«, flehe ich sie an. »Die armen Mädchen müssen gerettet werden.«

Beten ist ja vielleicht auch ein Selbstgespräch — man redet sich selber Mut zu, man sammelt sich und macht sich den Ernst der Lage klar. Ich nehme das Medaillon in die Hand und sage unhörbar: »Viele sind schon gestorben, auch wenn sie Sünder waren. Wir müssen es schaffen.« Ich will vorangehen und ohne Zögern handeln, ich will zu dem Eisenbahnwaggon. Und habe Angst davor. Das wird ein entscheidender Besuch, ich weiß es. Und dann, Teresa, *hasta la victoria*.

Teresa war Spanierin, 16. Jahrhundert. Ob wir uns heute verstehen könnten? Ich glaube schon. Teresa von Avila war eine strenge, unbestechliche, kluge Frau mit Humor und Selbstironie. Ich zwinkere Teresa zu und nehme geistig ihren Gesichtsausdruck mit.

Auf Feltrinelli International habe ich jetzt keine Lust. Ich fahre auf die Piazza Barberini zu. In einer Bar ein Hörnchen und ein kleines Bier. Ein paar Schritte entfernt steht eine Frau mit langen Haaren, Stiefeln, Umhängetasche und kurzem Rock. Geht auf und ab. Wartet sicher, dass man sie anspricht. Auf der anderen Seite schlendert eine, das Täschlein über die Schulter geworfen, ganz lasziv dahin, schleppenden Schrittes. Auch die. Große Hotels in der Nähe. Ein großer Sexmarkt, diese Stadt. Auch in der lähmenden Hitze. Unglaublich.

Weiter unten kenne ich einen mobilen Bücherstand mit Antiquarischem. Jedes Buch zwischen zwei und vier Euro. Da lasse ich meine Augen übers Angebot fliegen. Sie bleiben an einem Buch hängen. Rosa Rossi: *Teresa d'Avila, Biografie einer Schriftstellerin*; Taschenbuch von 1999, nicht zu dick. Drei Euro. Ein gutes Omen.

Vorbei am Parlament, durch die kleinen Gassen Richtung Tiber, Mittagsruhe fast schon. Das wollte ich ja, wieder Rom spüren, wie's im Zentrum ist. Da draußen verliert man jeden Kontakt zu diesem überquellenden Leben hier, diesen Tausenden und Abertausenden Menschen. Ich finde trotzdem eine stille Ecke, kann ein wenig im Teresa-Buch schmökern und mir die Sonne aufs Gesicht scheinen lassen.

Ich halte Rücksprache mit Paolo, der mir gleich Vorwürfe macht.

»Du musst öfter anrufen. Hast du noch etwas für mich?«

»Ich war bei den Ukrainern, und die beiden, die gestorben sind, hatten wohl auch einen kleinen Prostituiertenring.«

»Bravo, Rudi«, kommentiert Paolo. »Was machst du jetzt?«

»Ich bewege mich in Richtung Via Tuscolana und schaue, ob ich den Eisenbahnwaggon finden kann. Da ist eine, die weiß vielleicht mehr.«

Ich solle mich bald wieder melden. »Ach ja, Rudi, wir haben wieder eine tote Prostituierte gefunden, eine Nigerianerin, in einem Waldstück, Via Portuense. Ein Kunde ist vermutlich durchgedreht, hat seine Wut an ihr ausgelassen. Nicht schön.« Ob ich gestern die Fernsehnachrichten gesehen hätte? Die Rechtsregierung wolle ja viele Huren heimschicken, man wolle Ernst machen. Ernst machen, in Italien, na ja. Darüber reden wir nächstes Jahr wieder.

41

Arme Mädchen aus Nigeria verkaufen ihre Körper, und Schweinehunde verdienen daran, und andere Unmenschen meinen, ihre Wut an ihnen auslassen zu können. Schlagen sie tot. Was für eine verkommene Welt ist das doch, in die wir geworfen sind!

Ich fahre die Viale Aventino neben einer langsam zuckelnden Straßenbahn und dann neben den alten Stadtmauern her, über die Ausfallstraße Cristoforo Colombo und am Beginn der Via Appia antica vorbei. Irgendwann dann die Via Tuscolana, über die die Eisenbahnschienen hinüberführen.

Ach, ich bin sicher, dass ich den ominösen Wohnwagen nicht finden werde. Es gibt ihn nicht. Es wird die entscheidende Aktion des Tages, ich muss mir gut zureden. Ich bin einfach ein Kunde, und es muss ja nicht zum Äußersten kommen, außerdem ist es heiß. Aber andererseits wäre es schön, wenn es einmal wieder zum Äußersten käme, wenn sie hübsch ist, und zahlen muss ich sowieso. Dabei habe ich Angst; eigentlich mehr als vor den Archonten. Schräg unter mir liegt schon eine grasbewachsene Schlucht mit vier Gleisen, durch die alle paar Minuten ein Zug rollt. Auf der anderen Seite wachsen über einer Mauer Häuser hoch.

Dann die schmale Via Ivrea. Eine kniehohe Mauer und ein verrostetes Drahtgitter darüber sperren den Gehweg von der Böschung und der Schlucht mit den Gleisen ab. An der Ecke, vor einem Hofeingang und neben einem wuchernden Baum mit großen Blättern, steht tatsächlich ein scheinbar herrenloser

Wohnwagen, als hätte ihn ein niederländisches Ehepaar da stehen lassen. Ich fahre weiter und verstecke mein Rad hinter einem Baum und einem Altpapiercontainer. Da sehe ich es: das Loch im Zaun, zwischen mir und dem Wohnwagen. Unten ist ans Mäuerchen geschmiert »Serena ti amo«: Ich liebe dich, Serena. Ausgerechnet. Und oberhalb der Inschrift das Loch im Gitter, fünfzig Zentimeter hoch, dreißig breit. Ich denke an Stepan. Ja, da unten an der Böschung liegt sein Sterbeort, und das wird kein Zufall sein. Man hat ihn da hinuntergejagt.

Wenn Ausländer auf einem Gelände nahe des Bahnhofs jahrelang leben können, bis endlich einem Carabiniere etwas auffällt, dann kann wohl an dieser Ecke in einem grauen Wohnwagen eine Dame auf Kundschaft warten. Dreimal klopfen. Da stehe ich also und möchte gern anders, aber ich klopfe, etwas zaghaft, an die Waggontür. Viel zu zaghaft. Nochmal, energischer. Die Tür tut sich auf. Ein etwas verschlafen wirkender Mann steht vor mir. Er ist unrasiert, seine langen weißen Haare sind dafür gekämmt, und er trägt heute einen olivgrünen Armeepullover. Es ist Leo.

»Du?«, fragt er. »Du weißt, was es hier gibt?«

Ich nicke. Er lässt mich ein.

»Heute ist Lila hier«, sagt er. »Heiß wieder.«

Ah.

»Für dich kann ich keinen so guten Preis machen. Du bist kein Obdachloser. Achtzig. Und ein kleines Trinkgeld für mich, okay?« Ich rücke einen Hunderter raus. Da blutet mir das Herz. Das habe ich von meinen Vorfahren.

»Setz dich erst mal«, sagt Leonard. Heute hängen seine Backen noch tiefer herab, und die Tränensäcke sind ausgeprägter. »Trink einen Wodka mit mir, das entspannt. Besser zwei. Aber nicht mehr als zehn. Dann bringt man's nicht mehr.« Links ist ein kleiner Tisch mit Sitzbänken drumherum, rechts verwehrt ein herunterhängendes dunkelbraunes Tuch die Sicht. Eine Kerze brennt. Leonard setzt sich.

»Da hinten wartet Lila«, sagt der Hüter nach dem zweiten

Wodka. »Die meisten haben Angst«, sagt er. »Sind gestresst. Sind auch oft krank. Darum immer mit Gummi bei Lila. Du schaffst das schon. Nimm noch einen.«

Der vierte Wodka macht mich mutig: »Hast du keine Angst vor den Grauen?«

Leo erschrickt. »Vor wem?« Er hebt die flache Hand hoch. »Nicht erwähnen.« Er denkt nach. Dann legt er mir schwer die Hand auf die rechte Schulter. Seine Augen sind feucht.

»Wir dürfen hier sein. Wir geben etwas ab. Das war teuer. Es hat Stepan und Antun das Leben gekostet. Ich muss ihre Familien unterstützen. Die anderen Leute sind beunruhigt. Sie haben mich nach dir gefragt. Wenn sie dich hier erwischen, sind wir alle dran. Also, was tun wir?«

Der sechste Wodka.

»Glaubst du, dass sie in der Nähe sind?«, frage ich.

»Wenn sie da wären, wären sie schon da«, erwidert er. »Ach, weißt du, es ist alles egal.« Er trinkt. »Weißt du«, er tätschelt mir das Knie, »es ist schön, Wodka trinken und reden mit einem, der nicht blöd ist und nicht stinkt. Lila wird dir gefallen. Sie redet nicht viel. Ich bereite sie mal vor.« Er verschwindet. Und kommt nach zehn Minuten zurück.

»Nehmen wir noch einen.«

Auch ich kann trinken. Ich raste nie aus. Werde höchstens melancholisch. Nun habe ich die Zählung eingestellt. Acht, neun? Flasche halbleer. Ich kann noch denken. Und ich will Leo nicht fragen, wo die Archonten ihre Mädels haben.

»Ich gehe jetzt rein, Leo«, sage ich, als ginge es zur Hinrichtung.

»Viel Spaß!«, wünscht er mir. »Du hast eine halbe Stunde, von mir aus gern auch mehr.«

Ich schiebe das Tuch beiseite. Vor mir, in der Mitte des höchstens acht Quadratmeter großen Raumes, sitzt Lila auf dem Bett. Für mehr ist kaum Platz. Dämmerlicht, meine Augen müssen sich erst daran gewöhnen. Sie hat die Beine übereinandergeschlagen, trägt hochhackige Schuhe an den Füßen und am

Körper etwas Schwarzes, Durchsichtiges aus Tüll. Sie hat lange strähnige blonde Haare und sieht schmal aus und dünn. Dafür: große Brüste. Unnatürlich groß.

»Hallo«, begrüßt sie mich mit tiefer Stimme, in die sie Erotik legt.

Ich hebe die Hand. »Hallo, Lila.«

Das breite Bett trägt Tagesdecke mit Blümchenmuster, darüber hängt ein Poster mit Meer und Palmen, und leise Musik, Vangelis, perlt aus einem Kassettenrekorder in der Ecke. Links ein Spiegel.

»Setz dich doch aufs Bett«, schlägt sie vor.

Dieser Wodka war himmlisch. Nun wird alles leicht sein.

»Zieh dich doch aus. Wir haben nur eine halbe Stunde. Na ja, vielleicht auch mehr. Leo ist da nicht so.«

Ich setze mich und lege langsam die Jacke ab.

»Was ist? Zieh dich aus!« Sie hat ihr Oberteil abgeworfen und fragt: »Na, willst du dich nicht bedienen? Die anderen sind da nicht so zimperlich.«

Ich bin jetzt tatsächlich gestresst und versuche, Zeit zu gewinnen: »Ich weiß nicht, bin nicht so in Stimmung. Können wir ein wenig reden?«

»Worüber willst du denn reden?« Sie greift mir ins Haar.

»Über Teresa.« Sie zieht blitzschnell ihre Hand zurück.

»Warum Teresa?«

»Ich suche sie. Eine gute Freundin, Serena, will das.«

Lila rückt von mir ab, flüchtet in den Schatten, wirft sich ihr Oberteil wieder über. »Serena, die kenne ich, glaub ich. Du siehst ehrlich aus, weißt du das?«, klingt ihre Stimme vom Fußende des Bettes her. »Doch wenn ich dem Falschen etwas sage, ist das mein Todesurteil.«

»Ach ja«, seufze ich und zögere ein wenig; ist es klug, das zu sagen? »Wir suchen auch die Mädchen der Bande.«

»Wir, wer ist das? Die Polizei?«

»Sind alles arme Mädchen. Wie du«, sage ich.

»Ich bin nicht arm«, sagt sie verärgert. Dann steht sie auf

und kommt her, setzt sich mir auf die Knie, greift mit den Händen um meinen Hals, fasst die Kette, zieht an ihr und hält das Medaillon in der Hand. »Was ist das?«, fragt sie fassungslos.

»Habe ich gefunden.« Sie lässt es los, als sei es glühend heiß, und starrt mich an. Leise sagt sie: »Das ist von Antun. Du hast Antun umgebracht!!«

42

Lilas Augen schwimmen vor Tränen. Sie ist aufgesprungen und hat mich weggestoßen, steht nun da wie eine Rachegöttin. Blödes Medaillon! Alle Hoffnung ist zerstört, etwas aus Lila herauszubekommen. Ich trete auf sie zu und halte sie um die Hüften; sie beugt ihren Oberkörper zurück. Ich schaue ihr in die Augen, so fest ich kann.

»Ich war am Bahngleis. Das Medaillon lag auf dem Boden. Er muss es verloren haben. Ich habe es gefunden. Und ich will auch die Mörder finden!«

»Weil du zu den anderen gehörst, vielleicht!«, zischt sie und windet sich, doch ich lasse sie nicht los.

»Die anderen, die Archonten, waren auch schon bei mir. Ich hasse sie. Das ist deine Chance, Lila! Sag mir was, bitte! Ich muss wissen, wo Teresa ist.« Ich halte sie umklammert, und sie schluchzt. Sie zittert. Auch ich fange an zu zittern.

Dann lasse ich sie frei, und sie weicht etwas zurück. Ich nestle am Verschluss des Medaillons herum und halte es ihr endlich hin. Sie schüttelt den Kopf. Wieder drücke ich sie an mich. »Nimm es, Lila, als Andenken. An Antun.« Ich suche ihre Hand, und sie öffnet sich, ergreift das Medaillon, umschließt es. Ich trete zu ihr, drücke mein Gesicht an ihren Hals, in ihr Haar und flüstere: »Sag mir, wo Teresa ist! So finden wir die Mädchen.«

Sie flüstert auch: »Antun und ich wollten weg, wir hatten die Fahrkarten schon … Stepan haben sie hinuntergeschoben, ich hab es gehört und wusste nicht, dass vorher Antun …«

Ein Weinkrampf erschüttert ihren Körper. Ich küsse sie auf den Hals. Plötzlich habe ich Lust auf sie. Ich streichle ihre Brust. Sie flüstert nun rascher: »Teresa ist in einer Hütte an der Appia antica, gleich rechts an der Tor Carbone, ein Kilometer noch. Jetzt komm!« Das Bett. Aber zu spät. Wir hören Klopfen und wie die Tür sich öffnet. Stimmen sind zu hören, zwei Stimmen sind lauter als die dritte Stimme.

Lila drängt: »Du musst gehen. Da, das Fenster geht ganz auf. Auch andere sind so gegangen. Geh!«, flüstert sie. Sie entwindet sich, schiebt selber das Fenster hoch, ich steige auf das Sofa, werfe ein Bein über den Fensterrahmen und springe hinunter. Da oben steht sie mit flackerndem Blick und wirrem Haar, umgeben von rötlichem Licht, als hätte sie einen Heiligenschein. Ich sehe, wie sie mich sieht, und ich denke mir, wer wird erlöst und wer verdammt? Ich werde sie ewig so sehen. Dann reiße ich mich los.

Ich laufe zum Rad. Stimmen drinnen, die Stimme von Lila, ich werfe mein Pferd herum und fahre in die entgegengesetzte Richtung. Drei Straßen weiter konsultiere ich den Stadtplan. Kurz vor sechs. Ich will zur Appia, am besten durch den Park der Caffarella, Eingang Porta Latina. Das schlagartige Ende meiner Romanze hat mich nur kurz ernüchtert; aber jetzt spüre ich den Wodka. Ich muss mir bald einen Schlafplatz suchen. Die Via Latina, die hier so unschuldig zwischen Häusern dahinläuft, war schon 400 Jahre vor Christi Geburt die Ausfallstraße Roms in den Süden. Man konnte auf ihr hundertneunzig Kilometer wandern und so in fünf Tagen Capua kurz vor Neapel erreichen, und man sagt, schon 2000 vor Christus hätten sich so Wanderer aus dem Tibertal nach Süden bewegt.

In der Ferne zu sehen sind die aufeinandergestapelten Stockwerke der Häuser mit ihren Flachdächern, und durch eine hügelige Landschaft ziehen sich braune Wege, wie gemacht für Mountainbiker. Kaum Menschen. Ein paar Ruinen auf Hügeln, Zäune an den Rändern, ein Wasserlauf mitten hindurch. Ferdinando Gregorovius, *storico tedesco*, steht auf einem Schild in der Nähe der Via Latina. Sogar einen Largo Gregorovius haben sie ihm geschenkt, aber das ist nur eine Straßenkreuzung mit Platz für einen Markt. Immerhin haben sie den Mann geehrt.

Erst einmal holpert man auf großen, glattgeschliffenen Steinen einen Ziehweg in Serpentinen hinab, an einem verwahrlosten Bauernhof vorbei, dann führt der Weg schnurgerade weiter über den Bach und nähert sich einer Anhöhe.

Leeres Land. Mitten in Rom. Still ist es. Das Land knistert unter der verglimmenden Hitze. Ein Jogger trabt gemütlich weit hinter mir.

43

Die Caffarella in einer Vollmondnacht ist spektakulär! Mit sechs Mitradlern unterwegs sein, die roten Lichtlein sind blinkend wie Glühwürmer vor mir, am Rand der Wiese. Das haben wir einmal im Jahr gemacht, wenn der Mond rund war wie ein Fahrradreifen. Bellende Hunde gaben an, wie weit entfernt die nächsten Höfe waren.

In der Ferne der flimmernde, lichterübergossene Hügel von Frascati. Am Horizont, jenseits von feuchten Wiesen, andere Lichter und auch das Bild, das für mich jahrelang Italien war: ein tristes Mietshaus vor einem langsam in den Bahnhof einrollenden Zug, und vor dem Haus eine kahle Laterne, die orangegelbes Licht an die Fassade wirft. Ein gelbes nächtliches Haus, in dem, wie wir gern glauben wollen, das Geheimnis wohnt, wie man friedlich und genügsam leben könnte.

Wir hielten an, jemand schob wie einen Vorhang die Wolken beiseite, und der Mond strahlte vom Himmel. Mario B. war immer dabei. Es war irre und irreal. Ich bin in der Magliana schon nachts aufgestanden und habe mir um drei Uhr morgens auf dem Balkon den Mond aufs Gesicht scheinen lassen. »Ich monde mich«, sagt auch oft Arturo, 88 Jahre alt, der immer an der Straße Pian due Torri sitzt. Das hat Witz. Sein Greisenkopf zittert, und es zittern die Hände, von denen eine die Zigarette hält. Manchmal sagt er auch: »Ich warte, dass es schneit.« Manchmal hat er auch eine Weisheit auf Lager: *»Chi belle cose vuole vedere, mille guai deve padere.« Padere*, das ist Dialekt, Arturo kommt aus Apulien. Wer schöne Sachen sehen will, muss durch tausend Qualen hindurch.

Unter schattigen Bäumen hindurch gelange ich auf einen stillen Weg. Der Tennisklub »Quo vadis« sagt, dass man nicht weit weg ist von der Kirche. Nach hundert Metern verzweigt sich die Straße; und da steht das Kirchlein Domine quo vadis mit einem Fußabdruck von Jesus drinnen, eine Sensation! Da sollen sich Jesus und Petrus getroffen haben, und am Montag soll ich hier also Petrus' Rolle spielen.

Das Kirchlein ist noch offen, ich suche nur am Boden entlang nach einer Steckdose, um Saft für mein Handy daraus zu gewinnen. Eine halbe Stunde wäre schon eine Rettung. Links neben dem Altar ist auch eine Steckdose. Durch die Handy-Epidemie ist ein neues Delikt entstanden: Stromdiebstahl! Ich habe einmal in der Metrostation Piazza di Spagna an einem Ausgang gesehen, wie ein Uniformierter einen Obdachlosen zur Rede stellte, der da unten sein Handy eingesteckt hatte. Ich warte also eine halbe Stunde draußen.

Dann Handy wieder mitnehmen, Rad startklar machen. Bald nähere ich mich einer Bar mit kleinem Garten. Dämmerung legt sich über die alte Via Appia, die sich über achtzehn Kilometer hinzieht. Die zu Beginn groß nebeneinandergesetzten Quader weichen kleinsten Quadraten, gut zum Radeln.

Das freie Feld kommt erst viel weiter vorn, da ahne ich die Via del Tor Carbone, es ist fast dunkel, nun finde ich Teresas Hütte nicht mehr. Links und rechts zwei Meter hohe Mauern; links die Senke hinunter zur Stadt, rechts die weite Ebene nach Süden. Dann sehe ich neben dem Weg zwei kegelartige Hügel. Ich lasse mein Rad abgeschlossen unten. Auf den ersten Berg führt ein guter Pfad. Oben ist auch ausreichend Platz, um sich hinzulegen. Da werde ich mein Nachtlager aufschlagen. Kopf auf den Rucksack. Es ist warm. Ich bin müde.

In der Ferne ein sinkendes Licht am Himmel, vielleicht eine Maschine, die sich in Richtung Flughafen Ciampino bewegt. Ein paar Zikaden noch. Für Obdachlose, die im Freien schlafen, ist so eine Nacht lang. Man hat kein Licht, man ist gezwungen, sich schöne Gedanken zu machen. Oder weniger schöne: an Lila, die nun vielleicht in der Gewalt der Archonten ist; an Leo, der vielleicht erschlagen wurde, weil ich den Einfall hatte, Lila zu besuchen. Man sollte sich von dieser Welt verabschieden. Zum Eremiten werden.

Chiara, der kleine Samurai. Was macht sie? Unser Pizza-Abend war erst letzte Woche. Vielleicht sollte ich mich doch um das Lackschürzchen kümmern und mal wieder Pizza essen? Nach dem Projekt vielleicht. Hier, an der Appia antica, bin ich wie ein erschöpfter Söldner zur Jahrtausendwende, der an den Zenturion Paolo denkt und an die Vestalin Teresa, wie ein gnostischer Mönch, und der Himmel steht über ihm, bestirnt, wie vor zweitausend Jahren schon.

44

Dann sind Geräusche in der Luft. Kleine Tiere, die zirpen oder jaulen. Der Tag erwacht. Trockene Kehle. Das ist der Wodka von gestern. Verschlafen schlüpfe ich in die Jacke und fasse ins Gras, das feucht ist vom Tau. Kein Mensch da. Kein Mensch? Unten auf dem uralten Weg nähert sich von rechts eine Gestalt, von der ich meine Augen nicht lassen kann. Sie ist in ein wallendes Gewand gekleidet, in einen grasgrünen Umhang, der federleicht wirkt und ihre Glieder umspielt. Die Gestalt gleitet einfach so dahin, und fasziniert sehe ich ihr zu.

Auf ihrem Gesicht liegt ein Schatten. Sie hat den Umhang über ihre untere Gesichtshälfte geworfen, ich ahne nur weiße Haare. Sie wirkt so grazil und überirdisch; sie muss eine Frau sein, und orientalische Philosophen haben immer gesagt: Gott findest du am ehesten in der Schönheit einer Frau. Sie bleibt stehen, ihr Blick trifft den meinen, und ich halte den Atem an.

Wieder eine dieser Verrückten dieser Ewigen Stadt? Ihr Blick hält mich fest, das könnte Manda d'Haije sein, die mir Mut zuspricht, und ich höre es: »Warum ängstigtest du dich, warum bebtest du? Da Schrecken dich in dieser Welt befiel, kam ich, um dich aufzuklären. Fürchte dich nicht vor den Bösen dieser Welt.« Jetzt sehe ich erst, wie wunderschön sie ist. Ihr Blick versengt den meinen fast, und gleichzeitig leuchtet die Sonne mir grell ins Gesicht; ich muss zu Boden schauen.

Ich beschirme mit der Hand meine Augen, aber natürlich ist Manda d'Haije verschwunden. Auf der anderen Seite der Via Appia antica strebt eine verfallende Mauer weg und ragt in die kahle Rasenfläche wie ein Anleger ins Meer. In der Ferne stehen Überreste des Aquädukts, ein Portikus mit Seitenstützen. Hier oben möchte man begraben sein. Als ich mein Rad auf die Straße schiebe, ist weder links noch rechts jemand zu sehen.

Eine halbe Stunde geht es zurück. Konzentriere dich, Rudi. Da rechts nach unten breiten sich Wiesen aus, und auf den ersten beiden Kilometern sind nur mauerngegürtete Anwesen, eine Bushaltestelle, nichts sonst. Ich muss nochmals den Stadtplan konsultieren. Das schien so klar mit Teresa. Nun geht mein Atem schneller. Wenn sich Lila geirrt hätte! Nein, hier ist bestimmt keine Hütte. Ich werde Teresa finden, ich weiß es. Ich blicke kurz in die Sonne, und ich weiß es.

Oben auf der Kuppe sehe ich in Richtung Stadt am Straßenrand einen kleinen Wagen, dunkel. Da fahren oft Leute herum, unsere Mächte der Finsternis können es nicht sein, außer sie hätten Lila ... Die Appia entlang, diese anstrengende Straße. Ich hätte Paolo Bescheid geben sollen; das mache ich noch.

Ich folge dem staubigen Weg, kurve um alle Löcher herum, und nach einem Kilometer leuchtet etwas am Wegesrand. Es ist ein kleines Blatt Papier, zerknüllt. Ich schaue es an. Es kommt mir bekannt vor. Symbolon! Das ist die zweite Hälfte des Gedichts von Alda Merini. »Und ich fragte mich, was der Herr sei ... Wie ihr habe ich die Liebe allein konsumiert, weit weg vom erstandenen Christus.« Innig danke ich Serena. Wie das Blatt hierherkam, bleibt ein Rätsel.

Einen Kilometer noch, hat Lila gesagt. Muss man nicht wörtlich nehmen. Die Straße führt schnurgerade weiter, und da rechts steht auf freiem Feld der Rest eines Türmchens, ziemlich verfallen, das man aber als Hütte bezeichnen könnte. Nicht gerade ein hoher Turm, aber der Hinweis ist klar. Hier ist kein Mensch. Ich kann es riskieren, mein Rad einfach an den Zaun zu lehnen und über das Feld zu der Ruine zu gehen. Ich rufe leise »Teresa« und schaue hinein. Daneben rottet das Skelett eines schwarzen Motorrollers vor sich hin.

Unter der Fensteröffnung liegt eine alte Matratze, darauf unter einem dunkelblauen Betttuch die Umrisse eines Menschen. »Teresa«, rufe ich nochmals. Bewegung, ein Gesicht taucht auf.

»Keine Angst!«, sage ich. »Du bist gerettet.«

Ihr Gesicht ist verschwollen. Auf dem Boden vor der Matratze stehen eine halbvolle Mineralwasserflasche und ein leerer Teller mit Löffel darin. Ich setze mich neben ihr auf den Boden.

»Wer bist du?«, fragt sie.

»Ich bin Rudi. Wie schön! Ich habe dich gefunden.«

Teresa hat halblange schwarze Haare, ziemlich verfilzt, ist hager, mit dunklen Augen. Ein seltsames langes schwarzes und enges Kleid hat sie an, das an einigen Stellen zerrissen ist.

»Wir müssen gleich weg von hier. Wie fühlst du dich?«

»Schwach.«

»Oder wir bleiben hier. Ich könnte die Polizei anrufen.«

»Keine Polizei. Ich bin viele Tage hier. Hab mich nicht weggetraut.«

»Ich frage mich«, beginne ich, »ob die Archonten wissen, wo du bist. Wo bist du gewesen? Wo haben sie ihre Mädchen?«

Sie richtet sich auf. Spricht mit leiser Stimme. »Ich wollte weglaufen. Hätte es fast geschafft. An der Ecke haben sie mich gekriegt. Sie haben mich geschlagen. Dann in ein Auto gesteckt. Sie sind weit gefahren, durch die Stadt, und ich wusste: Jetzt lebst du noch wenige Minuten. Ich habe geweint.« Das muss sie jetzt erzählen, ich verstehe es. »Dann haben sie gehalten. Es war ein Park, zwei sind mit mir hinuntergegangen, einer hat die Pistole herausgeholt, sie haben miteinander gesprochen. Mit mir nicht. Es war ein steiniger Weg. Ich habe meine Schuhe verloren. Aber es war egal, ich war ja schon tot. Und dann, auf dem steinigen Weg, nachts, kamen Lichter von vorn und Stimmen. Laute Stimmen. Radfahrer, nachts. Die zwei haben mich losgelassen, haben sich versteckt, ich bin in einen Bauernhof. Die Radfahrer sind vorbei. Ich war in einem Raum, sie haben durchs Fenster geschossen, wütend waren sie, ich habe vor Schreck geschrien, mich geduckt – dann draußen Stimmen. Die Radfahrer waren wieder da. Ich bin durch die Hintertür weg, durch Gestrüpp in eine andere Hütte. Am nächsten Tag habe ich Leo angerufen, er hat mich zu dieser Hütte gebracht und was zu Essen und Trinken.«

Vielleicht hat Leo ja den Zettel da deponiert, die gute Seele.

»Du hast geschrien«, sage ich. »Und sie haben gemeint, du bist tot.«

Leise sagt sie: »Ich war es ja schon.«

»Die Mädchen«, erinnere ich sie.

Sie denkt lange nach. »Es war ein Haus, und oben war der Berg mit dem Reiter aus Eisen. Der auf die Stadt hinunterschaut.« Der Gianicolo also. Es wäre am besten, hierzubleiben. Aber leichte Panik ergreift mich. Draußen ist der Tag, wir können es ja schaffen. Ich sage zu Teresa: »Hör zu, ich rufe jetzt meinen Freund an, egal, was du sagst. Wir schaffen es nicht allein.«

Ich läute also Paolo an und gebe ihm weiter, was Teresa mir gesagt hat. »So viel wissen wir auch«, meint er kühl. »Schau mal, dass du noch mehr herausbringst. Wo seid ihr?« Ich stocke und stottere: »Irgendwo bei den Katakomben des heiligen Sebastian, ganz in der Nähe …«

»Gut, ich schicke dir gleich einen Wagen zu den Katakomben, könnt ihr da hin?«

Das können wir, wir werden draußen warten. Ich beende das Gespräch. »Komm! Wenn wir draußen sind, bist du gerettet«, sage ich.

»Wir können mit dem Fahrrad fahren. Du bist leicht. Einfach die Arme um mich legen, die Beine zur Seite.« Ich drehe mein Rad um, sie sitzt auf, und so wird dahingeholpert. Auf der Appia fahren wir nach links, da ist die Zivilisation. Es ist so leicht. Doch von hinten nähert sich ganz langsam ein kleines Auto.

45

Früher sind sie alle mit einem Mädel hinten auf dem Fahrrad gefahren. Zu zweit fahren, das hat man gleich gelernt. Für mich ist das neu. Sie krallt sich mit den Händen an meinen Hüften fest, ich trete angestrengt und fahre nach links. Schön ist es schon, mit der Prostituierten Teresa auf der Appia antica.

Simon Magus, der abgedrehte Gnostiker und Zeitgenosse der Apostel, hatte immer Helena dabei, die er aus einem Bordell in Tyros befreit hatte. Für ihn war Helena »Ennoia«, der weibliche Gedanke Gottes, der für ihn weitere Mächte erschaffen hatte, aber dann in der Unterwelt in Geiselhaft kam. Simon hielt sich selber für einen Gott, und wer Helena gerettet hätte, meinte er, könne wohl auch die gesamte Welt erretten.

Wir fahren also links an der Appia weiter, ich bin in Hochform, wir zischen geradezu neben der Straße her, wechseln dann auf den Belag, holpernd, und endlich liegt das lange abschüssige Stück vor den Katakomben vor uns. Vor uns auch lockere Gruppen von Touristen, hinter uns das Brummen eines Motors, und nun einfach das Rad hinunterlaufen lassen, wo links die Basilika für den heiligen Sebastian steht.

»Mamma mia!«, ruft Teresa von hinten, »das Auto ist hinter uns!« Ich höre es, Teresa muss abspringen, weil fünf

Treppenstufen nach unten zum Vorplatz der Basilika zu überwinden sind. Ich lehne mein Rad an eine Wand, nehme Teresa an der Hand und schaue zurück: Der Wagen steht auf der Straße, die Türen öffnen sich, zwei Männer steigen aus und springen die Stufen hinunter. Die Tür rechts ist nur angelehnt, wir laufen hinein.

Wir spurten an dem verglasten Tickethäuschen vorbei und durchqueren auf lasierten dunkelroten Fliesen einen Saal, an dessen grob verputzten rotbraunen Mauern Fragmente von Sarkophagen hängen. Vor zwei Bänken wartet eine Gruppe Touristen, ältere Menschen mit gefasstem Gesichtsausdruck. Anscheinend genau richtig, gleich wird geöffnet. Ein Aufpasser hält das Gerät hoch, mit dem er die Tickets durchlöchert. »Wir werden verfolgt, haltet sie auf!«, rufe ich. Schon laufen wir die Treppenstufen hinunter, bis wir vor einer steileren Treppe mit Handlauf aus schwerem schwarzen Metall stehen. Teresa blickt mich an. »Hinunter!«, rufe ich.

Hinunter, hinein in die dunklen Gänge der Katakombe San Sebastiano. Wir sind schon im Erdinneren. Wohin jetzt? Oben, weit weg von uns, Tumulte, Stimmengewirr. Das Licht geht an. Danke.

Wir rennen los. Hier ist der Weg klar, es gibt keine Seitenwege und Umwege. Zu beiden Seiten sind in die Wände sargähnliche Öffnungen geschnitten, in denen Tote lagen. Teresa jammert: »Ich kann nicht mehr laufen. Verstecken wir uns doch.«

Was nun? »Da oben«, deute ich. »Da legst du dich rein und bist still.«

»Das sind doch kleine Särge. Nein, mach ich nicht.«

»Doch, du wirst dich da reinlegen und den Mund halten!«, sage ich streng, denn schon höre ich Schritte. Ich mache eine Räuberleiter aus meinen Händen, sie tritt darauf, zieht sich hoch in die Öffnung, und ich werfe ihr die Jacke hinauf. »Dann hast du es weicher. Still sein.« Ich will mir nun genau meine Wege merken, dass ich auch wieder zurückfinde.

Biege um die nächste Ecke und lausche. Die Schritte haben aufgehört.

Plötzlich ist man ganz alleine, auch mit seinen Gedanken. Ich stehe da und lausche in mich hinein. Der Schweiß bricht mir aus. Das kenne ich. Die Panik! Ich darf nicht durchdrehen, Teresa und Paolo verlassen sich auf mich. Ich tippe ins Handy. Nichts zu machen: *chiamata fallita*. Schwachsinniger Einfall: Hier unten in den Katakomben gibt es kein Netz. Es ist noch still; leise Schritte, sehr gedämpft.

Es geht immer weiter, rechts, dann links, auf weichem Boden. Dann, als die Gasse scharf rechts ums Eck biegt, liegt vor mir ein dunkler Raum, und in den schleiche ich. Die Schritte von zwei Leuten kommen näher, es scharrt, sie entfernen sich nach links. Doch schlagartig stehe ich im grellen Licht. Eine Taschenlampe strahlt mir ins Gesicht, ich muss die Augen schließen. »Raus hier, langsam.« Mach ich schon. Bongo steht da. Er grinst breit: »Unsere dritte Begegnung. Diesmal habe ich eine Pistole. Hände langsam hoch. Dreh dich um und geh zurück. Du holst deine Freundin.«

»Die ist in der Nähe vom Eingang«, sage ich. Bongo schickt seinen Freund vor und geht hinter mir und murmelt selbstzufrieden vor sich hin. Das kommt mir jetzt bekannt vor, zwanzig Meter vor mir, rechts, etwa in Brusthöhe, ist der Sarg, in dem Teresa liegen sollte. Ein Stoß in meinen Rücken: »Wo ist jetzt deine Freundin?«

»Gleich, noch weiter vorn«, sage ich, »übernächste Ecke«.

Nur unsere Schritte sind zu hören. Und dann hinter mir ein erstickter Schrei, ein Würgen, hektische Bewegungen, ein gedämpfter Fluch. Hinter mir spüre ich Leere.

46

Bongo steckt unter der gelben Hülle meiner Jacke und wühlt darin herum, Teresa hat sie ihm über den Kopf geworfen, und ich ramme ihn mit voller Kraft an die steinerne Wand mit den

Gräbern, bekomme seine Hand zu fassen, schlage mit ihr fest an die Wand, etwas poltert zu Boden, während Teresa von oben Bongo einen faustgroßen Stein auf den Kopf schlägt, wonach er langsam zu Boden sackt. Ich greife die Pistole … Der andere Archont hinter uns will sich auf mich stürzen, da taucht oben, aus dem Wandgrab, über seinem Kopf eine Hand auf und lässt ein Objekt auf den Kopf des Mannes fallen, der ganz langsam niederbricht.

Ein grauer Wuschelkopf mit nichts als Haaren und Bart um ein winziges Gesicht ist oben zu sehen und sagt nur: »Mein Kopfkissen. Hätte ich später gern wieder.« Er kann nur den quadratischen Stein meinen, der da im Staub liegt und den zweiten Feind niedergestreckt hat. Ich reiche ihn hinauf und bedanke mich. »Wundern Sie sich nicht«, sagt er. »Ich bin Symon. Ich lebe den Frühchristen nach. Und draußen ist es sowieso zu heiß. Ich muss jetzt abtauchen. Gleich kommen die Touristen.«

Ich ziehe die Jacke weg. Von rechts oben schaut mich Teresa strahlend an. »Jetzt könntest du mir herunterhelfen«, meint sie. Guter Einfall. Sie umarmt mich und wird ganz schlaff. »Ich kann nicht mehr«, sagt sie. Wir drücken uns aneinander, das heißt, ich drücke ihren matten, heißen Körper an mich. Sie muss ohnmächtig geworden sein. Wir beobachten die beiden Hilfs-Archonten, die reglos daliegen, und warten einfach auf bessere Zeiten. Die kommen nach fünf Minuten in Gestalt zweier junger Polizisten, denen jemand gesagt haben muss, dass wir hier unten sind. Ihnen halte ich Teresa entgegen. Einer trägt sie hinauf, der andere zieht Bongo hoch. Wir sind uns tatsächlich noch ein drittes Mal begegnet, und schon zum dritten Mal traf es ihn am Kopf. Er sollte besser immer einen Helm tragen.

»Ihre Jacke?«, fragt der Polizist höflich.

»O ja, das ist aber nett«, sage ich.

Oben eine kleine Versammlung diskutierender Menschen. Ich gehe hinaus und muss mich erst einmal auf den Boden setzen, mit dem Rücken an eine Mauer gelehnt. Ich lasse alles an mir abgleiten. Die Katakomben des heiligen Sebastian, des Patrons der Schwulen, der Leidenden; der von Geschossen Gemarterte. Paolo ruft an und sagt, er wisse über alles Bescheid, und wir sollten uns treffen, wenn ich wieder verhandlungsfähig sei.

»Du bist an der Appia — was hältst du von dem Lokal draußen an der Porta San Paolo, an den Straßenbahnschienen, das große Ding? Kennst du das?« Kenne ich. Um elf.

Die Polizisten wollen Teresa zu einem Arzt bringen. Paolo wird alles Nähere erfahren. Mitfahren will ich nicht. Ich habe ja mein Rad. Erst Cappuccino-Time in der kleinen Bar an der Appia antica. Dann noch einmal zum Grabhügel der Curazi. Ich bin wieder so schrecklich müde und möchte noch eine Runde schlafen, bevor die Sonne gnadenlos vom Himmel sticht. Meine Jacke ist schön als Nackenpolster.

Der Rückweg ist einfach — ich rausche die Appia antica hinunter, fahre rechts um den Platz und knapp vor einer Straßenbahn hinüber auf die andere Seite. Da stehen Tische und Bänke säuberlich aufgereiht unter einem Baldachin, und ich weiß nur, dass das Bier da sehr teuer ist. Paolo sitzt schon da und winkt großzügig. Ich schüttle ihm die Hand.

»Na, siehst ja ganz passabel aus!«, begrüßt er mich. »Ich dachte, nach dem Friedhof und den Katakomben hättest du weiße Haare oder wenigstens eingefallene Wangen!« Er lacht über seinen Witz. »Ich habe dir schon ein Bier bestellt. Ein Sandwich auch? Du siehst aus, als hättest du lange nichts mehr gegessen.«

Es könnten auch drei Sandwiches sein.

Paolo ist aufgeräumt und bestens gelaunt. »Also, Rudi, was sagst du mir?«

Ich sage ihm, dass ich müde bin. Das Hauptquartier könne wohl nur an dieser gewundenen Straße liegen, die unterhalb der Mauern vorbeiführe, ob er die kenne? Oben sei der Reiter aus Eisen gewesen, habe Teresa gesagt, also das Garibaldi-Monument. Sieht man nur von dort unten. Da sei ich oft vorbeigeradelt.

Paolo erwägt das. »Könnte gut sein. Aber sicher ist es nicht. Ich werde jedenfalls auf dem Gianicolo eine Patrouille postieren, beim Garibaldi. Morgen ist der Tag.« Er überlegt kurz. »Ruf doch deinen Freund an, dass wir ihm deine Freundin Teresa vorbeischicken können.«

Giuseppe meldet sich wie immer frohgemut: »Olà, Rudi! Wie geht's? Nur noch wenige Tage bis zum Konzert! Ich habe mir *The Power to Believe* gekauft, das letzte Album, und ich höre das seit Tagen. Gigantisch!« Ich bringe nun mein Anliegen vor: Ich sei etwas unter Druck, eine schwierige Geschichte nähere sich ihrem Abschluss, ob ich eine Weile bei ihm bleiben könne, und da sei noch eine Freundin, die untertauchen müsse, es sei nur für zwei, drei Tage … Er tut erstaunt, meint aber, das sei kein Problem. Wir würden uns heute Abend ohnehin sehen, oder? Das Treffen anlässlich des ökologischen Sonntags?

Da fällt mir etwas ein. Ich bitte Giuseppe zu warten und frage Paolo, ob er vielleicht auch kommen mag, vielleicht könnten wir Radfahrer ja etwas tun in dem Fall? Er nickt, gut, heute um acht, das ginge. Giuseppe hat auch nichts gegen den Besuch eines Polizisten, der ja ein Verwandter meiner Ex ist. Wir sind uns einig.

Ein Kellner stellt ein großes Bier hin. Paolo bestellt bei ihm zwei Sandwiches. Ich nehme einen großen Schluck. Er übernimmt das Reden. »Ob dieser Diocreatore nun wirklich das Sprachrohr der Archonten ist, na ja, daran zweifle ich. Eher ist er einer auf der Abschussliste. Trotzdem sollten wir Kontakt halten. Darum musst du wieder nach Hause und dich bereithalten, bis sie dich ansprechen. Oder vielleicht den Radweg fahren, wo du den Diocreatore treffen kannst. Einfach abwarten, die melden sich sicher.« Das ist so aus ihm herausgesprudelt und versucht immer noch, in mir Resonanz zu finden.

Ich erzähle dann noch kurz von dem Wohnwagen mit Lila, die ich »befragt« hätte. »Ich mache mir Sorgen …«

Paolo als Herr der Heerscharen kann immer jemanden irgendwo »vorbeischicken«. Alles werde so chaotisch, sage ich zu Paolo, und er erwidert, das sei ein untrügliches Zeichen dafür, dass die Entscheidung bevorstehe. Nach dem Treffen am Abend solle ich am besten bei Giuseppe bleiben. Dann kommt der Kellner mit den Sandwiches. Paolo deutet in die Ferne, wo ein blaues Lichtlein blinkt. »Ich werde abgeholt. Ich schicke einen Wagen zur Via Ivrea. Mach ruhig. Trink viel. Melde dich, wenn du zu Hause bist. Servus, Rudi. Wir sehen uns bei Giuseppe.«

47

Viel trinken. Das muss er mir nicht zweimal sagen. Der Kellner erwähnt, der Herr von der Polizei, der vorhin gegangen sei, habe mir noch ein Bier spendiert, er wolle es mir gleich bringen. An denselben Tisch? Ja freilich. Etwas zu viel Alkohol, aber nett ist es schon, ein hübscher Einfall, der zeigt, dass Paolo mir etwas Gutes tun will. Er ist zufrieden mit mir, er ist optimistisch. Wieder sitze ich also unter einem Baldachin, in einer Basilika des Bieres, und schlürfe ein Nastro Azzurro. Danach fällt mir ein, dass ich mich ganz in der Nähe des Protestantischen Friedhofs befinde. Das passt zu meiner Stimmung. Also los.

Die Steinmauer, dann das metallene Tor, das kenne ich. Ich habe Zeit, oder nicht? Drinnen prunkt gleich neben dem Eingang eine schwarze Harley-Davidson. Die gehört dem Friedhofsverwalter, der drinnen ewig im Flachbau zur Linken herumsitzt und in der Kladde blättert. In ihr hatte ich schon einmal den guten Staudenmaier gesucht.

Ein riesiger Grabhügel erhebt sich, bedeckt mit Gräbern. An seinem Ende, hinter den Mauern, lugt die Spitze der Cestius-Pyramide empor. Der Kaiser Cestius wollte da vor zweitausend Jahren seine Ruhestätte finden, in dieser Pyramide aus riesigen weißen Steinquadern. Lord Byron ruht hinter einer sauberen Rasenfläche in einem Ecklein.

Hier liegen außerdem Russen, Amerikaner, Franzosen und

Italiener, Frauen und Männer, Deutsche, Schweizer und Österreicher. Ihnen ist gemeinsam, dass sie nicht katholisch waren — offiziell heißt der Ruheort »*Cimitero acattolico*« — und in Rom vom Tod überrascht wurden.

Am vorletzten Querweg rechts, ich weiß es, stößt man auf den berühmten kleinen Stein mit der Aufschrift »Rom ist eine Welt«. Dann die Stele, über zwei Meter hoch: Goethe Filius. Einer von uns. Kein Gigant, Dichterfürst, Olympier, Überirdischer, sondern ein armer Hund. Der kleine dickliche Goethe-Sohn sprach Sächsisch, so war er aufgewachsen. Ich setze mich neben seine Stele. Er sagt mir, vermutlich telepathisch: »Wart mal ab, morgen is ooch noch 'n Daach.« Und: »Was gloobst du, was ich für 'ne Angst hatte, als es ans Sterben ging?«

Das beruhigt mich. Es muss ja nicht das Schlimmste eingetreten sein, vielleicht leben Lila und Leo ja noch.

Vielleicht habe ich es ja auch mit einer Vater-und-Sohn-Geschichte zu tun, fällt mir ganz spontan ein. Quatsch, Diocreatore ist das Sprachrohr der Archonten in der Magliana, und Jesus macht die Drecksarbeit, weil er Drogen braucht und vielleicht auch nicht besonders helle ist.

Ich winke August von Goethe zu, schlendere nach draußen, und am Eingang schlingt gerade der schwarz gekleidete und gut gebräunte Friedhofschef eine monumentale Kette von seiner Harley los. Halb zwei. Längst Mittagszeit.

»Wir können heimfahren«, sagt er vergnügt und stülpt sich den Helm über, »die«, er deutet mit dem Daumen in Richtung Friedhof, »nicht mehr.«

»Müssen die auch gar nicht, die sind schon zu Hause«, gebe ich ihm zur Antwort.

»Wenn alle meine Freunde hier sind, brauch ich auch nicht mehr weg«, lacht er und rollt mit seiner Maschine davon, deren Motor gemütlich brummt.

Auf dem Rückweg mache ich einen Abstecher. Verkriechen kann ich mich immer noch. Joe habe ich schon lang nicht mehr gesehen.

Aber er ist nicht da. Wenn ich da so hinunterschaue, sieht es unordentlich aus. Die drei Katzen streunen herum und klagen jämmerlich. Als würden sie weinen. Die Behausung, die so stand, dass man hineinkriechen konnte, ist zusammengeklappt. Lebt Joe nicht mehr hier? Ich fahre ein paar Meter weiter und steige die Treppen zu seiner Ex-Behausung hoch. Da sitzt der Kapuzen-Pole und raucht eine Zigarette.

»Hallo, weißt du zufällig, wo Joe ist?«

Seine rechte Hand streckt sich aus, ein natürlicher Reflex, scheint es; ich lege ihm zwei Euro darauf.

»Er hatte eine kleine Freundin. Heute Mittag haben sie ihre Sachen gepackt und sind ab. Da hin.« Er wedelt in Richtung des Orts, wo Ludwik gestorben ist. Joe, eine Freundin? Ob er sie beschreiben könne? Klein und schwarz, sagt der Pole. Eli? Das wäre ja ein Ding!

Ich fühle mich wieder wie betäubt und fahre erst mal heim. Herr, alle, die ich kenne, sind weg. Zu viel das alles. Weiter am Tiber entlang in Richtung Magliana, und Kazimierz ist auch unsichtbar, der Verkehr auf dem Ponte Marconi ein Horror, der Rest wie Heimat. Ja, wieder freue ich mich heimzukommen. Meine Wohnung. Ich schleppe das Rad die Stiegen hinunter zum Haupteingang von Otto Marzo, mache es am Zaun mit dem Bügelschloss fest, und dann gehe ich hoch. Freude: alles unverändert, keine ungebetenen Besucher, nichts umgestürzt oder zertrümmert.

Erst lade ich das Handy, dann rufe ich nochmal Paolo an und erkundige mich nach Lila und Leo. Er sagt, der Wohnwagen sei leider leer gewesen, etwas verwüstet, und keine Spur von seinen Bewohnern. »Meine Leute sind oben auf dem Gianicolo, beobachten die Eingänge von zwei Villen, ich vermute, es ist eine von ihnen. Alles still. Ich kann jetzt nichts unternehmen, wir müssen abwarten. Und quartiere dich bitte bei Giuseppe ein. Ist sicherer. Ciao ciao.«

Auf dem Balkon. Ich höre Sade Adu. »My tears are everyone's tears« und »When I died last night, I'm a king of sorrow.«

Was macht Chiara? Ich auf dem Balkon, sie im Schlafzimmer. Beide verärgert. Keiner bewegt sich. Unser Häuschen, wir hatten es zu was gebracht: Terrasse mit Garten. Ich im Flur, mein Vater draußen, wie immer gut gekleidet, Bügelfalte, Haarkranz, gebräunte Glatze. Stand da draußen, Zigarette in den Fingern, schaute irgendwohin. Sah klein aus, aber stand wie ein Soldat auf Wache. Ich drinnen und ging nicht zu ihm. Der kleine Hund war immer bei ihm. Er muss sich alleine gefühlt haben, mein Vater. Zwischen uns das Wohnzimmerparkett, und ich sehe nur zu. Noch heute. Das ist zwanzig Jahre her, aber nichts ist je vergangen. Und Chiara im Schlafzimmer, ich draußen, jeder wartet auf ein Wort des anderen, aber: nichts. Mit ihr hätte ich vielleicht alles gutmachen können.

Nein, ich bin doch kein Bote des Lichts. Ich habe mich überschätzt, konnte die Archonten nicht überlisten. Ich schwitze. Sie haben den falschen erwählt.

Dann lege ich mich ein wenig aufs Terrassenbett, mir fehlt jetzt einfach die Kraft, schon wieder loszurasen. Es hat wohl noch Zeit. Vor allem sollte man … doch schon beim Ansatz dieses Gedankens scheint mich der Tiefschlaf überfallen zu haben. Man träumt so schön.

Indessen wird das Traumgewebe lichter, dahinter leuchten zwei Feuer, und ich versuche, ganz genau hinzuschauen. Schlage die Augen auf. Und einen Meter von mir entfernt, mit dem Rücken ans Geländer gelehnt, steht ein Mann und schaut mich prüfend an. Und er hebt die Hand. »Salve, Biondo!«, ruft er aus.

48

Ich kann mich nicht bewegen, halb noch im Schlaf und halb aus Schock. Die flammenden Augen eines Bischofs. »Ich Papst?«, stammle ich. »Nein, lasst mich, ich will nicht!« Damit hatte ich nicht gerechnet, dass sie doch kommen. »Ich bin ein Unwürdiger!«

»Du Papst? Dass ich nicht lache!«, ruft die Stimme. »Wach auf!«

Der Diocreatore; damit war nicht zu rechnen, dass er den Radweg verlassen und sich hierher bequemen würde. Er hat eigentlich ein ziemlich vulgäres Gesicht, finde ich, nichts Feines darin: ein feistes Kinn mit diesen dünnen Verlängerungen des Schnurrbarts und den schmal geschnittenen Koteletten. Seine Augen sind unruhig.

»Gut geschlafen?«, fragt er. »Was hältst du von einer kleinen Radtour?«

»In dieser Hitze?«, stöhne ich. »Könnten wir nicht gleich hier …?«

Er geht an mir vorbei und sagt: »Beim Radfahren redet sich's leichter. Und hier ist es auch heiß.«

Ich packe mir etwas zum Lesen in den Rucksack: den Roman *Quo vadis*.

Sein grünes Mountainbike ist ziemlich alt, ohne Licht, ohne Stoßdämpfer. Wir radeln nebeneinander her. »Ja, heiß ist es«, sagt er. Er spricht laut vor sich hin, es klingt wie ein Gebet: »Krocketplatz. Im Hintergrund rechts das Haus mit einer großen Terrasse, links ist der See zu sehen, in dem sich glitzernd die Sonne spiegelt. Blumenbeete. Mittag. Es ist heiß.« Wir rollen unter der Magliana-Brücke durch und den langen leichten Anstieg hoch, diesen Hohlweg wie im Dschungel. Weiter vorne das Grab von Silvano. Ich grüße dich. Vor der alten sibirischen Kate links unten, wo der Müll knöchelhoch liegt, flattert etwas auf und segelt über uns Richtung Tiber: eine Möwe.

»Siehst du die?«, fragt der Diocreatore. »Der zweite Akt. Die *Möwe* von Tschechow. Zweiter Akt, das ist, wo Mascha sagt: ›Und ich habe ein Gefühl, als wäre ich vor Urzeiten geboren; ich ziehe mein Leben hinter mir her wie eine endlose Schleppe.‹ Ist das nicht schön?«

Nun auf der zwei Kilometer langen sanften Kurve nach rechts, an den Stallungen der Trabrennbahn vorüber. Rechts biegt auch der Tiber ab, grün, von dichtem Blattwerk gesäumt. Dieses Bild mag auch Horaz einmal vor Augen gehabt haben, genau dieses.

Er fährt fort: »Ich war früher Schauspieler. In einem kleinen Theater in Pavia habe ich in der *Möwe* von Tschechow den Dichter Trepljew gespielt. ›Mir ist, als hätte ich neunzig Jahre gelebt auf dieser Welt. Ich wusste immer, dass meine Seele mit der Ihren vereint ist für immer. Ich rufe Sie, ich trachte nach der Erde, über die Sie gewandelt sind; wohin ich auch sah, überall erschien mir Ihr Gesicht, dieses liebliche Lächeln, das mir geleuchtet hat in den besten Jahren meines Lebens …‹« Er lacht heiser und zieht einen Spurt an, hinunter, und dann geht es in einer leichten Linkskurve wieder hoch. Rechts in der Ferne sieht man die Autobahn zum Flughafen Fiumicino. Davor eine Hängebrücke. Braune Felder, karge Steppe. Ich hole ihn ein.

»Wie heißt du wirklich?«, will ich jetzt wissen. Das sei unwichtig, er sei Schauspieler. Dann habe er sein Engagement verloren, kein anderes bekommen, sei in der Magliana gelandet, habe ein paar Bekanntschaften gemacht, eine süße Maglianerin, und so sei das gekommen. Ich trete ruhig in die Pedale, muss auch weniger treten mit meinen 28-Zoll-Reifen, wo er nur die kleineren 26er hat. Er schwitzt und streift sich die Haare zurück. »Du bist gar nicht verrückt, Diocreatore«, rede ich ihn von der Seite an.

Er lacht wieder heiser. »Verrückt sein ist eine gute Rolle, vielleicht die beste meines Lebens. Sie nehmen dich nicht für voll, bewundern dich, erzählen dir alles. Wenn das gut ausgeht hier, sind wir alle erlöst, glaube ich. Das heißt«, ergänzt er noch, »ich bin schuldig, denn was sie den Mädchen antun … Ich werde dafür wohl in der Hölle braten.« Links das Klärwerk. Auf einem Geländer hocken mehrere Möwen. Die große Straße Richtung Meer, die, eingezäunt von weißen Leitplanken, wie eine Achterbahn hochführt und in die Straße nach Osten mündet. Dann das Umspannwerk. Die Bänke. Der Diocreatore stoppt.

Er setzt sich auf eine Bank und lädt mich ein, mich neben ihn zu setzen. Er wirkt gelassen. »Zum Geschäft«, sagt er dann und blickt starr geradeaus. »Was wisst ihr? Sei vorsichtig, sie haben die Mädchen.«

Jetzt merke ich, dass ich unzureichend vorbereitet bin. »Wir wissen, wo sie sind«, sage ich knapp.

»Gib mir einen Hinweis.«

Ich überlege. »*Roma o Morte*.«

»Nicht schlecht, Biondo. Gar nicht schlecht. Du spielst deine Rolle gut. Aber es spielt auch keine Rolle mehr. Ihr habt viele Trümpfe. Sie haben nichts. Sie werden einfach verschwinden. Rette Jesus, ich bitte dich darum. Ich bin ein toter Mann.«

Der Diocreatore lässt sich ungerührt die Sonne ins Gesicht scheinen. Er wirkt, als gehe ihn das alles nichts mehr an. Vielleicht ist er doch verrückt. Er sagt: »Jesus wird zur Kirche kommen. Er hält sich versteckt. Wir sind alle verloren.«

Der Diocreatore springt auf. Er streift sich das Haar zurück, geht ein paar Schritte und spricht in die Luft hinein: »Eine Dunkelheit ist das! Ich kann nicht verstehen, warum ich so unruhig bin.« Dann dreht er sich um, deutet mit dem Finger auf mich und sagt mit abwesendem Gesichtsausdruck: »Montag um vier kommt Jesus. Er muss kommen. Das Stück ist beendet. Schluss! Vorhang!« Er winkt ab, steigt auf sein Rad und fährt wie besessen los. Ich habe keinen Grund, ihm zu folgen.

49

Ich will ein wenig in meinem Buch lesen. »Es war schon Mittag, als Petronius erwachte.« Den ersten Satz und die Handlung kenne ich ja. Der Roman spielt zur Zeit Kaiser Neros. Petronius ist mächtig, ein Vertrauter Neros, und er hat vierhundert Sklaven. Sein Freund ist der junge Marcus Vinicius, mit einem »wie aus Marmor gemeißelten Körper«, ein römischer Zenturion, der sich soeben in die schöne junge Christin Lygia verliebt hat, auf die allerdings auch Nero sein Auge geworfen hat. Er will sie als Sklavin haben.

Natürlich bekommt er sie auch, doch in einer Anwandlung von Großmut schenkt er sie Vinicius. Lygia will indessen zurück zu ihren Christen, wohin ihr Marcus Vinicius folgt, dabei verwundet und von seiner Angebeteten gepflegt wird. Der Zenturion hört eine Predigt des Paulus und wird Christ. Da wären wir schon auf Seite 200. Nero reist mit seinem Gefolge nach Anzio, eine Zugstunde südlich von Rom am Meer gelegen, und dort hält er Hof, liest aus seinem Gedicht »Der Brand von Troja«. Untergangsvisionen haben Nero wohl ebenso gequält wie Hitler.

Abends die Diskussionen mit den Fahrrad-Aktivisten. Teresa werde ich wiedersehen, und am Sonntag das Konzert von King Crimson. Vielleicht haben wir die Mädchen dann schon gerettet, und ich kann sorglos das Konzert genießen. Tage voller Ereignisse. Dann schlage ich das Buch weiter hinten wieder auf. Nero ruft: »Ich weiß, man hält mich für wahnsinnig, aber ich bin nicht wahnsinnig. Ich suche nur nach etwas, ich suche. Denn ich will mehr sein als ein Mensch, weil ich nur auf diesem Wege der große Künstler werden kann, der ich bin.« Nicht übel. Dann erlaubt er sogar Vinicius, seine Lygia zu heiraten. Und dann – überraschende Wendung – läuft ein freigelassener Sklave in den Saal und schreit: »Rom brennt! – Der größte Teil der Stadt steht schon in Flammen!« Wahnsinn.

Vinicius wirft sich sofort auf sein Pferd, denn er hat Angst um Lygia, die er in Rom weiß. Er jagt nach Albalonga und zum Albaner See, wo er eine Anhöhe hochreitet. »Als Vinicius den Gipfel erreicht hatte, bot sich ihm ein furchtbarer Anblick. Die ganze Ebene war mit Rauchmassen bedeckt, die eine einzige riesige, auf der Erde ruhende Wolke zu bilden schienen, und alles, Städte, Aquädukte, Haine einhüllten. Am Ende dieser trostlosen Weite lag die brennende Stadt.« Es war der 18. Juli 64: der Brand Roms, den angeblich Nero angezettelt hatte und später den Christen in die Schuhe schob …

Ich blicke unwillkürlich in Richtung Stadt. Doch was ist das? Da quillt tatsächlich eine Rauchwolke hoch, eine dicke, schmutziggraue Rauchwolke, Richtung EUR-Viertel. Brennt es da? Oder brennt tatsächlich ganz Rom?

Ich werfe das Buch in den Rucksack und hänge ihn mir um, springe aufs Rad wie Vinicius aufs Pferd und jage den Radweg entlang. Umspannwerk, Klärwerk, das schnurgerade Stück mit dem Feld und den beiden Gehöften drunten, am Horizont sieht man Peter und Paul und das quadratische Kolosseum — davor quillt Rauch hoch, weit davor. Hoch den Anstieg, an den Stallungen vorüber, und gleich muss die sibirische Kate kommen. Doch sie ist vom Rauch umwölkt. Es kommt im Sommer ja häufig vor, dass sich das trockene Gras entlang des Radwegs von selbst entzündet.

Es reicht ein Stück Glas, eine Zigarettenkippe. Die Sirenen der Feuerwehr. Ich halte an, setze mich in die Wiese. Nach solchen Bränden ist keine Vegetation mehr zu sehen, nur schwarze Stoppeln. Es riecht immer noch beißend. Wie heißt es in Kapitel 47 von *Quo vadis?* »Von den vierzehn Stadtteilen Roms standen einschließlich des Transtiber nur noch vier. Die anderen zehn bildeten Trümmerhaufen. Als auch die letzte Glut erloschen war, zeigte sich eine riesige graue tote Fläche, die vom Tiber bis zum Esquilin reichte.«

Die Feuerwehr konnte wohl unten an der Kate parken. Ein paar Männer, ganz klein, arbeiten herum, die Rauchwolken verändern die Richtung, ducken sich, quellen wieder hoch, schleppen sich dann am Boden hin. Lange dauert das. Vielleicht nach einer Stunde ist endlich Ruhe. Ich will auch weiter. Ein Feuerwehrmann hält mich auf. »Brand jetzt gelöscht. Sie können ganz langsam durchfahren. Wir haben es im Griff. Einen hat's erwischt.«

Einen hat's erwischt? Ich fahre langsam mit dem Rad weiter, drei Feuerwehrleute gestikulieren, da sind noch mehr Leute, ich halte an. Das Holzgeländer links ist verbrannt, es wirkt dünn wie aus schwarzem Draht, und auf der schmalen Fläche zwischen ihm und dem Asphalt liegt, halb verdeckt von den Beamten, ein verkohltes Mountainbike, und dahinter sind unter einem weißen Laken die Konturen eines menschlichen Körpers zu erahnen.

50

Ein Spruch aus der Bibel kommt mir in den Sinn: »Herr, den du liebst, ist tot.« Die Stunde, die er sich gewünscht hat, wurde ihm zum Verhängnis. Jetzt hat sich der Diocreatore verabschiedet, wo wir uns gerade richtig sympathisch geworden waren. Ich bin ratlos. »Ist die Polizei schon da?«, frage ich einen Feuerwehrmann. Die werde jeden Augenblick kommen. Dann kann es wohl noch eine Weile dauern.

Hinter mir geht es steil hinunter, der Weg führt vorbei an der Stirnseite der alten Kate. Da fahre ich, vorsichtig bremsend, hinab. Er ist doch nicht blindlings ins Feuer gefahren, der Diocreatore, er war doch noch so vergnügt. Ich lehne mein Rad an den alten Baum vor der Kate und gehe Richtung Eingang, da heißt es gleich, durch Hausmüll zu waten.

Der riesige Innenraum ist mit windschiefen Holzpalisaden unterteilt worden. Links an einer Wand sitzt die junge Karibin mit buntem Rock, ungeordneten Haaren und raucht.

»Hallo!«, rufe ich. »Da oben ist gerade einer verbrannt.«

»Dachte ich mir«, erwidert sie gleichmütig. »Der hat laut geschrien.«

»Was hat er denn geschrien?«, will ich wissen, Helm an der Hand, im Müll stehend, ihre Antwort erwartend.

Sie macht einen Zug aus der Zigarette und bläst den Rauch genüsslich nach oben, wo er sich verliert und sagt: »Jesus!«, hat er gerufen. »O Jesus!«

Mein Gott, denke ich mir, wie pathetisch. »Jemanden gesehen?«

»Nein. Hier unten, was sieht man da schon. Brennt öfter. Fünfmal diesen Sommer.«

»Von hier«, ich deute auf den Weg vor der Kate, »ist auch niemand gekommen, ein Auto vielleicht?«

»Bestimmt nicht. Hätte ich gesehen. Ist sonst noch was?«, fragt die Frau. »Mein Mann kommt gleich zurück. Der rastet aus, wenn er einen Fremden vor seiner Frau stehen sieht, der sie anglotzt. Fünf Meter sind dem schon zu nah.«

Okay, ich ziehe mich zurück und bedanke mich. Setze mich neben mein Rad in den Schatten. Von rechts, von der nahen Trabrennbahn, nähert sich dann ein Polizeiauto mit Blaulicht, gefolgt vom Kombi der Rechtsmedizin.

Verlassen liegt die Trabrennbahn Tor di Valle. Da drinnen habe ich einmal John Paul Jones, den Ex-Gitarristen von Led Zeppelin, bei einem Konzert erlebt. Jetzt auf der Via Ostiense Richtung Innenstadt schlage ich mich irgendwie zur Via Tuscolana durch.

Die lange Via Tuscolana kenne ich ja gut. Da ist die leichte Steigung, die Linkskurve unter dem Aquädukt durch – komisch, überall begegne ich mir selbst, von überall, Appia, Via del Mandrione, bin ich schon herausgekommen auf meinen Recherchetouren. Eine wahrhaft epische Reise! Ganz in der Ferne erheben sich fahlgrau die Berge von Frascati.

Endlich bin ich an dem Wohnblock, über den stets die Flugzeuge vom Flughafen Ciampino ziehen; städtische Wohnlage. Ich muss mein Rad vier Stockwerke hochtragen. Penelope öffnet mir. Wir haben uns eine Weile nicht gesehen.

»Du siehst erschöpft aus, Rudi! Komm rein!«

Im Flur parken schon zwei Räder, meins lehne ich an die gegenüberliegende Seite. »Diese Räder!«, stöhnt die kleine Penelope und macht ihre schwarzen Augen groß. »Langsam nerven die mich.«

Kenne ich, das kenne ich. Im Wohnzimmer haben sie kürzlich eine kleine Mauer eingebaut, sodass man von der schmalen Küche hineinschauen kann. Ganz verloren, als wäre sie gar nicht da, sitzt Teresa in einem grellorangen indischen Sari auf dem Sofa und schaut ins Aquarium. Penelope flüstert mir zu:

»Seit zwei Stunden schaut sie da rein. Nicht besonders gesprächig, deine Freundin.«

Ich küsse Teresa auf die Wangen.

»Wo bist du gewesen?«, fragt sie. »Ich habe gedacht, du kommst auch mit.«

»Wichtige Sachen.« Geschäfte. Männer haben immer Geschäfte und machen wichtige Gesichter. Ich setze mich aufs Sofa, und Penelope bereitet Tee zu. Ich rufe Paolo an, vom Festnetz. Billiger.

»Meinst du, sie haben ihn umgebracht?«, fragt Paolo, der schon alles wusste.

»Schwer zu sagen. Vielleicht hatte er auch keine Lust mehr, da war das Feuer, und er hat sich kurz entschlossen ... Irgendwie hat er düster gewirkt. Hat immer aus der *Möwe* zitiert, wo er einen Schriftsteller gespielt hat, der sich am Ende umbringt.« Wir würden uns ja gleich sehen. Und die Obduktion des Diocreatore werde für Klarheit sorgen.

Penelope und Teresa haben Teegläser in der Hand und trinken. »Was ist passiert?«, erkundigt sich Penelope.

»Ach, auf dem Radweg ist einer gestorben. Kurz vorher habe ich mit ihm gesprochen. Im Feuer verbrannt.«

»Schrecklich!«, ruft Penelope aus.

»Es war der mikropotente Diocreatore, vielleicht verrückt, vielleicht aber auch ...«

»Deeer?« Teresa macht große Augen. Sie stellt geistesabwesend ihre Tasse ab.

»Das war der Einzige, der uns geholfen hat. Wenn einer kam und mich schlagen wollte, war er da und hat es verhindert.« Sie schlägt die Hände vors Gesicht und bricht in Tränen aus.

51

»Na, Rudi, deinem Kriminalfall auf der Spur?«, begrüßt mich Franco Gemini und stellt eine Flasche Wodka ab. Mario B. ist der nächste, und er schimpft erst einmal über den missratenen

Radweg unten auf der Straße. Bianca kommt zusammen mit Ernesto, sind sie nun wieder ein Paar? Denn, so viel man schaut, kein Vittorio. Das war doch der Mann aus dem Ministerium, der sich ein Fahrrad zugelegt hatte! Ist es ihm zu gefährlich geworden?

Sogar Romolo, der Veteran, schiebt sich etwas schüchtern durch die Tür, und um zwanzig nach acht kommt auch Giuseppe, der Hausherr. Er hatte noch einem spanischen Besucher seiner Firma die Stadt zeigen müssen. Salvatore und Pierpaolo erscheinen. Teresa ist so viele Leute nicht gewohnt, sie wird immer kleiner neben dem Aquarium, das sie anscheinend liebgewonnen hat. Ich nehme neben ihr Platz. Noch mal läutet es. Nach zehn Minuten betritt Paolo Fortunato Falconi den Raum mit seiner unglaublichen Ausstrahlung. Siegreich wirkt er und gelassen.

Er drückt mir die Hand. »Den Schock schon verdaut?«, fragt er mich leise.

»Noch nicht ganz«, gebe ich zu. »Er war mir doch ans Herz gewachsen, der wunderliche Gottschöpfer, der aber ganz irdisch war.« Ich lasse Paolo dann noch an dem Einfall teilhaben, den ich auf dem Protestantischen Friedhof hatte: »Wundern würde es mich nicht, wenn die beiden, Jesus und der Diocreatore, tatsächlich Vater und Sohn wären. Wenn seine ›süße Maglianerin‹ eine Polin war … und mit dem Alter könnte es hinkommen.«

»Ihn kannst du nicht mehr fragen«, äußert Paolo. »Aber wenn's dich quält, frag am Montag doch Jesus danach.«

Vier Teilnehmer finden um den Esszimmertisch Platz, vier drängen sich auf dem Sofa zusammen. Ein paar Flaschen werden geöffnet, indische Cracker und Salat kommen auf den Tisch, »Leute«, sagt Giuseppe, »die Versammlung ist eröffnet. Ich weiß, sehr spät, aber es ging nicht anders.« Nun gut. Es soll also um den ökologischen Sonntagmorgen gehen, Tuttimbici hat den üblichen Stand in der Nähe des ›Altar des Vaterlandes‹, und um zwölf Uhr geht dort eine Exkursion auf dem Fahrrad ab in Richtung Via Nomentana und Via Salaria, durch Villa Ada und Villa Borghese und zurück. Speziell gedacht für Eltern mit ihren Kindern. Wir wollen die Kinder ans Fahrrad gewöhnen.

Zwischen Salaria und Nomentana hat Nero, gejagt von seinen Feinden, am 9. Juni 68 seinem Leben mit einem Dolch ein Ende gesetzt. Petrus und Paulus überlebten ihn nicht, aber die anderen Frühchristen schon. Auch wir werden die automobilen Kohorten überleben und im nächsten Jahrhundert noch durch die Welt fahren, wenn mangels Erdöls überall nur noch Ruinen und Karkassen von Autos herumstehen. In ihnen können dann Obdachlose schlafen – auf den weichen Sitzen eines Renault Megane oder eines Jeep Cherokee, den Überbleibseln einer gescheiterten Zivilisation.

Teresa schaut ins Aquarium. Sie ist nicht richtig anwesend. Vermutlich ist ihr alles egal, was wir so verhandeln; sie denkt nur an den armen Diocreatore, einen der wenigen Menschen, der gut zu ihr war. Ich lege den Arm um sie und lächle ihr aufmunternd zu. Sie erzählt mir noch etwas von einem kleinen Hund, der ihnen auch Freude gemacht hätte in ihrer Finsternis. War es Pippo?

Die Tour zur Nomentana ist klar. Der Fernsehsender Canale cinque möchte um drei Uhr einen Beitrag drehen und braucht dafür mindestens vier Radler. Bianca, Ernesto, Romolo und Pierpaolo erklären sich dazu bereit. Und dann muss man noch die Flugblätter mitbringen, zehn Leihräder bereitstellen, und am Stand sollten immer wenigstens fünf Mitglieder von Tuttimbici anwesend sein. Giuseppe entkorkt eine Flasche Weißwein.

Paolo schaltet sich ein. »Wir haben da ein Problem. Ich arbeite bei der Polizei, und auch wir wollen am Sonntag etwas veranstalten, eine Razzia. Da sind gefährliche Leute, die in einem Haus unterhalb des Gianicolo warten. Ich denke mir, es wäre harmlos, wenn ein paar Radler da vorbeifahren und später melden würden, ob alles ruhig war. Es würde nicht schaden. Wir wollen um elf Uhr zuschlagen, und wenn man um neun Uhr ein paar Leute hätte …«

Ich ergänze: »Wir sind seit einer Woche an der Sache dran, es geht um arme Prostituierte, die von den Archonten, wie wir sie nennen, festgehalten werden.«

Erregtes Diskutieren. Dann sagt Bianca: »Das … kommt mir etwas gefährlich vor.« Ernesto hat auch Bedenken. »Was kann das schon bringen? Wir fahren da vorbei, und? Komischer Einfall.«

Paolo weicht zurück: »War ja nur ein Vorschlag.«

Ich sage, ich könnte ja als Erster vorbeifahren. Ob sich jemand an »Heaven's Gate« erinnere, den Film von Michael Cimino, von 1980? Als die Polen die Wagenburg der Viehzüchter angreifen wollen, reitet Kris Kristofferson, als die Sonne aufgeht, im Kreis um die Burg herum, dreimal. Und dann gibt er das Zeichen zum Angriff!

»Du bist ein Romantiker, Rudi!«, lacht Paolo. »Das ist ein Film. Ein Western. Aber wenn's dir wichtig ist: Vorbeifahren kannst du ja. Vielleicht nicht unbedingt dreimal.«

Romolo macht sich aber für ihn stark. »Wenn wir Radler etwas tun können, warum nicht? Wir wirken unverfänglich, was kostet es uns? Wir machen eine lustige Tour am Sonntagmorgen um den Gianicolo herum.«

Salvatore meint, das sei Sache der Polizei. Er sei ja bei der Finanzpolizei, da müsse er nicht auch noch in seiner Freizeit Polizist spielen. Und Franco Gemini rümpft die Nase: »Muss ja nicht sein, oder? Geht vermutlich auch ohne uns.«

Teresa bewegt sich und schüttelt meine Hand ab. Sie sagt in die Stille hinein: »Wenn ihr wüsstet, wie das ist, in einem Zimmer sitzen und warten, und dann nach Mitternacht kommt einer und reißt dich hoch und stößt dich in ein Auto und es geht wohin, und du musst arbeiten, und sie sagen, mach's, sonst bringen wir deine Freundin um. Oder Leute kommen am Abend, Kunden, einer nach dem anderen, fünf oder mehr. Danach schlagen und treten sie dich trotzdem. Das sind alles Mädchen, die gedacht haben, sie arbeiten als Küchenhilfe oder im Haushalt. Arme Mädchen.« Sie fängt an zu schluchzen. Allgemeine Stille.

»Na ja«, sage ich, »viertausend Frauen, stand kürzlich in der Zeitung, sind Sklavinnen in Rom. Achthunderttausend sind es auf der Welt, und mit denen machen die Verbrecherringe Milliarden Umsatz. Ich finde das schrecklich, und ja, ein kleines Risiko ist es, aber sind wir nicht Radfahrer?«

Romolo ergreift das Wort. »Natürlich machen wir das. Wo treffen wir uns?«

Paolo sagt: »Um neun oben an der Garibaldi-Statue, *Roma o morte*. An der Steinbrüstung. Da sind wir. Wir brauchen fünf oder sechs.«

Ein paar wollen plötzlich mitmachen, und Paolo meint, jeder, der wolle, könne dabeisein.

Die Gespräche kommen wieder ins Rollen, Giuseppe legt *The Power to Believe* von King Crimson auf, Penelope verdreht die Augen, Giuseppe reagiert und ersetzt die Crims durch die Beatles, *Magical Mystery Tour*. Alles fröhlich, »Strawberry Fields Forever«, sogar Teresa wirkt entspannt.

Da sagt Mario B.: »Leute, im September soll ja dieses Heftchen über Tuttimbici erscheinen, das unseren Verein vorstellt. Dreitausend Exemplare. Ich hatte nicht so viel Zeit, mich drum zu kümmern, da war Luigi dran, und nun sehe ich, dass da ein Urlaubsveranstalter eine Anzeige schalten will: Bangkok, Pattaya. Das riecht nach Sextourismus. Ich muss sagen, dass mir das missfällt. Diese Anzeige will ich nicht haben.«

Salvatore erwähnt, der Veranstalter sei eben ein guter Freund von Luigi, man solle das überhaupt nicht so eng sehen, nicht päpstlicher sein als der Papst, es seien ja nur Vermutungen. Bringe jedenfalls Geld.

Wer ist überhaupt Luigi? Einen Luigi gibt es überall, in allen Vereinen, er hat viel Zeit, kennt alle, taucht selten auf, baggert im Hintergrund und gibt zu verstehen, dass man im Verein alles anders machen müsse; und dass er der Mann sei, mit dem sich alles zum Besseren wenden würde. Mario B. hat Luigi lange Zeit nicht ernst genommen, doch nun steht plötzlich seine Aussage im Raum: »Wenn diese Anzeige nicht verschwindet, trete ich zurück.«

Entsetztes Schweigen. Salvatore wieder: »Ist doch bloß eine Anzeige. Bringt Geld. Das allein ist wichtig.« Romolo gibt vorsichtig zu verstehen, er könne Marios Ansicht nachvollziehen, Geld sei nicht alles, wir müssten ethisch bleiben. »Warum ist dieser Luigi eigentlich nicht da? Wo ist er?«, frage ich.

»Der hat eine Besprechung mit dem Kulturassessor«, sagt Salvatore, der ihn anscheinend besser kennt. Hier ist ja der harte Kern von Tuttimbici, die Nettesten, aber der Verein besteht aus mehr Leuten, die alle entscheiden müssen.

Mario B. lächelt wehmütig und sagt: »Dann fordere ich für morgen Abend eine außerordentliche Versammlung, um diesen Punkt zu klären. In der Sozialbude der Magliana, abends um neun. Luigi soll sich zeigen.«

»Wir sind aber bei King Crimson, Rudi und ich«, lässt sich Giuseppe vernehmen. »Also zwei Stimmen weniger für mich«, folgert Mario B. »Ich berufe also offiziell diese Versammlung ein, morgen Abend um neun, dann muss eine Entscheidung fallen. Das wär's, Leute, guten Abend.«

Mario holt sich seine Jacke und geht. Die Versammlung löst sich bald auf. Paolo drückt mir die Hand, er ist vermutlich andere Befehlsstrukturen gewohnt. Bei allen regt sich irgendwie ein schlechtes Gewissen, dass man Mario B. im Regen hat stehen lassen. Romolo zwinkert mir noch zu, Salvatore trinkt sein Glas leer, Bianca und Ernesto verabschieden sich hastig, und am Ende bleiben Giuseppe, Penelope, Teresa und ich zurück.

Giuseppe sagt zu mir: »Ich bin auch müde. Aber Tuttimbici ohne Mario, das ist nichts mehr, oder?« Ich pflichte ihm bei. Dann lege ich Teresa ein Kissen unter den Kopf und werfe ihr eine Decke über. Mein Platz ist neben ihr auf dem breiten blauen Ausziehsofa. Von draußen leuchtet eine Laterne herein, die Fischlein ziehen ihre Bahn, ich kann nicht richtig schlafen und grüble. Ich muss wohl doch eingeschlafen sein. Ich träume von einem Unterseeboot, das nicht mehr weiterkommt, da es von Riffen eingeschlossen ist. Dann sagt eine Stimme: »Fahren wir eben rückwärts raus.« Die Motoren arbeiten, Sand wird hochgespült und die Vision verschwindet. Ich wache auf. Richte mich kerzengerade auf, wie von einem Stromstoß getroffen: Plötzlich weiß ich alles!

52

Und wenn es einen Hinterausgang gibt? Dann sind sie längst weg mit ihren Mädchen. Teresa macht Licht. »Was ist?«

»Ich hatte nur einen Traum. Ich dachte: Wenn die Archonten das Grundstück nach hinten verlassen?«

Schritte. Giuseppe steht neben dem Aquarium. »Ich habe Licht gesehen. Kann auch nicht schlafen. Die Sache mit Mario und Tuttimbici beschäftigt mich. Was macht ihr?« Teresa erklärt es ihm.

Giuseppe ruft aus: »Also Rudi, langsam brauchst du Urlaub! Ein Hinterausgang – da soll die Polizei nicht draufgekommen sein? Und wenn, dann sind sie längst über alle Berge. Am besten schlafen wir noch eine Runde.« Das tun wir auch, bis es halb acht ist. Penelope und Giuseppe machen sich hinter dem Küchenmäuerchen zu schaffen, die Frühstücksmaschinerie läuft: Zwei Caffettieri werden auf dem Herd erhitzt, der Toast arbeitet, Teresa und ich schieben das Sofa zusammen, was aber nicht richtig klappt. Giuseppe hilft. Draußen alle drei Minuten ein verhaltenes Heulen über dem Haus: Das sind die Düsenjets, die mit eingeschalteten Positionslichtern über die gegenüberliegende Häuserfront auf uns zufliegen und dann über uns hinweg. Bagdad, denke ich.

Giuseppe klatscht Marmelade auf zwei Toasts, wir frühstücken stehend und schauen über das Mäuerchen auf die Bücherwand mit dem Fernseher, sehen rechts daneben aufgetürmt Kissen und Polster. Unordnung ist schön, Chiara müsste hier sein, sie würde die Hände über dem Kopf zusammenschlagen …

Ich muss Paolo anrufen und bringe meinen Einwand vor.

»Meinst du? Bei uns nichts Auffälliges. Aber wir haben wie immer zu wenig Leute. Und wenn's so wäre – die schlimmste Lösung wär das nicht. Dann kriegen wir sie woanders. Wie kommst du eigentlich darauf, Rudi?«

»Ich hatte einen Traum.«

»Ah, du hattest einen Traum. Wie Martin Luther King. Wir treffen uns um neun oben an der Statue, in Ordnung?«

Gut. Teresa bleibt bei Penelope, Giuseppe macht im Schlafzimmer noch einen kurzen Anruf, tut etwas geheimnisvoll; und dann auf die Straße. Er nimmt den Aufzug. Ich will nicht. Das ist mir zu anstrengend. Lieber trage ich mein Pferd die fünf Stockwerke hinunter. Dann wie immer die lange Tuscolana entlang, an den Mauern vorbei – die übliche Stunde Fahrt, aber lässig, es ist Sonntag.

Wir sind oben auf dem Gianicolo, auf dem breiten Platz. Halb neun ist es. Und dann rollen noch ein paar Radler herbei: Mario B., Romolo, Ernesto.

»Mehr werden wir nicht, Rudi«, lacht Mario. »Wir wollen da vorbeifahren, los.«

Ob wir nicht auf Paolo warten wollten? frage ich. Neun Uhr habe er gesagt.

»Ach was«, sagt Giuseppe, »wir fahren da mal rum, kostet nichts.«

Ich protestiere, aber Mario, der grimmig wirkt, raunzt: »Du bist überstimmt, Rudi.«

Also den Gianicolo entlang, die Serpentinen runter am Kloster Sant'Onofrio und am Kinderkrankenhaus Bambino Gesù vorbei und unten an der Ampel links und durch den Tunnel.

Dann müssen wir schnell vor den Autos an der Ampel auf die andere Straßenseite und den kleinen Weg zwischen den Mauern nehmen. Dann eine regelrechte Schlucht mit 90-Grad-Kurven links und rechts … und wir halten an.

»Du wolltest doch als Erster, Rudi?«, deutet Giuseppe an.

Ich fahre auf das verbeulte Blechtor mit der Aufschrift »*Valerio ti amo*« zu. Dahinter ist neben schütteren Büschen ein einstöckiger Flachbau zu ahnen. Das Tor ist nur angelehnt. Ich zögere. Dann sage ich zu den anderen: »Ich kann's nicht. Ist gegen die Vereinbarung. Fahren wir doch wieder hoch zu Paolo.«

Mario lacht und schaut uns an. »Ich bin ja noch Präsident von Tuttimbici. Es wird vielleicht meine letzte Amtshandlung. Ich habe eine Fahrradpanne. Ich stoße das Tor auf und bitte um Hilfe. Ihr könnt mitkommen oder auch nicht.« Giuseppe wirkt bestürzt: »Das ist gefährlich, du weißt ja gar nicht, was uns erwartet!«

Und ich: »Wir können Paolo wirklich nicht in den Rücken fallen, was wird der sagen? Der schlachtet mich.«

Mario tritt in die Pedale, bremst scharf, schiebt das Tor auf — ja, es öffnet sich —, springt ab und schiebt sein Fahrrad den gepflasterten Eingang entlang auf die Tür zu. Wir folgen ihm etwas verzagt. Mario steigt die sechs Treppenstufen hoch und ruft: »Wer da? Hier ist ein Fahrradfahrer mit einer Panne. Können wir mal einen Anruf machen?« Nichts zu hören. Etwas wie Wimmern vielleicht; es klingt, als streiche der Wind durch das Gesträuch. Aber es ist kein Wind, heiß ist es, 30 Grad. Oder 40.

Mario spaziert mit einer Entschlossenheit, die ich bislang nicht an ihm kannte, die Treppenstufen hinauf. Klopft an der Tür. Wir anderen stehen unten vor den Stufen.

»Hörst du das?«, fragt Giuseppe.

Ein Wimmern hinter der Tür, eher: ein gedämpftes Schreien.

Mario ruft von oben: »Die Tür ist offen! Geh ich rein?« Das fragt der Presidente uns.

»Warte«, sage ich ihm, »wir kommen auch.« Giuseppe, Mario, Romolo, Ernesto und ich stehen da.

Romolo geht hoch und gibt der Tür einen Tritt; sie springt auf. Er geht hinein, wir folgen ihm. Lautes Wimmern von überallher aus dem Haus, Dantes Fegefeuer?

»Eine Falle?«, fragt Giuseppe.

Als Antwort kommt ein schwacher Ruf von innen: »*Aiuto! Sono partiti!*« Ein Hilferuf; sie sollen weg sein, die Archonten.

»Trotzdem höchste Vorsicht«, rät Giuseppe, und ich sage nochmal: »Paolo schlachtet uns.« Ich solle einen Augenblick Paolo vergessen, mahnt il Presidente und geht voran.

»Scheiße!«, ruft er.

»Was ist?«

»Bin in einen Haufen Scheiße getreten!« Daher der penetrante Geruch.

Das heißt vielleicht, dass die Archonten tatsächlich weg sind: Sie haben etwas von sich hinterlassen, letzte Rache von dreckigen Leuten. So etwas hat mir ein Freund von einer Hilfsmission in Serbien erzählt. Wir stehen im großen Eingangsbereich, von dem links eine Treppe ins Obergeschoss führt und vier verschlossene Türen auf Zimmer hindeuten.

»Ist da jemand?«, ruft Mario. »Wir haben eine Panne! Wir brauchen Hilfe!«

Ein vielstimmiges Geheul von oben antwortet uns. Ich greife jetzt zum Handy und rufe Paolo an. Er sagt »*Pronto*«, und ich rufe: »Paolo, wir sind drinnen! Ihr könnt kommen! Sieht ruhig aus!« Dann schalte ich aus. Und kann mir vorstellen, welches Chaos jetzt da oben losbricht, sie springen in ihre Fahrzeuge, schalten das Blaulicht ein und fegen mit quietschenden Reifen den Gianicolo hinunter und fahren gegen die Fahrtrichtung … ja, man hört sie.

Wir stehen hier im Vorraum. Und nun … öffnet sich die zweite Tür von rechts wie von Geisterhand.

53

Wir schnellen herum: Ein Mann torkelt heraus, fuchtelt mit etwas herum, wir schauen seltsam fasziniert zu, und dann bricht er in die Knie, vier Meter vor uns und schlägt nach vorn aufs Gesicht. Sein Rücken ist rot von Blut.

»Rudi, wir müssen nachschauen!«, ruft Romolo. Ich öffne also die erste Tür rechts, springe beiseite, schaue dann vorsichtig ins Zimmer: leer. Auch die zwei anderen Zimmer sind leer, und die vierte Tür mit Verglasung führt nach hinten in den Salon.

Eine Sitzgarnitur, ein Schrank, ein Dutzend Flaschen auf dem Boden, Dreck und Müll und Papierfetzen.

»Die Polizei kommt gleich!«, rufe ich. »Die machen den Job.«

So stehen wir, während von oben die Jammerrufe noch lauter werden, im Eingang und warten. Und schon bricht die Armada herein: Polizisten in schwarzem Overall und Helmen und vorgehaltenen Waffen, fünf Leute drängen sich herein, dahinter Paolo und ein anderer Offizier. Ich deute nach oben. Dann weist meine Hand nach unten zu dem anscheinend toten Mann.

Wir folgen den Polizisten nach oben. Vier Zimmer, überall die Türen nur angelehnt. Die Polizisten sprengen hinein, schrille Schreie antworten ihnen, und auch wir nähern uns. Paolo und ein Kollege sichern nach hinten und verwehren uns den Eintritt. Wir können sehen: in jedem Zimmer zwei Mädchen, ans Bett oder an einen Tisch angekettet, und im Zimmer ganz rechts ein Käfig aus Holzstäben, in dem ein Mädchen zusammengekauert sitzt. Paolo macht einen Anruf und sagt: »Krankenwagen. Werden gleich hier sein.«

»Sie haben sie also nicht umgebracht«, sage ich aufatmend zu Paolo.

Er erwidert: »Mädels, die kriegen sie überall, die sind nur Ware für die. Wir müssen auch im Keller nachschauen und in allen Räumen.«

Wir gehen hinunter, und da drängen schon vier Sanitäter mit Tragen herein und zwei Ärzte, jetzt wird es eng hier. Paolo dirigiert sie nach oben und sagt zu mir: »Wir haben hier den ganzen Tag zu tun. Danke für euer Räumkommando. Wollt ihr nicht eine Radtour machen? Schöner Tag draußen, und so stört ihr nicht.«

In diesem Augenblick bewegt sich eine Tür, und ein winziger Hund trippelt herein. Wo ist der hergekommen? »Pippo!«, rufe ich. Seine Ohren stellen sich auf. »Ihr kennt euch?«, fragt Paolo. Wenn es so sei, dann solle ich mich auch um ihn kümmern. Komm, du Untier!

Meine Fahrrad-Freunde stehen etwas betreten in einer Ecke und schauen ängstlich zur Leiche hinüber, die ein Beamter gerade mit einem weißen Tuch bedeckt.

»Unsere Radtour wurde etwas unterbrochen«, sage ich. »Paolo meint, wir könnten weiterfahren.«

»Aber Rudi!«, jammert Mario B. »Wer könnte jetzt noch eine gemütliche Radtour machen. Jetzt brauchen wir alle einen vierfachen Wodka!« Giuseppe, Romolo, Ernesto und Mario verabschieden sich: der ökologische Sonntag. Sie würden gebraucht, sie müssten die Fahne der Radfahrer hochhalten. Ich bleibe noch, während die Polizeitruppe durchs Haus marodiert, Türen aufbricht und schreit.

Ich spaziere mit Pippo auf dem Arm, der leise fiept, durch den Salon und ins Freie. Da führt ein gewundener Weg nach hinten zu Bäumen hin, und weit hinten ist noch eine Mauer mit einer Bresche. Da haben sie sich abholen lassen. Woanders kaufen sie sich neue Mädchen und machen weiter. Jeder Sieg weist auf eine neue Niederlage hin. Und hat man einen der Übeltäter, so weist der einen festen Wohnsitz nach, und wenn sich der Staatsanwalt, der immer überlastet ist, nicht sputet, öffnen sich vor dem Täter bald wieder die Gefängnistore. Ein ewiger Frust. Ich setze mich unter die Bäume, lehne mich an die Mauern. Muss eingeschlafen sein. Auch Pippo schläft.

Ich lasse ihn liegen und spaziere wieder in die Villa, wo immer noch Paolo steht, Hände in den Hüften. Männer in weißen Schutzanzügen klauben Material auf und stecken es in Säcke, zwei andere machen Fotos überall, andere tupfen irgendwo herum und nehmen Fingerabdrücke.

»Ah, Rudi!«, grüßt mich Paolo seltsam verhalten. »So was gibt's in einigen Vierteln, Prenestina, Casilino, Termini. Manchmal nur zwei dreckige Zimmer, keine schöne Villa in Vatikannähe wie hier. Es ist eine Arbeit ohne Ende.«

Ich sage ihm: »Na, freu dich doch ein wenig. Ein paar arme Sklavinnen gerettet.«

»Elf waren es. Die sind aber traumatisiert, da braucht es viele Psychologen, um die wieder hinzukriegen. Und ihr«, plötzlich wird er wütend, Paolo Fortunato Falconi muss seinen Druck ja auch irgendwie loswerden; ich lasse das Donnerwetter über mich ergehen, »lernt nie dazu! Das hätte verdammt noch mal schiefgehen können!«

»War Marios Einfall«, sage ich kleinlaut, »er ist vielleicht nicht mehr lange Präsident und wollte mal eine Heldentat abliefern.«

Paolo seufzt und sagt: »Jetzt was Anderes.« Er legt den Arm um meine Schultern und führt mich zum Ausgang. »Hör zu, ich sag's ungern: Wir haben auch Trauriges gefunden. Tote Menschen.«

Tote Menschen. »Der im Flur gehörte wohl zu ihnen, eine Abrechnung. Eine Frau haben sie gefoltert, aber jetzt spürt sie nichts mehr. Unten im Keller liegt noch ein Mann, erschossen. Seine Freundin daneben ist auch gefoltert worden, gibt aber noch schwache Lebenszeichen von sich. Könnte die aus dem Wohnwagen sein.«

»Lila!«, rufe ich. Es war eine intensive Begegnung. Von oben hat sie auf mich heruntergeschaut, umgeben vom Licht.

»Setz dich an die Sonne«, rät Paolo. »Letztlich sind fast alle gerettet. Wir haben einen guten Job gemacht. Kümmere dich um den kleinen Hund. Und geh trotzdem zu King Crimson.« Der karmesinrote König; aber nun ist alles befleckt von Blut.

54

Pippo steckt in meinem Rucksack neben *Quo vadis*. Eine andere Lösung gab es nicht. Immerhin bekommt er so eine kleine Stadtführung mit dem Rad, und er schaut hinaus und lässt sich die heiße Luft um die Nase wehen. Der Narr im Tarot, »The Fool« mit der Nummer Null, hat immer einen kleinen Hund neben sich, der ihn am Hosenbein zwackt und ihn warnt. So fühle ich mich: wie der Narr, wie die Null. Der Anruf bei Chiara muss trotzdem sein. Sie hört sich geduldig meinen Bericht an und quittiert das Auftauchen Pippos mit einem Freudenschrei. Sie könne ihn gern abholen, und ich schlage die Bar neben dem Kino »Pasquino« vor. Sie will kommen.

Ich schlängele mich mit dem Rad durch die Gassen Trasteveres und bin nicht ganz bei mir. Ich hätte vielleicht Leos Tod verhindern können, aber mir fällt nicht ein, wie. Leo und Lila haben für Teresas Rettung bezahlt. Wir müssen darüber hinwegkommen. Ich bestelle ein Bier und bitte um Wasser für den hechelnden Minihund, der mich mit seinen großen Augen anschaut. Er hat sicher viel gesehen in der Villa, und nun fehlen ihm die Worte.

Ich fühle mich elend. Doch da marschiert schon wie eine Marschallin, die Touristen mit autoritärer Gebärde zur Seite scheuchend, Dottoressa Chiara Borromei herbei und setzt sich.

»Das sind mal gute Nachrichten«, strahlt sie. »Muratelli wird überglücklich sein.«

Ich kommentiere das nicht und sage nur: »Pippo gehört nun dir. Sei gut zu ihm.«

So gut gelaunt habe ich Chiara selten gesehen. Aber ins Kino will sie nicht mit mir.

Ich erkläre ihr: »Das waren anstrengende Tage. Heute muss ich mal meine Ruhe haben. Abends King Crimson. Wenn du Zeit hast, geh hin. Eine gigantische Band.« Chiara meint, sie werde darüber nachdenken. Angesichts meiner Verdienste könne sie sich vorstellen, dieses Opfer zu bringen.

Dann hält sie Pippo ihre ausgebreiteten Unterarme hin, und der Hund springt darauf. Sie drückt ihn an sich und steht auf. Sie küsst mich auf den Mund und haucht: »Danke.« Und dann schreitet sie königlich davon, und die Passanten machen ihr bereitwillig Platz. Ich schreite nicht, ich schleiche; und zwar ins Kino, wo ein neuerer argentinischer Film läuft, »Mondo Grua«, der von dem Ex-Rockbassisten Paco handelt, der jetzt Kranfahrer ist, aber übergewichtig, weshalb er seinen Job verliert. Er hat einen Sohn, der auch Rockgitarre spielen will, wenig Geld, eine nette Ex-Frau, und so geht es hin und her im anstrengenden Alltag von Buenos Aires, streng in grobkörnigem Schwarz-Weiß, und ich mag das.

Ein Bierchen noch unten an der Via Garibaldi, und dann auf ins Zentrum der Olympischen Spiele 1960. Der Eingang F des Tennisstadions, wo ich mich mit Giuseppe verabredet habe. Es ist Konzertsaison. Drei Wochen vorher habe ich da, durch den Gitterzaun spähend, Chrissie Hynde von den Pretenders gesehen, das Konzert leider verpasst, auch Deep Purple wären es nochmal wert gewesen ... und vor zwei Wochen wollte ich Procol Harum miterleben, war viel zu früh dran, und die Musiker waren gerade beim Soundcheck. Da hörte ich das Kreischen der Seemöwen, das das Stück »A Salty Dog« einleitet, und ein Schauder lief mir über den Rücken, so schön war das. Die ersten Töne, ein paar Akkorde, dann wieder Pause. Diese Momente waren bewegender als das ganze Konzert vor ein paar Hundert älteren wohlerzogenen Zuschauern auf Plastikstühlen danach.

Und da steht Giuseppe und nagelt sein Rad am Zaun fest.

Ja, der karmesinrote König wird ins Rampenlicht des Tennisstadions treten. Ich soll zum ersten Mal meine Lieblingsband live erleben. Wir stehen im Rund des Stadions. Die Instrumente auf der Bühne liegen im Schatten, um halb neun ist es noch leidlich hell, und die langgestreckten Ränge sind gut besetzt; der Innenraum weniger. Nur ein paar Hundert Leute haben sich locker vor die Bühne geschart. Gerade macht sich auf der

Bühne ein Herr mit schwarzer Kleidung an Geräten zu schaffen, lässt Lichter aufblinken und ein elektronisches Pulsieren ertönen, das weitergeht, nachdem der Herr weggetaucht ist.

»Das war er«, flüstert Giuseppe. »Fripp. Ein Genie.« Das Genie verbietet jegliche Fotos und will auch nicht, dass in dieser milden Julinacht in Rom im Freien geraucht wird. Später werden Gitarrist Adrian Belew, Bassist Trey Gunn und Schlagzeuger Pat Mastelotto im Licht stehen, Fripp aber im Dunkeln. Er will es so.

Die Spannung steigt. Kurz nach neun. Zwanghafte, pedantische Genies wie Fripp sind meistens pünktlich, denke ich mir. Große Vorfreude. Bewegung im Dunkeln da vorn, leicht erhöht. Schatten greifen sich ihre Instrumente, drei Spots blenden die Musiker, und aus den Lichtern in der Dunkelheit heraus kommt die erste Breitseite auf uns: das Stahlgewitter von »Power to Believe«. Das ist böse, grimmig, sie feuern ihre Munition ab, und schon stecken wir drin im Taumel. Gunn hat diesen Stummelbass, Mastelotto ist kaum zu sehen, nur seine Schläge fahren uns in die Magengrube, während Belew am Mikro hängt und hineinschreit, Fripp kaum sichtbar herumhantiert.

Schluss, Beifall; zackflapp, die Percussion, zackflapp, dann kommt ein tänzerischer Bassrhythmus hinzu, Fripp spielt schön drumrum, »One eye goes laughing, one eye goes crying ...«, die schöne Ballade »One Time« ist das, meine Güte, wie wunderbar. Standing on shifting sands. Und »Heartbeat«! My hands in your hair. Da ist es wieder, dieses Verträumte, Schwebende, wie Rauchwolken vor dem klaren Julihimmel, die nun doch aufsteigen aus den Zuschauergrüppchen. Wie machen die Musiker das bloß? Wir sind verzaubert. Bis sie dann wieder böse werden, die Crimsons, und uns »The Construction of Light« um die Ohren hauen.

Sie spielen zwei Stunden. Wir drängen uns hinaus, die Treppen hoch, und vor mir erkenne ich eine vertraute Gestalt, die sich umdreht – Chiara. Sie reißt die Augen auf, als hätte sie ein Ungeheuer gesehen. Dann findet sie Worte: »Hi! Ich wollte mal deine schreckliche Musik live erleben. Ist schon ungeheuer.« Sie küsst mich und sagt: »Ich muss heim. *Ci vediamo.*« Wir sehen uns. Sie küsst mich noch mal und hält mich an der Jacke fest. Giuseppe sieht zu, während die Menschen an uns vorüberwogen.

Chiara ist weg, und wir stehen draußen. Giuseppe strahlt mich an: »Das war doch was, oder?« Er tastet auf seinem Handy. »Das hatte ich befürchtet«, sagt er traurig. »Mario hat sein Amt niedergelegt. Es gab einen heftigen Streit mit Luigi, sie waren nur zu fünft, und leider kam von unseren Freunden nicht viel Widerspruch. Mario hat sich allein gelassen gefühlt.«

»Was machen wir ohne den Presidente?«, frage ich.

Giuseppe erklärt: »Du weißt nicht alles. Es gab viel Unzufriedenheit, Mario war vielen zu kompromisslos, zu kritisch; die meisten wollen eben gut Freund mit den Politikern sein, lassen sich hofieren und glauben, dass man auf die weiche Tour mehr erreicht. Nun gut, Kapitel geschlossen.«

Was ist das denn, Tuttimbici ohne Mario B. am Ruder? Ich gewöhne mich so sehr an Menschen und kann mich schwer mit Veränderungen abfinden. »*Dai*, Rudi«, stößt mich Giuseppe aufmunternd an, »wir machen trotzdem weiter, ist ja unsere gemeinsame Sache. Ich komme auch mit Luigi klar.« Giuseppe stülpt sich den Helm auf und klickt sein Vorderlicht ein. »Kommst du?«

Ich sage ihm zögernd, dass ich noch in der Magliana vorbeischauen möchte, einfach so.

»Jetzt?« Wir könnten aber wenigstens gemeinsam den Radweg nehmen, über den Gianicolo fahren, und dann würden wir uns am Beginn der Viale dei Colli Portuensi trennen. Ich möchte einfach ein wenig allein sein, nachts am alten Schulhaus vorbeifahren, zu Ludwiks Sterbeort, jetzt, wo das Projekt abgehakt ist.

»Was wird nun mit deinen Archonten? Kennt man sie?«, fragt Giuseppe.

»Die sind über alle Berge. Werden sich woanders wieder ein

Plätzchen suchen, neue Mädels anwerben und weitermachen. So ist das Leben.«

»Schöne Scheiße«, kommentiert Giuseppe. Er fügt hinzu, dass Teresa morgen abreisen müsse. Penelope bringe sie zum Bahnhof Termini. Ziel: die Marken. Aha, wohl zu Serena. Da kann sie einen neuen Anfang machen. Es gibt mir aber einen kleinen Stich ins Herz. Mit Teresa wäre ich gerne ein Weilchen zusammen gewesen. Da wird es wieder ein Stückchen einsamer.

55

Samstagnacht, da sind noch viele Menschen auf der Via Angelico, der Petersplatz ist abgeriegelt, und ein Dutzend Leute schauen an der Sperre über den Platz hoch zum Fenster des Papstes, das leider dunkel ist. Gebetet hat er wohl schon. Wir kämpfen uns den Gianicolo hoch. Giuseppe ist in den vergangenen zwei Jahren immer stärker geworden, am Berg kaum zu schlagen, und unten glitzern Tausende Lichter in dieser klaren Sommernacht.

»Wenn du das siehst«, keucht Giuseppe, »willst du nie mehr weggehen von Rom. Einfach überirdisch.«

Ich sage: »Vielleicht muss ich doch einmal weg, in der Magliana kann ich nicht mehr lang bleiben. Aber das hier … vergisst man nie.« Wir jagen jetzt doch die Fonteiana hinunter, und dann fährt Giuseppe nach links, ich geradeaus.

Das Schulhaus Otto Marzo ist dunkel. Paolo wird mir ordentlich ins Gewissen reden, fürchte ich. Doch was soll ich in der Ewigen Stadt? Als Hilfskraft im »Tramonto«? In der Stadtteilbücherei? Diese peinigenden Fragen stehen vor mir, als ich den dunklen Radweg in Richtung Ponte Marconi zurücklege. Ich höre Gläsergeklirr in der Pizzeria »Dolce Vita«, das »Tre Stelle« ist natürlich schon geschlossen. Der Wohnwagen von Kazimierz. Ich fahre langsamer. Halte an. Schaue zum Fenster hinein. Kazimierz liegt irgendwie unnatürlich da,

Mund halb geöffnet, und sein Gesicht verzerrt, als koste der Schlaf gewaltige Anstrengung. Ich rüttle an der Tür. Abgeschlossen. Kann nicht sein. Ich hole mir aus dem Reparaturtäschlein das Werkzeug. Rüttle nochmal.

Die Tür ist irgendwie verklebt, ich ziehe einen Inbus-Schlüssel von oben nach unten den Rahmen hinunter, aber das bringt nichts. Das Schweizer Offiziersmesser ist besser. Ich reiße an der Tür, sie kommt mir entgegen. Seltsamer Geruch, der sofort Schwindel erzeugt. Ich halte den Atem an und zerre an Kazimierz. Leicht ist er nicht, aber ich ziehe ihn nach draußen. Da liegt er nun auf der Erde.

Ich schüttle ihn, und plötzlich schnappt er nach Luft, röchelt, hustet. Ich lege ihm meine Jacke unter den Kopf. »Ich … ich…« Er bringt nichts heraus. Ich überlege kurz und laufe zur Pizzeria hinüber, wo zwei Tische noch besetzt sind. Ob jemand einen Krankenwagen rufen könne, ich wüsste die Nummer nicht, es sei dringend, Vergiftung … Der junge Kellner nickt und verschwindet im Inneren.

Nach zwanzig Minuten kommt der Krankenwagen. Der Arzt hat sich über Kazimierz gebeugt, ihm die Pupillen geöffnet, ihn abgehorcht und sagt: »Wahrscheinlich Kohlenmonoxyd. Die alte Heizung. Passiert häufig. Der hier hat noch mal Glück gehabt. Wir nehmen ihn mit. Ins Fatebenefratelli erst mal. Da können Sie morgen mal nachfragen. Gute Nacht.«

Auch ein harter Job, ärztlicher Notdienst in der Ewigen Stadt. Ich drücke dem Arzt die Hand. Den Rest der Strecke fahre ich wie in Trance.

Um ein Uhr schließe ich leise Giuseppes Wohnung auf. Grünlich leuchtet das Licht des Aquariums, hinter dem sich ein großer Fischkopf erhebt … nein, es sind verstrubbelte Haare, es ist Teresa. Ich sinke vor ihrem Sofa nieder. Sie fasst mir mit den Händen um den Hals.

»Wo bist du gewesen? Ich habe mir Sorgen gemacht!«

»Stell dir vor, ich bin gerade noch rechtzeitig gekommen. Kazimierz war in Gefahr. Ich bin nämlich ein Lebensretter.«

»Mich hast du auch gerettet«, flüstert Teresa.

»Aber andere sind gestorben«, sage ich leise.

Ich ziehe mich erst mal aus, und Teresa erzählt: Sie habe mit Paolo gesprochen und dann mit Serena, die in Recanati in den Marken lebe und da schon eine Menge Leute kenne. Das sei am Meer, und da könne man billig leben. Penelope bringe sie morgen um neun zum Zug; Giuseppe sei ja bei der Arbeit.

»Wir müssen uns darum verabschieden«, sagt sie ganz ernst. »Aber richtig schön tun wir das.« Sie küsst mich, drückt mir einen kleinen Gummiring in die Hand und breitet die Arme aus. Alle Erlebnisse des Tages sind vergessen; ich streiche ihr die Haare aus dem Gesicht, streife mir noch das verschwitzte T-Shirt über den Kopf und lege mich zu ihr.

»Wir müssen leise sein«, mahnt Teresa, deren Gesicht bald Schmerz ausdrückt und dann Verzückung, und ich denke an Berninis Statue, an Teresas Gesichtsausdruck. Das hat er gut beobachtet, denke ich; weiter, immer weiter, die Verzückung deutet sich an, doch der kleine Engel mit dem Pfeil braucht etwas länger. Teresa hält mir mit der Hand den Mund zu. Über uns schwimmen stumm die Fischlein. Diskrete Zeugen.

56

Und am Morgen, Montag, ist wieder alles blau, tiefblau. Dann singt Peter Gabriel: »Lost my time, lost my place … in sky blue.« Ich muss lächeln. Die Musik weht vorüber. So many miles away from home, singt er. Das gehört zu Tiefblau: die Sehnsucht, die Trauer, die Ferne. Es ist dort draußen, das Glück, oben im Blau, aber du kriegst es richtig schön nur im Dunkeln mit, wenn du hinausschaust; das Glück liegt in deinem Blick nach draußen, auf einen Streifen blauen Himmels, unter dem ein Schild »Ostia Lido« ruft, und das Glück ist das Warten aufs Glück und ein Gedicht über das Glück.

Die kleine Teresa hatte nur einen kleinen Rucksack und sagte, sie werde Giuseppe ihre Adresse schicken. Ich könne sie dann einmal in Recanati besuchen, nah am Meer, da könne man auch gut Rad fahren. Dann fiel die Tür ins Schloss. So many miles. Away from home. Free to wander, free to roam.

Ich lege *The Power to Believe* auf und braue mir noch einen Kaffee. Noch viel Zeit bis vier Uhr. Nun ist ja alles erledigt. Ich könnte alte Freunde in der Magliana treffen. Erst rufe ich noch mal Paolo an.

»Guten Morgen, Rudi! *Allora*: Kazimierz, letzte Nacht, er hat Glück gehabt, wie hast du das geahnt? Du wirst mir unheimlich. Und ich weiß jetzt, dass der Diocreatore tatsächlich eine Schädelfraktur hatte. Jemand hat ihm aufgelauert und dann den Brand gelegt. – Das dann um vier wird ein Heimspiel, mach dir keine Sorgen. Unsere Leute sind gegenüber. Dieses Treffen ist etwas wie ein Epilog. Oder?«

»Ja«, sage ich. »Der letzte Akt. Petrus trifft Jesus in der Kirche Domine quo vadis. Das frage ich ihn auch: Wohin gehst du? Was meinst du, Paolo: Können wir Jesus retten?«

»Das, na ja … sehen wir mal. Wir sehen uns. Ciao, Rudi.«

Meine Reise in die Magliana dauert wieder eineinhalb Stunden. Ich kämpfe mich durch den Verkehr. Oben in meiner Wohnung habe ich nichts zu bestellen, ich will eine Denkpause im »Tramonto« einlegen.

Lillo grinst mich an. »Wie ist die Lage, Rudi? Schon was von Teresa gehört?«

»Die ist schon unterwegs zu Serena. Alles gutgegangen.« Ich setze mich an den mittleren Tisch.

Mimmo steht unvermittelt hinten am Durchgang ins Hinterzimmer. »Ah, unser deutscher Radfahrer! Haben dich die Archonten immer noch nicht gekriegt?« Er kommt an meinen Tisch. »Lass uns Freunde sein. Kann ich mich setzen?«

Ich weise auf den leeren Stuhl. »Los, Lillo, zwei Bier. Heute fängt eine neue Zeitrechnung an.« Ich rücke mit meinem Stuhl etwas zurück. »Die Archonten sind weg«, sage ich.

Mimmo meint, das sei ihm eigentlich egal, die Szene sei zu

hart geworden. Sein Freund Teodoro mache nun DVD-Import, vielleicht würden sie auch selbstgebrannte CDs verkaufen: »Da gibt's einen kleinen Laden, der zu mieten wäre. So sieht mein neues Leben aus.« Wir erheben die Gläser.

»Freut mich für dich, Mimmo«, sage ich. Ganz geheuer ist mir diese Wandlung noch nicht, doch es geschehen ja täglich Wunder auf diesem Erdball, und als ich mir das denke, tritt schon ein weiteres ein in Gestalt von Pater Sergio. Er steht plötzlich leibhaftig im grauen Ausgehanzug im »Tramonto« und schaut mich groß an.

»Der deutsche Gnostiker!«, staunt er. Mimmo will ihm ein Bier bestellen, aber Sergio nimmt lieber einen Cappuccino an der Theke. Ich stehe auf und gebe ihm lange die Hand. »Mein Bruder in Kuschta«, sagt er ernst. Ich möchte ihm etwas sagen, aber Lillo hinter der Theke ergreift das Wort.

»Die Archonten waren übel. Jetzt muss ich auch nicht immer Angst haben, wenn die Tür aufgeht. Da kriegt man ja Verfolgungswahn. Und als vor einem Jahr zwei Leute meine Inneneinrichtung demoliert haben, na ja, da wollte ich schon aufgeben. Nach sechzehn Jahren!« Wir prosten uns zu. Ein zweites Glas noch, Mimmo und ich drücken uns fest die Hände, es ist die alte Geschichte vom Beginn einer wunderbaren Freundschaft. Ich gehe zu Sergio an die Theke, zu Don Sergio.

Er erzählt mir etwas. »Joe und Eli kennst du? Sie hatten sich versteckt und große Angst. Mimmo hat mir Serenas Adresse gegeben, und ich habe mit ihr gesprochen. Dann habe ich das Paar zum Bahnhof gebracht, zum Zug nach Fano. Schwester Priska und Marta, ein Engel der Nacht, sind mit ihnen gefahren, das war sicherer, die beiden Afrikaner sind ja Illegale. Einmal umsteigen in Falconara Marittima. Sie können ein neues Leben anfangen. Ja, auch in der Gnosis werden manchmal Menschen aus der Finsternis gerettet.«

»*Sei un santo!*«, rufe ich aus. Du bist ein Heiliger, Sergio!

»Wir stehen in Gottes Hand«, erwidert Sergio gravitätisch und bestellt einen Grappa. »Gestern in der Messe haben wir dich vermisst.« Ach ja, gestern. Da hatte ich zufällig etwas zu tun. Beiläufig sage ich: »Manda d'Haije war bei mir. Hat mich angesehen. Sie war grün gekleidet und wunderschön. An der Via Appia war es. Das hat mir Kraft gegeben. Dann wusste ich alles.«

Sergio starrt mich an. »Manda ist im Mythos eigentlich ein Mann«, meint er. »Aber vielleicht ist er dir als Frau erschienen, als die Göttin Anath-Haije, um dir eine Freude zu machen. Und du weißt ja: Der Erlöser ist der Erlöste. Wir müssen uns selber retten.« Er legt mir spontan seine warme Hand auf den Kopf. »Gottes Segen.«

57

Und dann bin ich schon wieder unterwegs am Tiber entlang. Nun will ich direkt zur Appia antica, es ist Zeit. Ich will Diocreatores Vermächtnis erfüllen und hoffe so sehr, dass Jesus kein Mörder ist.

Ich fahre durch die staubige Caffarella, da muss man manövrieren und kann nicht so viel denken. Man biegt auf die Appia und nach fünfzig Metern erhebt sich der schmale Bau der Kirche Domine quo vadis.

Noch eine halbe Stunde bis vier. Vielleicht ist Jesus ja schon drinnen. Ich stelle mein Rad neben einen der weißen Steinpoller ab und setze mich darauf. Es ist eine umtobte Straßenkreuzung: Oben bei den Katakomben der heiligen Priscilla sehe ich die Motorhaube eines Autos; das sind meine polizeilichen Schutzengel.

Nun lasse ich die Geschichte Revue passieren, die sich hier abgespielt haben soll. Der Morgen dämmerte, und zwei Gestalten wollten Rom und vielleicht gar das Land verlassen: Nazarius und der Apostel Petrus. Ihre Holzschuhe klapperten. Ein Lichtschein trat auf, und eine Gestalt, ins Licht der Sonne gehüllt, ging auf beide zu.

Plötzlich warf sich Petrus in die Knie und rief in Ekstase:

»Christus! Christus!« Er fiel mit dem Antlitz zur Erde, als ob er einem Unsichtbaren die Füße küsse. Schluchzend fragte er: »Quo vadis, Domine?« Wohin gehst du, Herr? »Weil du mein Volk verlässt, gehe ich nach Rom, um mich zum zweiten Male kreuzigen zu lassen.« Der Apostel begriff; er packte zitternd den Pilgerstab, drehte sich beschämt um und kehrte nach Rom zurück, wo er am 29. Juni 67 auf dem Vatikan-Hügel tatsächlich gekreuzigt wurde. Paulus war schon 64 oder 65 durch das Schwert getötet worden, bei Neros Christenverfolgungen.

Ein Herr kommt aus der Kirche, bekreuzigt sich, steigt in seinen schwarzen Porsche, der ums Eck geparkt ist, und rauscht ab. Ich balle eine Faust, atme sieben Mal tief und trete in die Kirche ein. Spärliche Bankreihen mit bequemen roten Sitzpolstern; hinter dem Altar erheben sich Säulen, die wie an die Rückwand geklebt wirken, und darüber hängt ein Kreuz. Vor mir steht der Stein für Henryk Sienkiewicz, errichtet 1977 von der dankbaren polnischen Gemeinde in Rom.

Ich bin ganz allein in dem Kirchlein, und draußen rauschen die vorüberbrausenden Fahrzeuge; es klingt wie ein Platzregen. Ich setze mich in die vorderste Bank rechts. In der Seitenkapelle schräg hinter mir ein verhängter Beichtstuhl, in der Kapelle links gegenüber ein Bild des heiligen Franziskus — der mit den Vögeln. Alle sind sie da und warten. Rechts oberhalb an einer stumpfen grauen Wand eine Wandzeichnung, die den Heiland darstellt, dem aus der Brust zwei Strahlen schießen, blau und rot. *Jezu ufam tobie*, steht darunter. Das ist Polnisch und heißt: »Jesus, ich vertraue dir.« Das tue ich auch. Er muss auftauchen.

Jetzt kann ich Paolo nicht mehr anrufen. Es ist zu spät. Ich ahne etwas. »Du bist aus Rom gekommen?«, sagt laut und hohl eine Stimme schräg hinter mir. Ich fahre herum. Da ist niemand. »Wo sind deine Freunde? Deine Radfahrer?« Die Stimme kommt aus dem Beichtstuhl. Der schwere atlasrote Vorhang hängt da, wo der Priester sitzt. »Komm herein.« Ich öffne den Vorhang und lasse ihn fallen, trete zögernd in die linke Kammer, knie mich auf knarzendes Holz. Die Klappe geht auf, und hinter dem zerbrochenen Drahtgeflecht sehe ich Jesus' bärtiges Gesicht.

»Ich bin gekommen, wie versprochen«, sagt er. »Eng ist es hier.«

»Warum bist du gekommen, Jesus?«, frage ich.

»Der Diocreatore hat es mir befohlen. Er hat gesagt: ›Ich bin verloren, aber du wirst gerettet werden.‹«

Es war die beste Rolle seines Lebens, denke ich. »Er ist tot, der Diocreatore«, sage ich kalt. »Sie haben ihn erschlagen und dann verbrannt.« Ich sehe seine weit geöffneten Augen durch das Gittergeflecht.

»Er ist … tot? Ich habe mich versteckt. Ich wollte …«

Ich weiß nicht, ob ich dich retten kann, Jesus. Ich versuche es: »Sag mir alles, dann kann ich dir helfen. Warum hast du Leszek oben auf dem Berg getötet?«

»Wen? Auf dem Berg? Da war einer, der hatte Angst vor dem Hund. Und dann war er still.«

»Und der Mann am Bahnhof, der vor den Zug gelaufen ist?«

»Ja, ja, ich weiß, der hatte auch Angst vor Nero, ist losgelaufen, und dann kam der Zug. Sie haben gesagt: ›Mach ihm Angst, du willst doch nicht, dass deinem Diocreatore was passiert?‹«

Ich sage: »Es war dein Freund, oder?«

Jesus schluchzt: »Der einzige, den ich jemals hatte.«

»Er war ein väterlicher Freund, ja«, taste ich mich heran. »War er vielleicht dein Vater?«

Jesus schüttelt den Kopf. »Meinen Vater kenne ich nicht. Aber Mikro war wie ein Vater zu mir.«

Seine Stimme zittert. »Hör zu!« Was will er nun noch beichten? »Hör zu, bitte!«, sagt er. »Nero war ein guter Hund. Ich habe Fehler gemacht. Gestern Abend habe ich mich von ihm verabschiedet, ihm einen Stein auf den Kopf geschlagen, ihn in den Tiber geworfen.« Er weint. Dann fängt er wieder an. »Ich war im Sanctuario Divino Amore. Habe alles einem

Priester erzählt. Er ist ein Pole wie ich, aus Posen. Er sagt, ich kann bleiben. Ich muss Buße tun. Ich muss jeden Samstag Pilger begleiten. Von Rom zu Divino Amore, von Mitternacht bis fünf Uhr früh. Ich mache es, bis ans Ende meines Lebens.« Er schweigt erschöpft.

Ich frage: »Und Ludwik? Und Kazimierz? Die beiden im Wohnwagen am Tiber?«

Da sei er einmal gewesen. »Die hatten auch Angst vor Nero, aber ich hab ihnen nichts getan.«

Und den Mädchen, habe er denen auch nichts getan?

»Ich war nur einmal dort, mit dem kleinen Hund. Den mochten sie. Darum hab ich ihn dortgelassen. Ich habe den Mädchen doch nichts getan. Ich schwöre es.«

Plötzlich fühle ich mich schrecklich müde. Was war da noch?

»Die Hunde auf dem Berg, wer hat sie vergiftet?« Jesus weiß es nicht. Er liebt Hunde.

»Die Archonten sind weg«, sage ich zu Jesus. »Es ist vorbei. Gehen wir. Hab Vertrauen.« Das sage ich ihm auch auf Polnisch: »*Jezu, ufaj mnie*!«

Ich krieche aus dem Beichtstuhl. Jesus stolpert auch heraus. Sein Haar ist wirr, sein Bart ungepflegt, seine Augen leuchten. Er greift in seine Umhängetasche, und ich erschrecke einen Augenblick; doch er holt nur ein dickes rotes Buch heraus. »Deutsches Buch. Wollte Sprache lernen. Schwer. Fehlen Seiten. Was ich lese, werfe ich weg. Für dich. Geschenk.« Er hält es mir hin. Es ist Ferdinand Gregorovius, *Die Geschichte der Stadt Rom im Mittelalter*. Nun habe ich zwei Exemplare, aber eins muss ich ja wieder zurückgeben.

»Los, wir gehen, Jesus.«

Ich stoße die Tür auf und rufe nach Paolo. Er kommt, begleitet von drei Polizeibeamten, die sich aus dem Schatten gegenüber gelöst haben. Sie umringen Jesus und zerren seine Hände auf den Rücken. Das war's dann.

58

Nun gebe ich mir einen Ruck und hebe die Hand.

»Nein«, bedeute ich Paolo. »Lasst ihn. Ich erkläre es dir.«

Paolo runzelt die Stirn, gibt seinen Leuten einen Wink, und sie lassen die Hände von Jesus. Ein Wunder.

Wir beiden treten beiseite und gehen hinter die Kirche, wo es etwas weniger laut ist. »Wir können ihn doch nicht laufenlassen!«, dringt Paolo in mich. »Wie stellst du dir das vor?«

»Der Tod des Diocreatore hat ihn schwer getroffen. Er war sein einziger Freund. Die Archonten haben ihn erpresst, mit Drogen und mit der Drohung, sie würden seinem Freund etwas antun. Leszek und Antun hatten vor seinem Hund Nero Angst; bei dem einen blieb sein Herz stehen, der andere rannte in den Zug hinein. Es waren keine Morde.«

Um Jesus zu retten, werde ich richtig beredt. »Er hat Buße getan. Hat seinen Hund getötet, den er geliebt hat, und jetzt will er in der Pfarrei Divino Amore, ein paar Kilometer weiter hinten, Pilger begleiten. Er wird ein guter Mensch.«

»Das glaubst du alles, Rudi?«

Ja, das glaube ich alles. Ich glaube Jesus.

Paolo fragt: »Wenn wir ihn also laufenlassen, geht er gleich zu Divino Amore und betet und bereut?«

Ich nicke.

Paolo schweigt eine Weile, dann räuspert er sich und erklärt: »Nun gut, ich glaube, ich kann das verantworten. Du schreibst mir ein hübsches Verhörprotokoll aus der Kirche. Wie Jesus dir gebeichtet hat.«

»Im Beichtstuhl«, ergänze ich. »Wie sich das gehört.«

Da muss Paolo schon wieder grinsen. »Ist ja unglaublich. Gut, das erspart uns Arbeit; aber wenn ich wieder Übles über Jesus hören muss, hole ich dich, seinen Erlöser.«

Paolo Fortunato Falconi hat mir noch etwas zu berichten: »Die Tür von deinem Polen Kazimierz war mit Silikon abgedichtet, und wir haben dann die Pizzeria gegenüber überprüft. Und stell dir vor, sie hatten einen Antrag gestellt, auf dem Platz der Wohnwagen Tische aufstellen zu dürfen, wurde auch genehmigt, nur wollten Ludwik und Kazimierz nicht weg. Dann ein Streichholz bei Ludwik … Selbstjustiz. Damit hätten wir die Fälle geklärt.« Er sagt wie zu sich: »Kommt mir vor, als sei es Ewigkeiten her.«

»*Già*«, erwidere ich, lässig wie ein echter Italiener.

Wir gehen wieder zum Haupteingang der Kirche. Paolo sagt huldvoll: »Jesus kann gehen. Viel Glück!«

Die Polizisten treten unwillig beiseite, und Jesus reckt sich. Er streicht sich die Haare aus der Stirn und lächelt scheu.

»Danke, Fremder«, sagt er zu mir. »Du hast Wort gehalten.«

Es sei auch der Wunsch seines Freundes gewesen, gebe ich ihm zu verstehen.

Er verneigt sich und sagt: »Gottes Segen.«

Das klingt noch ungewohnt aus seinem Mund, doch er wird es noch öfter sagen dürfen. Dann dreht er sich um und schafft es vor dem nächsten heranrasenden Fahrzeug über die Straße. Er marschiert, ohne sich weiter umzusehen, an der Mauer entlang, immer geradeaus. Er wird eine Stunde marschieren müssen, bis das freie Feld ihn aufnimmt und er Divino Amore erreicht, die göttliche Liebe.

Paolo winkt mich zum Wagen: »Komm, wir trinken noch etwas in der Bar oben bei Cecilia Metella. Das Fahrrad lässt du stehen.« Oben, kurz vor der Bar, muss der Wagen über die breiten Steine holpern, von denen jeder einen Quadratmeter groß ist. »Die Archonten«, sagt Paolo unter dem Schaukeln des Autos, »sind spurlos verschwunden. Keiner hat was gesehen. Aber die kriegen wir. Irgendwann.«

Zwei Minuten später sitzen wir an einem wackligen Tischlein im Schatten, umschwirrt von Fliegen, und zwei Peroni-Biere stehen vor uns. Der Fahrer sitzt am Nebentisch.

»Jesus ist ja auch verschwunden«, sage ich. »Und Petrus ging zurück nach Rom, um sich kreuzigen zu lassen. Sein

Meister hatte ihn beschämt, er wollte treu sein. Und«, so frage ich, »wo ist meine Kreuzigung? Das sind wahrscheinlich meine Schuldgefühle, weil es Leo und Lila erwischt hat.«

Paolo schüttelt den Kopf. »Lila kommt durch. Nein, Rudi, du hast dein Bestes getan. Diese Armen waren tief drin in der Geschichte, wie im Strudel, sie kamen nicht mehr raus. Der Ukrainer hat sich für Lila geopfert, der Diocreatore für Jesus, und du willst dich jetzt auch opfern. Wir Polizisten haben alle einmal diese Schuldgefühle gehabt und sind drüber hinweggekommen, und du wirst es auch! Trinken wir!«

»Und, wie geht's weiter, Rudi?«, fragt Paolo. »Du weißt, deine Zeit in der Magliana ist begrenzt. Sie wollen das alte Schulhaus umbauen, übernächsten Monat kommen die Handwerker, spätestens Anfang Oktober.«

Ich sage trotzig: »Glaubst du doch selber nicht.«

Paolo grinst schon wieder. »Du kannst dir ja etwas überlegen. Weißt du — aber das ist jetzt ein inoffizieller Rat —, kauf dir neue Klamotten und ein kleines Auto, such dir einen Job, dann lernst du ein nettes Mädchen kennen und gründest eine Familie, wär' das was?«

Ich schaue Paolo an wie ein Gespenst. »Meinst du das ernst?« Ich fürchte, er meint es ernst. Das Fahrrad sei ja eine feine Sache, meint er noch, aber man sei eben wie ein Obdachloser. Es sei an der Zeit, ins bürgerliche Leben einzutauchen.

Paolo schaut mich an: »Du kannst nicht immer so leben, Rudi.« Ich verscheuche eine Fliege vom Tisch. Dann wendet er sich an den Nebentisch und sagt: »Können wir fahren, Umberto? Der Radfahrer hier kann zurückwandern und noch eine Tour durch die Caffarella unternehmen.«

Paolo steht auf, und wir umarmen uns lange. »Danke«, flüstert er. »Warst ein guter Polizist.«

Und schon flammt das Blaulicht auf, und Paolos breites Grinsen zieht vorüber. Er zieht aus seiner Jacketttasche noch einen Zettel und legt ihn auf den Tisch. »Da, wenn du noch vorbeischauen magst, ich habe keine Zeit. Ein Konzert. Polnische Jazzband. Hab ich vom polnischen Kulturinstitut. Da oben, Mercato di Trajano. Fängt um neun an. Alles Gute.«

Ich stecke die Eintrittskarte in meine Jackentasche, und da fasst meine Hand noch einen anderen Zettel. Auf ihm steht: »Gutschein für 1 Dusche + Abendessen mit Champagner im Mondschein zu 2t. Ich muss dir was Wichtiges sagen. Ch.« Chiara hatte mir den Zettel wohl beim Abschied nach dem King-Crimson-Konzert in die Tasche geschoben. Was will ich mehr?

59

Die Trajansmärkte breiten sich gegenüber vom Marmorkoloss an der Piazza Venezia aus. Ich binde mein Rad an einen Pfahl und eile hinein. Das Konzert hat schon angefangen, ein Helfer mahnt mich, leise zu sein und deutet in den dunklen Saal vor uns. Links und rechts Stühle, nicht einmal fünfzig Zuhörer, hinten steht die Band um den polnischen Bassisten Mariusz Bogdanowicz, und die Musik erfüllt den Saal. Da spielt ein Musiker schon ein schönes Saxofonsolo, das abbricht, dann ein lyrisches Intermezzo vom Bass ... Ich hatte vergessen, wie schön das ist. Ich sitze in der letzten Reihe, aber das macht nichts.

Nach dem Konzert begleitet mich die Musik entlang der Viale Trastevere, dieses so abgeklärt klingende Altsaxofon, das Tacken der Percussion, der Bass ...

Ein eigenartiger Geruch hängt in der Luft. Die Stadt ist leer. Ein paar Gestalten, behangen mit Fetzen als notdürftiger Kleidung, schleppen sich auf der Viale Marconi dahin, lungern an der Brücke herum, und wenn sie dich sehen, rufen sie: »Erbarmen!«

Rom ist zu einer Wüste geworden, in der die Sekunden ungehört in die Ewigkeit tropfen. Was tut der Papst? Er soll in seine Sommerresidenz geflüchtet sein. Ich erreiche mein Heim.

Oben lege ich die Beine auf das Geländer. Vollmond. Ich finde in einem Plastiksäcklein ein paar Teelichter, lege sechs nebeneinander auf die Brüstung und zünde sie an. Ludwik, Leszek, Stepan, Antun, Leo, der Diocreatore. Sind das alle? Meine private Totenwache. Ich gieße mir Weißwein aus den Marken ein. Bagdad ist da vorne, Rom hinter mir, Kaschmir dort drüben. Der Schweiß läuft mir langsam von den Schläfen herunter und kriecht unter das T-Shirt. Ich lasse alles mit mir geschehen.

Da höre ich Wehklagen vom Radweg. Stehe auf. Schaue hinunter. Ja, die Flagellanten sind unterwegs, unten ziehen sie vorbei, und, so schreibt der mitfühlende Chronist Ferdinand Gregorovius, ein Herz aus Stein müsse man haben, wenn man nicht alles stehen und liegen lassen und sich der Rotte anschließen wolle, die weinend und Geißeln schwingend durch die Straßen sich wälze.

Es blinken Amulette, Tücher wallen, sie schleudern die Geißeln nach links und nach rechts, es blitzt überall, grobes Tuch tragen sie, langes Frauenhaar fliegt, und das kollektive Jammern hüllt sie ein, und diese zwei Dutzend Menschen stolpern wie hinter Glas dahin in der Vollmondnacht. Die Straßenlaternen leuchten grell dazu. Ich schaue fasziniert hin, trinke mein Glas leer, werfe es hoch aufs Flachdach und höre es dort weiterkullern. Dann werfe ich mir die Jacke über und laufe, da ich kein Herz aus Stein habe, hinunter, um mit ihnen zu sein, den Flagellanten.

Doch da ist niemand mehr, sie müssen abgezweigt sein. Der Radweg ist wieder leer, das Schilf rauscht; keine Seele. Nur die Lichter der Autos gehen unermüdlich auf der Magliana-Brücke hin und her, her und hin, Lichtteilchen schleppend, als müssten sie die Welt aus ihrer Dunkelheit erretten.

Verwendete Quellen

Bücher

Buzzati, Dino: *Un amore*. Mailand, 1963

Dante Alighieri, *Die Göttliche Komödie*. Berlin, 2011

Gregorovius, Ferdinand: *Geschichte der Stadt Rom im Mittelalter*. München, 1988

Horaz: *Sämtliche Gedichte*. Stuttgart, 1992

Jonas, Hans: *Die Gnosis*. Frankfurt, Leipzig, 2008

Kapuściński, Ryszard: *Afrikanisches Fieber*. Frankfurt, 1999

Lidzbarski, Mark (Hg.): *Ginzā: der Schatz oder das große Buch der Mandäer*. Göttingen, 1925

Merini, Alda: *Ballate non pagate*. Turin, 1995

Paulus: Der Brief an die Römer, zit. nach: *Die Bibel*, Freiburg, 1980

Sienkiewicz, Henryk: *Quo vadis*. Lahr, 1952

Sienkiewicz, Henryk: *Meistererzählungen*. Zürich, 1986

Staudenmaier, Ludwig: *Die Magie als experimentelle Naturwissenschaft*. Leipzig, 1922

Tschechow, Anton: *Die Möwe*. Zürich, 1996

Ungaretti, Giuseppe: *Vita d'un uomo. Tutte le poesie*. Mailand, 2010

Filme

A Stop at Willoughby, aus der Serie *Twilight Zone*, 1960, Regie: Robert Parrish, Autor: Rod Serling; Darsteller: James Daly (Gart Williams), Patricia Donahue (Jane Williams)

Drei Farben, Trilogie von Krzysztof Kieślowski. *Blau* (1993), Hauptdarstellerin: Isabelle Huppert (Julie Vignon); *Weiß* (1993), Hauptdarsteller: Zbigniew Zamachowski (Karol Karol); *Rot* (1994), Darsteller: Irène Jacob (Valentine Dussault), Jean-Louis Trintignant (Joseph Kern)

Ghost Dog – Der Weg des Samurai (1999). Regie und Drehbuch: Jim Jarmusch; Hauptdarsteller: Forest Whitaker (Ghost Dog)

Heaven's Gate – Das Tor zum Himmel (1980). Regie und Drehbuch: Michael Cimino; Darsteller: Kris Kristofferson (James Averill), Isabelle Huppert (Ella Watson)

Musik

Bogdanowicz, Mariusz: *Confiteor Song* (CD, 2000)

Gabriel, Peter: *Up* (CD, mit Growing Up, Sky Blue, Signal and Noise, 2002)

King Crimson: *B'Boom* (CD, Official bootleg – live in Argentina, 1995)

King Crimson: *The Power to Believe* (CD, 2003)

Led Zeppelin: Kashmir (Song auf *Physical Graffiti*, LP, 1975)

Sade: King of Sorrow (Song auf *Lover's Rock*, CD, 2000)